01

페어리 불릿
-기교소녀와 위수병사-

미시마 요무 일러스트 itaco

루이즈 뒤랑
발키리. 5반의 학생으로
렌을 신경 쓰고 있다.

히후미 렌
프로메테우스 계획의 테스트
파일럿. 계급은 준위.

카세 나츠코
제3학원, 통칭 머메이드
학원의 학원장.

하야세 마야
발키리. 사사건건 날이 선
태도인 3반의 에이스.

앨리슨 그린
프로메테우스
계획의 부주임.

존 스미스
프로메테우스
계획의 주임.

CONTENTS

01

페어리 블릿
— 기교소녀와 위수 병사 —

미시마 요무   일러스트 itaco

FAIRY BULLET

프롤로그

이계로부터 괴물들의 침공을 받고 반세기 가까운 세월이 지났다.

괴물들은 지구의 생물과 유사한 점을 지니고 있었지만, 그 흉포성과 잔인함은 지구의 생물과는 전혀 달랐다.

언제부턴가 괴물들은 가짜 짐승이라 하여 위수(僞獸)라 호칭하게 되었고, 인류 공통의 적이 되었다.

위수들은 발견된 당초에는 마물이나 요마와 같은 취급이었다.

게이트의 존재를 몰랐던 당시 인류한테 위수들은 마치 창작물 속에서 튀어나온 괴물로 보였던 것이리라.

어디선지 모르게 나타나서 인류와 적대하는 위수들은 위협이었다.

인류는 위수 발생 후 일시적으로 멸망 직전까지 몰렸지만, 몇십 년의 저항 끝에 위수들이 나타나는 게이트를 파괴하기에 이르렀다.

현재는 부정기적으로 출현하는 게이트와 위수를 상대하는 것이 인류의 전쟁이 되었다.

전쟁의 양상도 변했다.

과거에는 국가에서 전쟁을 지휘하였으나, 현재는 대(對) 요마 정예 특무기관(비공식 약칭은 '요정기관')이 각국에 명령을 내리는 형태가 되었다.

이로 인하여 인류 간의 전쟁은 극단적으로 줄었고, 세계가 위수를 상대로 일치단결하여 싸우고 있다——라는 것이 요정기관의 공식 발표였다.

어디까지가 진실이고 어디서부터가 거짓인지 말단 병사들은 알 도리가 없다.

그렇다. 병사인 나한테는 알 방도가 없는 이야기고, 동시에 상관없는 이야기다.

나는 그저 병사라는 이름의 병기이니까.

보병은 특수 강화 장갑 슈트라는 이름의 파워드 슈트를 지급받는다. 탄성 고무로 만들어진 이너 슈트에 인공 근육 기능을 추가하여 일반인도 단련된 병사를 뛰어넘는 육체 능력을 발휘할 수 있게 하는 장비다.

오른손에 장착된 기관총이 불을 뿜었다.

인간의 힘으로는 반동에 휩쓸려 제대로 적을 겨냥할 수 없는 위력을 지닌 기관총이라 할지라도 파워드 슈트가 있으면 한 손으로 다룰 수 있다.

이너 슈트 위에 장갑과 기계, 그리고 무장을 덧붙인 아머를 덮어쓰고 있다.

이것이 현대 보병의 모습이다.

총구를 겨누고 탄환을 흩뿌린 상대는 기분 나쁜 식물이 무성하게 자란 숲에서 우글우글 출현하는 위수들이다.

3등급.

위수들은 위협도에 따라 등급이 부과되며, 숫자가 작을수록 위험하다.

제일 하위 등급 위수들은 대다수가 곤충이나 파충류와 비슷한 모습을 하고 있다.

가장 흔한 위수는 지구의 개미와 매우 흡사한 모습을 하고 있는데, 크기는 2~3m로 거대하다.

이계에서 게이트를 통해 나타나는 위수들은 모두가 꺼림칙한 모습을 하고 있다.

괴물들은 공통적으로 인류나 지구의 동식물에 대해 강한 살의를 품고 있으며, 교섭은 통하지 않는다.

갑작스럽게 출현한 게이트에서 나타나, 의사소통을 도모하기도 전에 위수들은 인류를 공격했다.

그러나 인류가 고전한 가장 큰 이유는 위수들이 지닌 특수한 역장(力場) 때문이다.

기관총의 탄환이 명중하는 순간, 위수의 표면에 배리어 같은 물질이 발생한다.

3등급 위수는 기존의 병기로 관통할 수 있었으나, 위력이 줄어든 만큼 효과가 떨어졌다.

격퇴에 그만큼 많은 탄환이 소모된다는 뜻이다.

"······재장전."

탄창을 재빠르게 교환하고 위수들을 향해 사격을 재개했다.

효율적으로 처리하려면 같은 부위를 집중적으로 공격해야 한다.

위수의 약점을 노리는 것도 좋은 방법이다.

탄약을 효율적으로 사용하며 위수들을 담담하게 처리하고 있자, 대형 기관총을 든 소대장이 통신기 너머로 큰 목소리로 말을 걸었다.

『오늘도 컨디션이 좋구만, 체리! 그대로 팍팍 쓰러뜨려!』

기분이 좋게 말하는 소대장에게 나는 짧게 대답했다.

체리란 나의 별명 같은 것이다.

우리 소대는 동료를 서로 별명으로 부르고 있다.

「예, 선처하겠습니다.」

파워드 슈트가 없었던 시절의 군대는 위수들을 상대로 상당한 피해를 봤다고 한다.

그러나 슈트가 생겼다고 현대에 피해가 나오지 않는 건 아니다.

『옆 소대가 먹히고 있어!』

소대 분위기를 활기차게 만드는 역할인 통신병 남자는 동료로부터 MC라고 불리고 있다.

사회 진행 역할이라는 의미인 듯한데, 본인은 퇴역하면 밴드 동료와 합류하여 밴드 활동을 재개하는 것을 꿈꾸는 뮤지션이다.

꿈이 가수인 만큼 목소리가 쩌렁쩌렁하게 잘 들린다.

본인도 수다가 많기에 소대 내의 무드 메이커도 겸하고 있었다.

소대장이 헬멧 아래에서 씁쓸한 표정을 띠고 있었다.

『38소대 녀석들이군. 젠장, 재정비에 고생하겠구만.』

특수 강화 장갑 슈트 헬멧은 바이저 안쪽에 모니터가 달려 있다.

헬멧 안의 AI가 카메라 영상을 더욱 선명하게, 그리고 보기 쉽게 표시해 준다.

표면에도 카메라가 마련되어 있기에 자동차의 백미러처럼 뒤쪽도 확인할 수 있다.

주변 지도가 표시되어 있어서 소대 멤버나 아군이 어디에 있는지도 일목요연하다.

같은 소대 내의 멤버 얼굴도 통신 회선으로 발언할 때마다 구석 쪽에 작게 표시되는 등 배려가 세심하다.

『샤이 보이! 원호할 수 있겠어?』

소대장이 말을 건 상대는 소대의 마크맨—— 스나이퍼는 아니지만 저격이 능숙한 병사다.

과묵한 남자로, 평소에는 좀처럼 말하지 않기에 샤이 보이라고 불리고 있었다.

『……가능합니다. 하지만, 우리 소대의 부담이 커질 겁니다.』

작은 목소리로 중얼거리듯이 말하는 샤이 보이한테 아무도 불평하지 않는다.

그가 그런 남자임을 알고 있는 것과, 이 상황에서 타박한들 의미가 없기 때문이다.

무엇보다 그의 저격 실력은 소대 내의 모든 이가 인정하고 있다.

샤이 보이의 발언을 듣고 있던 소대 내에서 의지가 되는 남자가 소대장한테 진언했다.

그의 호칭은 갬블러.

도박에서는 비할 데 없는 강함을 자랑하는 남자로, 전장에서도 감이 뛰어나다.

　소대장의 말로는 그의 판단으로 소대가 몇 번이나 살아났었다는 모양이다.

　소대장을 제외하면 이 소대에서 가장 믿음직한 남자였다.

　『옆이 무너지면 우리한테도 위수들이 밀어닥칠 거다. 샤이 보이만으로는 안 돼. 나랑 코믹, 그리고 헤어 세팅도 원호하러 가겠어.』

　갬블러한테 지명당한 코믹과 헤어 세팅은 훈련을 막 끝낸 참인 일등병이다.

　코믹은 단순히 만화가를 목표로 하고 있다는 안이한 이유로 이름 붙여졌고, 헤어 세팅은 매일 아침 헤어스타일 세팅에 시간을 들이니까 헤어 세팅이라 불리게 되었다.

　『저희 둘이 빠져도 괜찮은 겁니까?!』

　『다른 녀석들을 돕다가 우리가 먹히는 건 싫다고요!』

　두 사람 다 불평을 하면서도 싸우고 있어서, 명령이라면 옆 소대를 도우러 갈 것이다.

　마지막으로 소대 내의 문제아인 루저라 불리는 남자가 신인들에게 소리쳤다.

　『멍청한 놈들아! 우리한테는 승리의 여신한테 사랑받는 체리가 있다고. 너희가 없어도 버틸 수 있어! 그렇지, 체리?』

　화제가 나한테 날아오자, 대답하기 곤란해지고 말았다.

　「저는 승리의 여신한테 사랑받는다고는 말하지 않았습니다만?」

『체리!! 이럴 때는 나한테 맡겨 줘! 라고 말하면서 신참들을 안심시키는 거야! 내 최고의 패스를 이렇게 흘리면 어쩌냐고!』

루저는 전장에서도 쾌활하고 마음씨 좋은 녀석이지만 소대장이나 갬블러의 말로는 촐랑거리는 문제라는 듯하다.

전장에서는 의지가 되지만, 유감스럽게도 평소 생활이 문제였다.

「……죄송합니다.」

무심코 사과하고 말았다.

이 루저라는 남자는 갬블러와 마찬가지로 도박을 좋아한다.

하지만 슬프게도 엄청나게 약하다.

갬블러는 도박에 엄청나게 강하지만, 루저는 도박에서 계속 져서 항상 돈이 부족했다.

갬블러한테 계속 지니까 루저라고 불린다.

나를 비롯한 여러 사람한테 빚까지 있다.

대화를 듣던 갬블러가 어처구니없어하면서도 우리를 바짝 다잡았다.

『체리, 루저의 말은 신경 쓰지 않아도 된다. 너는 너의 일을 해라. 우리는 너를 믿는다.』

믿는다—— 지금까지 여러 부대를 전전했지만, 이런 말을 하는 동료는 없었다.

아니, 애초에 동료가 생긴 것도 이 소대가 처음이다.

그전까지의 나는 주위에서 사이보그라고 불리고 있었다.

사이보그도 아주 틀린 말은 아니다.

어릴 적에 부모님을 잃고, 그 뒤 요정기관의 시설에 거두어졌다.

시설에서는 아이들의 전력화 계획이 진행 중이었고, 매일같이 혹독한 훈련이 부과되었다.

그 결과 나는 학교에도 다니지 않고 시설에서 위수를 죽이기 위한 병사로 육성되었다.

감정이 희박하고, 담담하게 명령대로 위수를 죽인다—— 조직에서 개조되어 만들어진 사이보그가 바로 지금까지의 나에 대한 주위의 인식이었다.

「하지만 저는——.」

나는 위수 대책으로 강력한 보병을 육성하는 계획의 피험자였다.

하지만 그렇게 육성된 보병들도 위수 앞에서는 무력했고, 피험자들의 괴멸을 계기로 계획 또한 중단되었다.

우리는 조직의 오점이자 방해물이 되었다.

조직을 위해 만들어졌으나, 버림받아 갈 곳을 잃어버렸다.

지금은 전사한 동료 한 명이 그런 말을 했었다.

우리는 죽길 바라며 만들어진 불쌍한 병기라고.

말을 머뭇거리자, 소대장이 언성을 높였다.

『주절주절 불평하면 기지에 돌아가서 푸쉬업 300번이다! 알겠냐, 우리는 너의 과거를 신경 쓰지 않는다. 중요한 건 우리의 동료인 네가 강하다는 사실뿐이다. 이 상황을 뒤집어 보여라, 체리!』

소대 멤버의 시선이 내게 모였다.

「알겠습니다!」

기관총 탄환을 다 쏜 나는 갬블러와 코믹, 헤어 세팅이 아군을 돕는 사이에 위수들의 주의를 끌기로 했다.

나는 탄창을 재빠르게 교환하고 뛰어나간 뒤, 달리면서 사격했다.

위수와 가까워지자 사격을 멈추고 양손에 단검을 들었다.

칼날의 길이는 40㎝.

나이프가 짧으면 위수의 장갑을 꿰뚫고 치명상을 주기 어렵기에, 현장에 걸맞게 보병용으로 개발된 근접 무기다.

그걸 각각 양손에 든 나는 덤벼드는 위수들의 공격을 피하며 베어나갔다.

지면을 박차고 뛰어오르자 큰턱을 딱딱 울리며 접근하는 개미형 위수의 머리에 올라타 몸통과의 연결 부분인 가느다란 곳을 억지로 푹 찔렀다.

한순간 칼날 끝에서 미세한 저항을 느꼈다.

역장이 단검의 칼날을 막았지만, 억지로 찔러 넣어 깨부쉈다.

단련된 근육에 인공 근육의 힘까지 얹은 일격은 위수도 버틸 수 없었던 모양이다.

몸통에서 머리를 잘라내자, 체액이 흩뿌려졌다.

동료가 죽어 화가 났는지, 그게 아니면 그저 인간이기에 살의를 품고 공격해 오는 건지, 곤충형 위수들이 끼익끼익, 하는 기분 나쁜 소리를 내며 울기 시작했다.

앞다투어 덤벼 오는 위수에게 전술은 없다.

단순한 물량 공세에 지금도 인류는 고전하고 있다.

위수들의 공격을 피하며 양손에 쥔 단검으로 베어나갔다.

위수가 약점을 노출했다. 주저없이 기관총을 든다.

총구가 불을 뿜으며 입을 벌린 위수의 입안에 탄환을 선물했다.

내부에서부터 터지는 위수의 모습은 곧바로 뒤쪽에서 온 위수한테 짓밟혀 보이지 않게 되었다.

주위가 적뿐인 상황 속에서, 나는 계속 움직여 위수를 쓰러뜨려 나갔다.

시설에서 배운 대로 (마음을 죽이고) 그저, 위수를 쓰러뜨리는 병기로서 임무를 수행한다.

감정을 죽이는 훈련을 받은 성과이리라.

우리는 극단적으로 공포심이 희박하다.

생존본능은 가지고 있지만, 보통 사람과 비교하면 제법 둔할 터다.

그렇게 조정을 받아 왔으니까.

눈앞의 적을 쓰러뜨리는 것에 집중하고 있자, 어느샌가 내 주위에 위수들의 시체가 잔뜩 나뒹굴고 있었다.

나한테 육박했던 위수의 머리가 샤이 보이의 저격에 꿰뚫렸고, 나는 퍼뜩 정신이 들었다.

『이제 충분하다, 돌아와라…… 체리.』

어째서인지 나를 부를 때만 샤이 보이가 부끄러워하는데, 시간 벌기는 끝난 모양이다.

원호를 받으며 동료들과 합류하자 소대장이 전원을 향해 외쳤다.

『엎드려!』

전원이 일제히 엎드리자 밀어닥쳐 오는 위수들의 대군(大群)에 포격이 쏟아져 내렸다.

폭발음과 진동이 몸 내부까지 울려 퍼졌고, 충격파에 몸이 흔들렸다.

위수들이 종자를 가지고 온 건지, 서서히 퍼지는 지구에서 난 것이라고는 생각되지 않는 식물들까지 한꺼번에 날려 버렸다.

포격이 멎자, 먼저 고개를 든 건 MC였다.

『으헤~, 보기 좋게 날려 버렸네요. 포병대 최고임다. 이만큼 할 수 있다면 처음부터 날려 버리면 좋겠는데요.』

불평이 많은 MC한테 소대장이 여느 때처럼 잔소리로 받아쳤다.

『우리가 시간을 벌고, 이 자리에 묶어 뒀으니까 발사할 수 있었던 거다. ——응? 아무래도 여신님들도 납신 듯하군.』

소대장이 그렇게 말하며 하늘을 보고 있었다.

나도 그에 이끌려 위를 보니, 세 줄의 비행기구름이 있었다.

헬멧에 내장된 카메라의 최대 망원으로 확인하자 여성의 모습을 한 존재가 하늘을 날고 있었다.

「……발키리.」

그녀들이 바로 현대 전장의 주역이자, 2등급 이상의 위수들을 상대할 수 있는, 인류가 지닌 비장의 수다.

발키리 드레스라는 이름의 아머를 두르고 있는데, 아머가 감싸는 건 팔다리뿐이다.

위수들과 마찬가지로 특수한 역장이 그녀들을 지키고 있는 모양이라, 장갑으로 감쌀 필요가 없다는 듯하다.

노출된 상태로 무섭지 않은 건가 하고 불안하게 생각하는 목소리도 있는 듯하지만, 그녀들이 싸우는 건 우리가 지상에서 상대하는 위수들보다도 크고 강한 녀석들뿐이다.

우리 보병이 2등급 이상과 마주쳐서 살아남는다면 기적이라는 말을 듣는다.

그런 2등급들이 발키리인 그녀들한테는 송사리 취급이다.

요정기관한테 중요한 전력은 지상에 있는 우리가 아니라 하늘을 나는 그녀들이다.

발키리 드레스는 그녀들밖에 다룰 수 없다.

남성한테는 반응하지 않을 뿐만 아니라, 움직일 수 있다고 해도 의미가 없다.

현대의 남자들은 우리처럼 지상에서 투박하게 싸우는 것밖에 할 수 없다.

내가 넋을 잃고 보고 있자, 소대장이 웃었다.

『정말로 여신님을 좋아하는군. 그렇게 쳐다봐도 우리를 돌아봐 주지는 않을 텐데.』

소대장의 말에, 나는 이곳이 어디인지를 떠올렸다.

이곳은 전장이고, 무방비하게 하늘을 올려다보는 건 말도 안 되는 짓이다.

「! 죄송합니다!」

『조심해. 살아남은 위수들을 마무리하고 나면 철수다. 얼른 끝내고 기지로 돌아가자.』

「옙!」

등을 쭉 펴고 경례한 내게, 소대장은 난처한 표정을 지으며 웃고 있었다.

『너는 너무 딱딱하단 말이지.』

전투가 끝난 후, 수송하러 온 트럭의 짐칸에 올라탔다.

다른 소대도 같은 짐칸에 타고 있지만, 많은 동료를 잃어 인원수가 줄었다.

침울한 짐칸의 분위기를 깨뜨린 건 코믹이었다.

헬멧을 벗은 그는 메모장을 꺼내 무언가 소재를 적고 있었다.

퇴역하면 만화가로서 먹고 살아가기 위해 지금은 소재를 모으고 있다고 자주 말했었다.

옆에 앉아 있던 나한테 말을 건 것도 그 일환이리라.

"하사님, 오늘의 전투는 굉장했네요. 강함의 비결이 있는 겁니까?"

비결을 솔직하게 대답해 줄 수 있다면 좋겠지만, 나를 키운 계획은 중지되었어도 수비의무가 있다.

아는 사람도 많은 이야기지만, 자진해서 퍼뜨릴 내용은 아니기에 입 밖으로는 내지 않는다.

"성실하게 훈련을 소화하고 있는 것뿐이다."

"정말로 그것뿐입니까? 그런 것치고는 보통이 아니라고요. 단검을 들고 싸우는 모습은 마치 닌자였습니다. 아, 다음에 장검으로 바꿔 들어 보시지 않겠습니까? 이도류는 한층 더 멋져 보일 겁니다."

나는 고개를 갸웃했다.

"우리 보병의 장비에 장검은 없다만? 그리고 이 이상 칼날 길이가 길어지면 들고 다니기가 불편해. 애초에 근접전투는 가능한 한 피하는 게 기본이고——."

"아, 예. 그, 이제 됐습니다."

이야기가 길어질 거라고 생각한 코믹은 나를 취재하는 것을 중단했다.

대화가 끊기자, 이번에는 헤어 세팅이 말을 걸었다.

"그러고 보니 저도 신경 쓰이는 이야기가 있었지 말입니다. 전에 하사님들은 추락한 발키리를 회수했었지요? 그때, 무슨 일 없었습니까? 그 왜, 전장의 러브 로맨스 같은 거라든가."

신참들은 다들 나를 계급으로 부르긴 하지만, 이전보다도 꽤 터놓고 지내는 사이가 되었다.

그런 그들을 위해 추락한 발키리의 이야기를 떠올려 봤지만, 기대하는 것과 같은 그런 이야기는 없었다.

애초에 추락하여 지상 부대에 회수된 그녀들은 대개 기분이 불쾌한 상태다.

격추, 혹은 사고 등으로 지상에 추락한 발키리를 회수하는 건 우리의 업무다.

어떤 위험한 상황에라도 뛰어들어 목숨을 걸고 회수해야 한다.

우리의 목숨보다도 발키리의 목숨이 최우선—— 그것이 지금의 전장이다.

"회수했을 때는 거의 대화를 하지 않았다. 목적지에 데려다주고 다른 부대에 인계했을 뿐이야."

두 사람은 전장에 꿈을 꾸고 있는지, 내 대답에 재미없다는 듯한 반응이었다.

헤어 세팅은 낙담했고, 코믹은 아쉬워하는 듯했다.

"전장의 러브 로맨스는 없는 건가."

"발키리와 보병의 사랑, 좋은 소재가 될 거라고 생각했는데 말입니다."

시시한 이야기를 듣고 있었던 듯한 갬블러가 나를 대신하여 두 사람한테 현실을 가르쳐 줬다.

"너희들, 발키리가 우리 보병을 뭐라고 부르는지 모르는 거냐? 그 녀석들, 까맣고 지상에서 기어다니는 우리를 개미라고 부르고 있다.”

갬블러의 말을 듣고 두 사람이 놀란 표정을 지었다.

조금 전까지 필사적으로 싸우고 있던 위수와 똑같이 불리고 있었다는 걸 알고 충격을 받은 것이리라.

루저까지 이 대화에 끼어들었다.

“위험을 무릅쓰고 회수해도 ‘너무 늦어!’ 이 한마디뿐이고 고맙다는 말도 없었단 말이지. 우리는 목숨을 걸고 한 건데, 넌더리가 난다고. 쟤들은 자존심이 너무 높아.”

루저가 고개를 가로로 내저으며 당시를 떠올리고는 웃었다.

다만, 주위는 우리의 분위기를 참을 수 없었던 모양이다.

같이 탄 다른 소대원들의 시선이 우리한테 모여 있었다.

“조금 전부터 꺅꺅 시끄럽구만. 여자도 아니고, 좀 조용히 할 수 없냐.”

그들의 장비는 손상되어 있었고, 몇 명은 감은 붕대에서 피가 스며 나오고 있었다.

동료도 잃은 모양이었다.

한 남자가 나를 보더니 불쾌한 듯이 얼굴을 찌푸렸다.

“너, 생존한 사이보그냐. 기분 나쁘구만.”

사이보그라 불린 내가 시선을 피하자, 상대는 불만을 부딪치는 것처럼 언성을 높였다.

“전장에서도 여유로워 보이는데 그래. 살육 병기에게는 이 정도 전장은 몸풀기도 안 된다는 거냐? 부럽네, 아주.”

부조리한 시비는 지금까지도 번번이 있었다.

그들도 전장에서 부조리한 상황을 겪고, 정신적으로 궁지에 몰려 있는 것이리라.

게다가 살육 병기는 아니지만, 내가 특수한 훈련을 받아 강화된 건 사실이다.

받아치지 않고 잠자코 있자, 팔짱을 낀 소대장이 상대를 노려봤다.

"내 부하한테 용건이 있나? 내가 이야기를 듣지."

소대장이 노려보자, 상대는 불리하다는 걸 눈치챘는지 고개를 돌렸다.

MC가 나한테 말을 걸었다.

"신경 쓰지 마. 저 녀석들도 동료를 잃어서 제정신이 아닌 거야."

"저는 괜찮습니다."

나는 지금도 주위에서 화풀이를 당할 때가 있다.

특수한 입장이 주위에는 기분 나쁘게 보이는 것이리라.

하지만 그런 나한테도 동료가 생겼다.

샤이 보이가 나한테 민트 맛 휴대 식량을 내밀었다.

은박지에 감싸인 네모난 막대기 모양의 그것은 출격할 때 보병한테 배급된다.

"먹어."

"……감사합니다. 잘 먹겠습니다."

민트 맛은 샤이 보이가 마음에 들어 하는 것인데, 나한테 건네

주었다는 것은 나를 신경 써 주고 있는 것이리라.

이전까지 여러 소대를 거쳐왔지만, 지금의 소대에서는 편안한 기분을 느끼고 있었다.

민트 맛 휴대 식량을 입에 물려고 했더니, 우리를 태운 트럭이 급정차했다.

짐칸에 있던 우리가 옆으로 넘어지자, 다른 소대 보병이 운전석을 향해 고함을 쳤다.

"운전 똑바로 해! 아프잖냐!"

그의 의견에 우리도 동의했지만, 근처에서 폭발음이 일어났다.

나는 곧바로 헬멧을 쓰고 전투태세에 들어갔다.

소대도 나를 뒤따라 전투태세에 들어갔는데, 주위에서는 잇따라 폭발음이 들려왔다.

소대장이 무기를 들고 밖으로 뛰쳐나갔다.

『무슨 일인지 상황 확인을 서둘러라!』

밖으로 나가 주위를 확인하니 우리 보병을 수송하던 트럭이 잇따라 파괴되고 있었다.

무슨 일인가 하고 생각하고 있자, 진행 방향에 3m 크기의 인간형 위수가 있었다.

위수다운 꺼림칙한 모습과 존재감을 내뿜는 녀석이었는데, 지금까지 본 적이 없는 타입이었다.

애초에 인간형이 존재한다는 말을 들은 적이 없다.

머리에서 뻗은 두 개의 뿔.

슬림한 체격에 큰 키.

등에는 날개 같은 무언가가 있었고, 그걸 펼쳐 움직이고 있었다.

꼬리도 있지만, 인간형이라고 부르기에 손색 없는 녀석을 보고
——MC가 데이터베이스와 대조했다.

『언노운? 미확인 개체다!』

상대의 정보가 아무것도 없다면, 2등급 이상을 상정하고 움직여야 한다.

우리 보병으로는 2등급 이상을 상대하는 것은 불가능하며, 유린당할 뿐이다.

이곳에서의 퇴각을 서둘러야만 했으나——.

「뭣?!」

깨달았을 때는 MC의 상반신이 날아가 버리고 없었다.

하반신이 홀로 천천히 쓰러졌다.

어느샌가 MC 옆에 인간형 위수가 서 있었다.

무슨 일이 일어난 거지? 언제 이동했지? 어째서 MC가? 혼란에 빠졌어도 훈련을 받았던 나는 곧바로 기관총 방아쇠를 당기고 있었다.

「이 녀석은 제가 맡겠습니다!」

그동안에 소대 동료들을 도망가게 하고자 취한 행동이었으나, 기관총의 탄환은 인간형 위수가 발생시킨 역장에 튕겨 나가 대미지를 주지 못했다.

인간형 위수는 아몬드 모양의 두 눈에서 눈물을 흘리는 듯한 빨

간 선이 두 줄 있었고── 입가는 웃고 있는 것처럼 보였다.

「──어?」

직후, 나는 날아가 지면을 나뒹굴고 있었다.

낙법을 취할 여유도 없었다.

무슨 일이 일어난 것인지도 이해하지 못하고 있자, 동료의 외침이 들려왔다.

『잘도 체리를!』

소대장의 기관총이 불을 뿜었지만, 곧바로 소리가 멎었다.

갬블러가 외쳤다.

『코믹, 헤어 세팅, 너희만이라도──!』

갬블러의 목소리도 사라졌다.

나는 필사적으로 일어서려 했으나, 아무래도 다리가 부러졌는지 잘 일어설 수 없었다.

나는 헬멧 안에서 피를 토했다.

내장도 대미지를 입었다.

『이 자식, 잘도 갬블러를!』

루저의 목소리가 났다── 그러나 곧바로 사라지고 말았다.

멈춰. 부탁이니까 싸우지 말고 도망쳐.

소리치고 싶어도 목소리가 나오지 않았다.

『으아아아아아!!』

『오지 마아아아아!!』

코믹과 헤어 세팅이 발포하는 소리가 들려왔지만, 그 소리도 이내 멎었다.

주위에서는 다른 소대가 인간형 위수한테서 등을 보이며 도망치며 비명을 지르고 있었지만, 뒤에서 쏘여 잇따라 쓰러져 갔다.

내가 어찌어찌 일어섰을 때는, 인간형 위수가 샤이 보이를 붙잡아 들어 올리고 있었다.

「샤이 보이!」

이름을 다 부르기 전에, 샤이 보이는 인간형 위수한테 라이플을 향하고 몇 번이나 방아쇠를 당기고 있었다.

샤이 보이는 내 쪽을 보며 말했다.

『도망…… 쳐.』

그 말이 끝나는 것과 동시에, 샤이 보이는 인간형 위수의 손에 쥐여 으스러트려지고 말았다.

인간형 위수가 빨갛게 물든 자기 손을 핥았다.

어느샌가 주위의 아군은 없어져 정적이 퍼지고 있었다.

조금 전까지 대화하고 있었을 터인 동료들은 무참한 사체로 변해 주위에 나뒹굴고 있었다.

호흡이 흐트러진다.

눈앞의 현실을 전부 받아들일 수가 없다.

내 둔한 본능으로도 눈앞의 위수가 이길 수 없는 존재라는 건 명백하게 알고 있었다.

그런데도 나는 오른팔을 들어 기관총 총구를 인간형 위수한테 겨누었다.

다리를 질질 끌다시피 하며 앞으로 나아가 왼손에 단검을 쥐었다.

「너…… 만은!」

이 행동에 무슨 의미가 있지? 그저 적을 자극할 뿐 아닌가? 조용히 있으면 나를 놓치고 지나갈 가능성이 있지 않나? 그러한 가능성의 이야기가 뇌리를 스쳤지만, 어째서인지 전부 무시하고 인간형 위수한테 살의를 향했다.

적은── 웃고 있는 것처럼 보였다.

적이 손가락을 내 쪽으로 향하자, 내 오른팔이 빛에 꿰뚫려 불탔다.

부러진 다리로 달려 나가자, 이번에는 인간형 위수의 손가락에서 발사된 빛에 왼쪽 다리가 꿰뚫렸다.

괴롭히면서 가지고 놀고 있다? 그렇다고 생각할 수밖에 없는 인간형 위수의 행동에 나는 어금니를 악물었다.

앞으로 고꾸라져 지금은 적한테 속수무책으로 당할 수밖에 없다.

언젠가 전장에서 죽게 되리라고 각오는 하고 있었다.

하지만 실제로 죽음을 맞이하자── 이렇게나 가슴이 갑갑할 거라고는 생각지 않았다.

헬멧 내부의 모니터는 깨지고, AI도 기능하지 않아 영상은 흑백에 노이즈가 심하다.

하다못해 적의 모습을 이 눈에 새기고자 고개를 들었더니, 하늘에서 뭔가가 날아내렸다.

"발……키리."

나와 인간형 위수 사이에 끼어드는 것처럼 내려선 건 지상의 싸움 따위 무관심할 터인 발키리였다.

인간형이라는 이레귤러를 무시할 수 없어서 내려온 것일까?

고작 한 기로 나타난 발키리는 등을 향하고 있어서 얼굴이 보이지 않았다.

영상도 노이즈가 심했고, 포착한 통신은 잘 알아들을 수 없었다.

『빨—— 갑자——.』

『이대—— 게 둘 수 있겠냐고!』

우리로는 당해낼 수 없었던 위수를 상대로, 발키리가 싸움을 걸고 있었다.

그 뒷모습을 보며 나는 정신을 잃었다.

◇

눈을 뜨니 병원 같아 보이는 장소에 있었다.

같아 보이는, 이라고 애매하게 표현한 이유는 넓은 방에 내 침대만이 마련되어 있었기 때문이다.

주위를 보니 의료 기기가 엄청나게 많이 늘어서 있었고, 생명 유지 장치까지 준비되어 있었다.

내 몸을 보니, 심장도 제 기능을 할 수 없는 상황이었던 것이리라.

지금은 기계가 내 심장을 대신하고 있었다.

　시야도 좁다. 아무래도 왼쪽 눈도 다친 듯하다.

　극진한 치료를 받는 모습에 내 일이지만 위화감을 느꼈다.

　평범한 보병한테 이렇게까지 할 이유가 없기 때문이다.

　요정기관── 조직 입장에서 나는 한시라도 빨리 사라지기를 바라는 존재다.

　돈을 들여서까지 살릴 이유가 없다.

　침대에 누워, 이 부자연스러운 상황의 이유를 생각하고 있자 방의 문이 열렸다.

　"야아~, 눈을 떴다는 말을 듣고 헐레벌떡 뛰어왔어. 만나서 반갑네, 【히후미 렌】하사."

　그 사람은 초로의 남성처럼 보였지만, 언동은 마치 어린아이 같았다.

　백의를 입고 있으니 의사일까?

　안경을 쓴 몸집이 작고 호리호리한 남성은 작은 눈을 지녔지만, 눈동자는 반짝반짝 빛나고 있었다.

　양손에 든 태블릿 단말을 누워 있는 나한테 밀어붙이다시피 하며 보여줬다.

　"갑작스럽겠지만, 실험에 지원해 주지 않겠어? 자네 같은 존재를 나는 줄곧 기다리고 있었어."

　갑자기 나타나 갑작스럽게 하는 제안에 나는 설명을 요구했다.

　"실험이라고 하셔도 저는 이런 몸입니다. 게다가 저는 조직으

35

로부터 미움받고 있습니다."

"생존한 강화 병사라는 말이지? 물론 허가는 받았어. 자네들 같은 생존자가 최적이라고 상부에 교섭했더니 납득하던걸."

내 과거를 알면서 실험 참가를 요청해 왔다.

아무래도 다친 정도도 상관없는 듯하다.

"실험 내용을 물어봐도 되겠습니까?"

"상관은 없는데, 한 번 들으면 돌이킬 수 없어."

"거부해 봤자, 이대로 죽을 뿐 아닙니까?"

아무래도 내 목숨을 부지시키고 있는 이유는 내가 실험에 참여하는 것을 눈앞의 남자가 희망했기 때문인 듯하다. 여기서 거절하면 어차피 생명 유지 장치가 정지되어 나는 죽을 뿐이리라.

남자는 안경을 요사스럽게 반짝이며 계획에 관해 설명했다.

"프로메테우스 계획. 거창한 이름이지만, 요컨대 히어로를 탄생시키자는 이야기야."

"히어로라고 하셨습니까?"

"그래. 히어로. 남자애들은 좋아하잖아? 나도 아주 좋아한다고."

남자는 어린애처럼 들떠 있다.

"현재 인류가 위수한테 대항할 수 있는 수단은 발키리뿐이야. 하지만 배틀 드레스는 여성만이 다룰 수 있다는 결점이 있어. 남성은 어떻게 해도 다룰 수가 없었지. 그래서 남성용 대 위수 병기를 만들고자 했어."

이런 부류의 이야기는 몇 번이나 나왔지만, 전부 실패로 끝났다고 들었다.

애초에 우리가 쓰고 있던 파워드 슈트도 원래 위수용으로 개발되었다.

2등급 이상의 적에게는 승산이 없었지만.

"지금까지 여러 차례 남성의 전력화가 계획되고, 실패했다고 들었습니다."

"아아, 물론 그렇지. 이전 연구들은 애초에 접근 방법이 잘못되었어."

남자가 태블릿 단말을 조작하여 화면을 전환한 뒤 나한테 극비 자료를 보여줬다.

"위수가 다루는 역장이 마력? 무슨 농담입니까?"

"특수한 역장을 상층부가 그렇게 부르고 있을 뿐이야. 그런데, 이 힘을 사용할 수 있는 건 위수들뿐만이 아니야. 발키리도 쓸 수 있지."

발키리들도 마찬가지? 같은 힘을 다룰 수 있으니까, 대항할 수 있었던 건가?

남자는 내게 제안했다.

"잃은 팔다리와 장기를 재생 치료할 수 있어. 다만—— 그걸 재생할 세포는 위수에게서 가져온 거지만."

"그건!"

목소리가 커지자, 온몸에 격통이 전해졌다.

내가 고통에 얼굴을 일그러뜨리자 남자가 몇 번 고개를 끄덕였다.

"위수와 같은 마력을 쓸 수 있게 되어야 한다면, 위수의 세포로 팔다리를 재생해서 다룰 수 있게 하면 돼. 그걸 위한 방법도 어찌어찌 찾아내서 최고의 세포를 손에 넣었지. 근데, 여기서 문제가 하나."

남자가 난처한 표정을 지으며 계속해서 말했다.

"수술을 받아들여 줄 지원자가 없어. 있다고 해도 수술과 재활에 따르는 격렬한 고통에 견디지 못하고 미쳐버리기 마련이었지. 하지만 자네들은 달라. 감정을 억제당하고, 격렬한 고통에도 견딜 수 있도록 강화되었잖아?"

위수들의 세포를 자기 몸에 심는다. 그 뒤에 기다리고 있는 건 격통이다.

이래서는 피험자를 모으는 것도 큰일이리라.

이대로 죽는 게 편하게 죽는 길인 건 분명하다.

다만—— 나는 묻지 않을 수 없었다.

"성공률은 얼마입니까?"

"10% 미만."

남자는 주눅 드는 기색도 없이 대답했다.

그게 성의라고 생각하는 걸까? 애초에 내가 이 제안을 거절하리라고 생각하는 것처럼은 보이지 않는다.

남자는 자신의 이론이 올바르다는 걸 증명하고 싶은 모양이었다.

"물론 최대한 노력하겠다고 약속하지. 조금이라도 성공률을 올릴 수 있도록 모든 걸 투자할 거고, 성공하면 자네는 파일럿이야. '하사'로는 모양새가 살지 않으니까 '준위' 계급도 준비해 놨지. 대출세네."

수술의 리스크에 출세—— 나는 그런 것에는 흥미가 없었다.

다만, 위수와 싸울 힘을 손에 넣는 것에는 흥미가 있었다.

나한테는 아직 존재 가치가 있다고 생각하게 만들어 주니까.

"파일럿이 되면 위수와 싸울 수 있는 아머가 준비되는 겁니까?"

"발키리들의 아머와 다르게, 자네의 경우는 인간형 병기를 타게 될 거야. 한때 활발하게 개발이 진행됐지만, 코스트 퍼포먼스가 나빠서 개발이 중지된 연구지. 그 기체에 마력을 다룰 수 있는 장치를 탑재하여 개량했어."

태블릿 단말을 보니 중후한 느낌이 있는 인간형 병기가 비치고 있었다.

2등급 상대로 속수무책으로 패배한 인간형 병기는 개발이 중지된 지 오래되었을 터다.

계획이 중지되고 재이용되었다는, 나와 같은 불쌍한 처지에 친근감이 싹텄다.

"——지원하겠습니다."

수술을 받겠다고 말하자 남자는 태블릿 단말을 내 코앞으로 가져왔다.

"그럼 곧바로 사인해 주게! 아아, 이름을 대는 게 늦었네. 내 이름은 【존 스미스】다. 조직에서 새로운 이름을 받았지."

존 스미스── 아무래도 본명은 아닌 모양이다.

떨리는 왼손으로 사인하자, 남자는 매우 기뻐하며 방에서 나갔다.

"곧바로 수술 준비를 하고 오지!"

저 모습이라면, 금방이라도 되돌아올 것이다.

나는 바보 같은 짓을 했다고 생각하면서, 왼손을 보고 주먹을 꽉 쥐었다.

"어차피 쓸 곳이 없는 내 목숨이다. 그렇다면 조금이라도 의의가 있는 계획을 위해 쓰는 것도 나쁘지 않지."

조직을 위하도록 길러져 온 것이 우리다.

지금도 그 목적은 변하지 않았다.

그런데도, 어째서인지 먼저 떠난 동료들의 얼굴이 떠올랐다.

1화

여자의 정원

수송기 화물칸에 있는 벤치에 앉아 안전벨트를 맨 나는 새로운 군복을 입고 있었다.

계급장은 준위.

전장을 이리저리 뛰어다니는 하사였던 내가 반년 만에 사관후 보생의 입장이 되고 말았다.

소대장이 이 자리에 있었다면 웃으면서 경례하고 나를 놀려 댔을 터다.

MC가 살아 있었다면 질 나쁜 농담이라고 말할까?

코믹은 좋은 소재가 되겠다며 기뻐했을지도 모른다.

엔진 소리로 시끄러운 화물칸에는 나 한 명.

격통을 수반하는 수술과 재활을 끝까지 버텨, 이제야 겨우 계획의 실험장이 되는 기지에 배속되는 날을 맞이할 수 있었다.

검은 가죽장갑을 낀 오른손을 보고, 몇 번인가 주먹을 쥐어 감촉을 확인했다.

왼쪽 다리의 상태도 나쁘지는 않다.

위화감은 남아 있지만 문제없이 움직인다.

잃은 몇 개의 장기—— 특히 심장도 문제없었다.

실명했던 왼눈의 시야도 이전과 다르지 않다.

정말로 위수의 세포로 재생 치료를 한 건지 의심스러워지지만, 수술과 재활 때 경험한 격통이 무엇보다 큰 증거이리라.

"어떤 실험이건 버텨 내서 완수해 보이겠어."

자기 자신에게 되뇌듯 중얼거리자, 조종석에 앉은 파일럿의 목소리가 스피커를 통해 대음량으로 들려왔다.

「도착이다. 내릴 준비를 해라.」

"알겠습니다."

저쪽에 내 목소리는 들리지 않을 거라고 생각하지만, 대답한 나는 자신의 짐을 확인했다.

별 대단한 짐도 없기에 가지고 온 건 보스턴백 하나뿐이다.

"자, 다음은 어떤 기지일지."

보병이었을 때는 여러 기지에서 신세를 졌지만, 더욱 강한 부대가 모인 기지는 특색이 강하다는 인상을 받았다.

신참한테 거칠고 난폭한 환영을 하는 사람들도 많다.

극비 실험을 하는 기지에서 그런 녀석들은 없을 거라고 생각하고 싶지만, 이것만큼은 착임하기 전까지 알 수 없다.

수송기가 목적지에 착륙하자 나는 안전벨트를 풀고 일어섰다.

후방 해치가 열렸기에 걸어서 내리자, 【앨리슨 그린】부주임이 날 기다리고 있었다.

프로메테우스 계획의 부주임인 여성으로, 스미스 박사와 마찬가지로 백의 차림이다.

하지만 이쪽은 상식인다운 외모를 하고 있다.

금발을 머리 뒤에서 묶고, 녹색 눈동자를 지닌 40대 여성이다.

몇 번이나 통화했지만, 이렇게 대면하는 건 처음이었다.

"히후미 렌 준위입니다!"

계급을 잘못 말하지 않도록 주의하며 경례하자, 상대는 조금 난감해했다.

"경례는 필요 없어. 나는 군 소속이 아닌걸."

"하지만 이번 계획에서는 대위에 상응하는 계급이라고 들었습니다."

"그건 단순한 직함이야. 그러면 따라와. 걸으면서 현재 상황에 관해 설명할게."

도착한 이착륙장에서 시설을 향해 걸음을 내디딘 그린 박사를 따라가며, 나는 계획의 현재 상황에 관한 설명을 들었다.

"거창한 이름이 붙은 계획이지만, 수용할 곳을 찾는 것도 고생했어. 이만한 계획쯤 되면 필요한 설비도 많아서 말이야. 수용할 수 있는 곳이 많지 않지."

계획의 규모를 고려하면 기지에도 그만한 부담이 드는 것이리라.

그린 박사의 목소리에는 미안해하는 기색이 드러나고 있었다.

"당신한테는 힘든 장소가 되겠네. 먼저 사과해 둘게."

그린 박사의 말투로 보건대, 아무래도 이번에 신세를 질 기지는 큰 문제를 안고 있는 듯하다.

하지만 여기서 물러날 생각은 없다.

위수와 싸우기 위해, 존재의의를 나타내기 위해, 나는 어떠한 기지에서도 이 임무를 완수할 생각으로 있었다.

"문제없습니다. 어떠한 환경에서라도 결과를 낼 뿐입니다."

"어머, 믿음직하네. 하지만 이번만큼은 어려울지도 몰라."

"각오한 바입니다."

"……그래."

항공기 이착륙장과 시설을 빠져나오자, 기지의 전모가 보이기 시작했다.

기지 외관을 본 나는 눈을 휘둥그레 뜨고 있었다고 생각한다.

상상했던 것보다도 성가신 상황에 말려든 모양이다.

그린 박사가 나를 뒤돌아봤다.

"발키리를 육성하고 운용하는 제3학원이야. 학원 관계자들은 머메이드 학원이라고 부른다나."

교문이 보였고, 그 너머에는 디자인성을 추구한 커다란 학교 건물이 있었다.

학원 내에는 교복 차림의 여학생들이 있었고, 즐거워 보이는 표정을 띠고 있었다.

내가 지금까지 봐 왔던 어떤 기지와도 다른 환경인 건 틀림없었다.

깨닫고 보니 나는 보스턴백을 떨어뜨린 상태였다.

경직된 나를 보고, 그린 박사는 장난이 성공하여 기뻐하는 것처럼 미소 짓고 있었다.

"남성한테는 가혹한 환경이지. 여하간, 여긴 여학교니까 말이야."

예상조차 하지 않았던 상황에, 나는 한동안 움직이지 못했다.

◇

짐을 내려놓은 뒤 향한 곳은 학원장실이었다.

그린 박사한테 안내받아 이제부터 제3학원의 학원장과 대면하게 된다.

나는 그녀 뒤를 걸으며 이 상황에 관해 설명을 요구했다.

"어째서 발키리를 육성하는 학원인 겁니까?"

평소라면 상관에게 따지고 드는 짓 따위 하지 않지만, 나는 내가 생각하고 있는 것보다도 동요하고 있는 모양이다.

억세고 강한 병사들한테 둘러싸이는 걸 상상하고 있었는데, 나보다도 어린 여학생들의 배움터에서 실험한다고 하니까 당연할지도 모른다.

그린 박사는 걸으면서 뒤돌아보지 않고 대답했다.

"설명했다시피, 요즘 세상에 이 정도까지 설비가 갖춰진 군사 기지는 거의 없어. 게다가 보안도 더할 나위 없지. 여긴 세간과 분리되어 있으니까."

창문을 보니 학원 바깥의 경치가 보였다.

이착륙장에서는 알아차리지 못했지만, 발키리의 학원쯤 되면 이곳은 하늘 위일 가능성이 높다.

"공중요새 이야기는 저도 소문 정도로는 들었습니다. 설마, 실재할 거라고는 생각지 않았습니다만."

하늘에 떠 있는 군사 기지―― 요새가 존재한다는 소문은 보병

사이에도 떠돌고 있었다.

"요새라. 그래도 지금의 이곳은 학원이야. 이제부터 만날 학원장도 원래는 기지 사령관이었지만."

"기지 사령관 말입니까?"

"군에서는 중장 정도 되려나."

"?!"

중장이라고 하면 내게는 구름 위의 존재다.

다만, 중장이 학원장이라니, 위화감이 강하다.

"도착했어. 괜찮을 거라고는 생각하지만, 학원장을 화나게 하지 말아 줘? 그녀도 한때는 발키리, 그 제1세대로서 싸워 온 베테랑이야."

멈춰 서서 주의를 주는 그린 박사는 과거에 뭔가가 있었는지 떨떠름한 표정을 짓고 있었다.

짐작 가는 것이 딱 하나 있었다.

"……스미스 박사님이 뭔가 한 겁니까?"

내 예상은 맞았던 모양이라, 그린 박사가 한숨을 내쉬었다.

"첫날에 질문 세례를 퍼부어서 화나게 했었거든. ──앨리슨입니다. 학원장님, 그 피험자를 데리고 왔습니다."

그린 박사가 말하면서 노크하자, 방에서 입실 허가가 나왔다.

「기다리고 있었어요.」

말투에서 군인답지 않은 분위기를 느꼈다.

여닫이문이 양쪽으로 열리고 안으로 들어가자 마침 자리에서 일어서려 하는 학원장의 모습이 있었다.

"이곳 머메이드에서 학원장을 맡고 있는【카세 나츠코】예요. 앞으로 기억해 주시기를."

미소를 지으며 인사하는 학원장은 언뜻 보기에는 정숙한 여성이었다.

숙녀라는 말이 어울리는 여성이기는 하지만, 동시에 범상치 않은 면모를 겸비하고 있었다.

180㎝인 나보다도 키가 크고, 여전히 현역 군인 같은 몸을 하고 있다.

군복이 아니라 클래식한 양복 차림인 것도 나한테는 강한 위화감이 들었다.

또한 중장이면서 젊다. 지나치게 젊은 용모를 지니고 있었다.

이야기를 들었던 한에서는 고령이라고 생각했는데, 눈앞의 여성과는 연결되지 않았다.

당혹스러움을 감추고 경례하며 인사했다.

"히후미 렌 준위입니다. 금일부로 배속되었습니다. 이후, 신세를 지겠습니다."

카세 학원장은 나를 보며 난처한 듯이 미소 짓고는 고개를 기울여, 뺨에 손을 댔다.

"으음~, 딱딱하네. 여기서 그러면 붕 뜰 텐데."

아무래도 내 인사가 마음에 들지 않았던 모양이다.

그린 박사가 뒤를 이어받아 이야기를 진행해 주었다.

"그는 특수한 처지에 있습니다. 빌린 시설에서 나올 때는 별도로 허가를 받을 겁니다. 여학생들과의 접촉은 최소한이 되도록 노력하겠습니다."

발키리들은 학교에 다니고 있어도 이상하지 않은 어린 여성뿐이다.

나 같은 존재가 접촉하는 건 피하는 편이 좋다, 라고 그린 박사가 제안했다.

나 또한 같은 의견이지만, 카세 학원장은 그게 마음에 들지 않는 모양이었다.

"그래서는 일부러 받아들인 의미가 없어. 내가 프로메테우스 계획을 받아들인 이유는 아이들을 위해서야."

아이들? 여학생들을 말하는 것일까?

그린 박사 쪽을 보니 미간에 살짝 찌푸려져 있었다.

예정과 달라서 반응에 곤란한 기색과는 조금 다른 느낌이다.

곧바로 표정을 고치고 카세 학원장의 진의를 살폈다.

"접촉은 최소한으로 하는 방향으로 조정하지 않았던가요?"

카세 학원장은 미소 짓고 있었지만, 거기에는 우리에 대한 위압감이 느껴졌다.

"맞아, 최소한으로 교류해 줘야겠어. 불순 이성 교제는 언어도단인걸. 하지만 말이야. 여학교는 이성과의 교류를 배울 기회가 적잖아? 나는 여학생들이 조금은 이성과의 교류 방법을 배웠으면 하거든."

지도자로서의 고민인 걸까? 카세 학원장의 희망에 그린 박사는 떨떠름한 표정을 지었지만 받아들이는 모양이다.

"알겠습니다. 상세한 내용은 나중에 정하도록 하지요."

"잘 부탁할게. 아아, 그리고."

카세 학원장이 나한테 가까이 다가왔다.

힐을 신은 카세 학원장이 내 눈앞에 오더니, 나를 내려다봤다.

"소년을 환영하는 아이는 거의 없어. 그것만큼은 기억해 두렴. 학원장으로서 주의는 하겠지만, 우리 애들은 조금 거치니까. 조심하도록 해."

"……조언, 감사드립니다."

◇

학원장실을 뒤로하자, 그린 박사의 보폭이 올 때보다도 커져 있었다.

잰걸음으로 개발팀 격납고로 향하는 그녀의 뒷모습은 조금 전 카세 학원장의 태도에 짜증을 내는 것처럼 보였다.

"우리 계획은 안중에 없는 모양이네."

"그렇습니까?"

"깨닫지 못한 거야? 남성의 대 위수 전력화에 성공하면, 가장 큰 여파를 받는 건 발키리야. 조직 내의 예산 분배도 변할 테고, 정치적인 입장도 좁아지겠지. 그런데도 순순히 우리를 받아들인

49

이유가 여학생한테 이성과의 교류 방법을 알려주기 위해서라잖아? 우릴 우습게 아는 거지."

남성의 전력화에 성공하면 발키리 1강 시대에 끝이 온다.

카세 학원장이 말했던, 나는 학원 관계자한테 환영받고 있지 않다는 의미와도 이어진다.

나는 이 학원에 있어서의 방해꾼, 혹은 적이라는 것이다.

다만, 지금의 나는 개인적인 문제가 급선무였다.

"……그린 박사님."

"앨리슨이라고 불러."

"그러면 앨리슨 박사님께 질문이 있습니다."

"뭔데?"

걸음을 멈추지 않는 그녀를 따라가며, 나는 조금 전에 발생한 문제에 관해 답을 요구했다.

"여성과의 교류에 관해서는 훈련을 받지 않았습니다. 어떻게 접하면 좋습니까? 교본이 있다면 빌리고 싶습니다."

시설에 보내진 이후로 나는 여성과 얽힐 기회가 적었다.

여학생과 접하는 방법 같은 건 지금까지 경험조차 없다.

이 난국에 어떻게 임하면 좋은 것인가?

앨리슨 박사는 멈춰 서서 상반신만 뒤로 돌리고는, 눈을 똥그랗게 뜨고 있었다.

"진심으로 하는 말이야?"

"예."

이 문제에 관해 나는 너무나도 준비 부족이었다.

이마에 손을 댄 앨리슨 박사는 깊은 한숨을 내쉬었다.

아무래도 훈련 부족이라는 게 알려져 실망하게 한 모양이다.

"너까지 문제아일 거라고는 생각지 않았는데."

◇

"들었어? 여기로 남자가 편입해 온대."

"그 실험 말이지? 실패가 뻔한데 굳이 받아들이다니, 학원장은 무슨 생각인 건지 모르겠네."

교사(校舍) 복도에서 두 학생이 남성의 화제를 꺼내고 있었다.

제3학원의 하얀 교복 위에 회색 블레이저를 입은 여학생【루이즈 뒤랑】이 발걸음을 멈추고 두 사람의 대화에 끼어들었다.

"무슨 이야기 중이야?"

흥미진진하다는 표정인 루이즈는 상냥해 보이는 분위기를 지닌 여학생이다.

긴 은색 머리카락은 부드럽고, 사뿐하게 부풀어 있다.

눈동자는 노란색에 처진 눈매고, 어조도 느긋해서 주위에서 온화한 아이라고 알려져 있다.

풍만한 가슴이 포용력을 자아내고 있어서, 같은 5반 클래스메이트 사이에서 귀여움을 받고 있었다.

두 사람은 루이즈가 대화에 끼어드는 걸 도리어 환영했다.

"루이즈도 들었지? 이 학원에 남성 파일럿이 왔다는 이야기. 그래서, 그 녀석이 우리 5반에 편입하는 거 아닌가 하는 소문이 흐르고 있어."

"소문이 아니라 거의 확정인 것 같지만."

학원에도 남성 직원은 있지만, 여학생들이 평소 생활하는 교사나 기숙사에서는 마주칠 일이 거의 없다.

학원 측이 멀리 떼어 놓고 있는 상황에서, 자기들이 재적 중인 5반에 남성이 들어온다는 것이 두 사람한테는 저항이 있는 모양이다.

루이즈는 난처한 얼굴로 웃었다.

"……나는 처음 들었어."

몰랐다고 말하는 루이즈를 보고 두 사람은 어처구니없다는 표정을 지었다.

"루이즈는 유행이나 소문에 정말 관심이 없구나. 어쨌든 우리는 남자애와 클래스메이트가 되게 생겼어."

한 명이 남자애라고 말하자, 다른 한 명이 웃기 시작했다.

"남자애라니. 우연히 본 애의 말로는 적게 잡아도 스무 살이 넘어보였다고 했는데? 남자애는 아니지."

남자애라고 할 나이는 아니라고 말하자, 루이즈가 양손을 허리에 대고 가슴을 폈다.

"남자애도 아주 틀린 말은 아니야. 애초에 아이(子)라는 글자는 한 일(一)부터 마칠 료(了)로 구성되어 있어서, 시작부터 끝까지를 의미하니까 남자애라도 문제없다고 생각해."

루이즈는 부모의 사정으로 중학교에 올라오기 전에 일본으로 와서 그대로 발키리 적성 시험에 합격하여 제3학원에 입학했다.

예전에는 일본어가 서툴렀지만, 본인이 근면하여 언어 공부를 빠뜨리지 않았다.

배운 말을 자랑스럽게 피로하는 루이즈를 보고, 두 사람은 서로 얼굴을 마주 보며 쓴웃음을 지었다.

"틀린 말은 아닐지도 모르지만, 세간 일반적으로는 그렇게 말하지는 않지."

"루이즈다운 대답이긴 하네."

그녀에게는 푼수 같은 면이 있다는 것이 클래스메이트들의 평가였다.

루이즈는 창피해하는 듯했다.

"아, 아니야? 우웃, 또 틀려 버렸어. 벌써 몇 명한테나 자랑했는데."

슬픈 표정을 지은 루이즈를 두 여학생이 위로하고 있자, 교복 위에 로브를 걸친 여학생들이 다가왔다.

한 명은 회색 로브를 걸치고 있었고, 검은 단발머리에 안경을 쓴 어른스러워 보이는 외모의 여학생이었다.

그 뒤를 걷고 있는 건 빨간 로브를 걸친 보브컷 헤어스타일의 여학생이다.

두 명을 알아차린 세 사람은 황급히 길을 양보하는 것처럼 가

장자리로 이동하여 옆으로 나란히 섰다.

검은 머리 여자는 세 사람을 신경도 쓰치 않는 듯했지만…… 다른 한 명, 빨간 로브를 착용한 여학생이 루이즈 일행 앞에서 발걸음을 멈췄다.

그녀가 날카로운 눈초리로 노려보자, 루이즈는 어색한 미소를 띠었다.

"오랜만이야…… 하야세 양."

상대는 중학교 시절의 전 동급생이면서 지금은 루이즈보다도 격이 높아진 【하야세 마야】였다.

그녀가 두른 로브는 정식 발키리의 증표나 마찬가지다.

그중에서도 회색 이외의 색깔은 특별한 존재를 의미한다.

5반 여학생들에게 로브를 두르고 다니는 그녀들은 상위 존재였다.

"여전한 모양이네. ……마음에 안 들어."

마야는 그 말만 하고는 먼저 간 검은 머리 여학생을 뒤쫓았다.

두 사람이 떠나가자 루이즈는 맥이 빠진 것처럼 숨을 내쉬었다.

"하후으~, 무서웠어~."

말려든 클래스메이트 두 사람이 루이즈한테 사정을 확인했다.

"잠깐, 왜 하야세가 루이즈를 노려보는 거야?"

"루이즈하고 동급생이었지? 무슨 일 있었어?"

두 사람이 캐묻자, 루이즈는 뺨을 손가락으로 긁적이며 난처한 듯이 미소 지었다.

"중등부 때부터 미움받고 있었거든. 나는 싫어하지 않지만, 하야세 양은⋯⋯ 내가 싫은 모양이라."

클래스메이트 두 사람이 루이즈한테 동정적인 시선을 향했다.

"자기를 싫어하던 동급생이 에이스가 됐다는 건가⋯⋯."

"루이즈도 힘들겠네."

에이스한테 미움받는다── 그건 5반이라는 예비 전력 취급인 여학생들한테 커다란 마이너스가 된다.

루이즈는 울 것 같은 얼굴이 되어 있었다.

"그런 말 하지 마. 나도 이대로라면 곤란하다는 걸 알고 있으니까~."

마야가 앞을 걷고 있던 여학생【소라지마 마이】를 따라잡자, 마이가 조금 전의 행동에 관해 물었다.

마이는 앞을 향하고 있었고, 뒤돌아보지도 않았다.

"5반 애들을 위압하다니, 왜 그래? 너답지 않은데."

마야는 조금 전부터 줄곧 불만스러운 듯한 표정을 지은 채였다.

"중등부 때부터 싫어하는 애가 있었거든요."

"조금 전의 은발 애? 미오 선생님이 스카우트 후보에 넣었을 텐데⋯⋯ 혹시, 거부한 게 너였어?"

마이가 고개만을 뒤로 돌려 마야를 봤다.

예리한 눈초리는 제멋대로인 마야한테 분노를 품고 있는 것 같았다.

"저한테 상담하시길래 저는 싫다고 대답한 것뿐이에요. 걔랑은 같이 싸우고 싶지 않다고 말했어요."

"에이스의 발언은 받아들이지 않을 이유가 되기에는 충분해. 우리 3반의 상황을 모르는 거야?"

"알고 있어요."

쌀쌀맞게 대답한 마야는 이 이야기를 계속하고 싶지 않은 모양이었다.

마이한테서 고개를 돌려 버렸다.

하지만 마이의 추궁은 멈추지 않았다.

"그녀는 우수해. 다른 클래스도 노리고 있다고 들었고, 네 고집으로 3반의 전력 보충이 늦어지는 건 용납할 수 없어. ──좀 더 에이스로서의 자각을 가지도록 해."

마이가 앞을 향하자, 마야는 한층 기분이 안 좋아졌다.

"아무도 에이스로 삼아 달라고 부탁하지 않았어요."

"색이 있는 로브를 두를 수 있는 건 이 학원에서 네 명뿐이야. 그중 한 명으로 선택되었으면 자각을 가지는 게 당연한 거고."

잔소리가 싫어진 마야는 마이를 도발했다.

"전임 에이스 님의 말은 무게가 다르네요. 저한테 에이스의 자리를 빼앗겼다고 해서 화풀이하는 건 그만두시죠."

마이가 멈춰 서자, 마야도 멈춰 섰다.

일촉즉발의 분위기가 될 뻔했지만, 마이가 상반신만을 뒤로 돌렸다.

마이의 표정은 슬픈 것처럼도 보였다.

"실력은 있지만 제멋대로이고 오만하구나. 참으로 에이스에 어울리는 기질이야. 사람으로서는 문제가 있지만. 앞으로도 3반을 위해 열심히 해."

한 방 먹은 마야는 상관인 마이를 향해 내뱉었다.

"클래스에는 흥미 없어요. 저는 저를 위해서 싸울 거예요."

허세가 아니라, 마야는 진심으로 말했다.

자신을 위해 싸우는 것에 부끄러워할 일은 없다고.

마이는 작게 한숨을 내쉬었다.

"네 마음대로 하렴. 그게 3반을 위한 일이 된다면, 나도 너의 인성은 문제 삼지 않을 테니."

이른 아침부터 앨리슨 박사와 함께 학원 복도를 걷고 있었다.

향하는 곳은 내가 배속될 부대가 교육을 받는 장소—— 즉 교실이다.

현역 발키리들은 전원이 여학생인 모양이라, 그녀들은 출격이나 훈련, 대기 상태가 아니라면 일반적인 학생과 마찬가지로 평범한 수업을 받는다고 한다.

앨리슨 박사는 사복 위에 백의를 착용하고 있었고, 주머니에 손을 넣고 걸으며 필요한 사항을 통지했다.

"기체가 도착할 때까지 한동안 시간이 있어. 스미스 박사가 기체 조정에 만족하면 같이 운반되어 올 거야."

앨리슨 박사의 말에는 스미스 박사를 향한 아주 약간의 가시가 섞여 있었다.

"스미스 박사와 실험기가 도착할 때까지는 너는 훈련 메뉴를 소화해 줘야겠어. 그리고, 카세 학원장의 요망(要望)에도 응해야 해. 사령관이 토라지면 감당할 수가 없으니까."

앨리슨 박사는 그렇게 말하며 창문 쪽으로 시선을 향했다.

아직 수업은 시작되지 않았는데도 여학생들이 트레이닝복으로 갈아입고 운동장에서 훈련에 힘쓰고 있었다.

다만, 그래도 군사 기지와는 분위기가 달랐다.

트레이닝복은 반바지에 민소매 상의 구조이다.

내가 운동장의 모습을 보고 있는 게 신경 쓰였는지, 앨리슨 박사가 물어봤다.

어째서인지 미소를 띠고 있었다.

"굳이 멈춰 서서 바라보다니, 저 풍경이 신경 쓰여?"

앨리슨 박사의 말대로, 나는 신경이 쓰였다.

"예. 현재는 훈련 시간이 아니기에 그녀들은 자주적으로 훈련을 하는 것으로 추측합니다. 이 기지의 사기가 높다는 증거입니다."

역시나 발키리의 기지라며 감탄하고 있자, 앨리슨 박사가 큰 한숨을 내쉬었다.

"그 일단 물어보는데…… 동아리 활동이라는 거 알아? 아침 연습이라는 말을 들어 본 적은 없어?"

"알고 있습니다. ……설마, 그녀들은 훈련이 아니라 동아리 활동의 아침 연습 중인 겁니까?"

"응."

앨리슨 박사가 지친 표정으로 긍정했다.

이전 부대에서 동아리 활동에 관해 동료가 이야기한 걸 들은 기억이 있다.

나는 동아리 활동을 경험하지 않았기에 대화에 낄 수 없었지만, 설마 이 기지에서 진짜를 보게 될 수 있으리라고는 생각지 않았다.

"처음 봤습니다."

"그건 잘됐네."

"예."

앨리슨 박사가 걷기 시작했기에 그 뒤를 따라갔다.

아침 연습 중인 여학생들의 구호 소리 등이 들려오는 복도를 지나며, 앨리슨 박사가 이내가 배속될 부대—— 클래스에 관해서 설명했다.

"자, 이제부터의 예정을 전할게. 네가 전입하는 곳은 5반……
중등부를 졸업한 발키리들이 배속되는 곳이야. 예비 전력을 모은 클래스라고 생각하면 돼."

"예비 전력이란 무슨 의미입니까?"

"발키리들이 장착하는 발키리 드레스는 수가 많지 않아. 중등부에서 3년 동안의 훈련을 받은 풋내기 알들은 무사히 졸업해서 햇병아리가 되어도 정식 발키리가 아니야. 1반부터 4반까지의 정규 부대에 스카우트되고서야, 비로소 진짜 발키리가 될 수 있는 거야."

"선택받지 못한 경우에는 어떻게 되는 겁니까?"

"3년 동안 재적한 뒤에 졸업하게 돼. 그렇긴 해도, 중등부를 졸업한 시점에서 그녀들은 엘리트야. 조직 내에서는 그녀들밖에 맡을 수 없는 일도 많으니까, 생활에 어려움을 겪는 일은 없겠지."

화려한 활약만이 눈에 띄었지만, 전장에서 본 발키리들은 가혹한 경쟁에서 이기고 올라온 정예들이었던 모양이다.

"그런 사정이 있는 줄은 몰랐습니다."

"공언하는 내용이 아니니까. 너도 누설하지 않도록 주의하도록 해. 그렇긴 해도 알고 있는 사람들은 아니까, 기밀인 건 아니지만."

　창문 쪽으로 시선을 향하니 이른 아침부터 웃는 얼굴로 땀을 흘리는 여학생들의 모습이 보였다.

　5반 교실은 계단형 강당으로 되어 있었고, 클래스에 재적 중인 여학생의 수도 많았다.

　전원이 18살까지의 여학생들로, 화이트보드 앞에 선 나한테 시선을 향하고 있었다.

　"오늘부터 이 부대에서 신세를 지게 되었습니다. 히후미 렌 준위입니다!"

　교실에 울려 퍼지는 목소리를 내며 경례했다.

　내 옆에 선 5반 교관은 내가 별로 달갑지 않은지 떨은 표정을 짓고 있었다.

　전 발키리인 그녀는 지금은 교관으로서 후진을 육성하고 있다.

　"아침부터 제법 기운이 넘치는군, 히후미."

　"옙, 착임 인사이기에 기합을 넣었습니다!"

　쉬어, 자세로 대답하자 교관의 미간에 주름이 생겼다.

　"지금 건 비아냥이었다만, 눈치채 주지 못한 모양이라 선생님은 슬프구나."

"실례했습니다!"

"……여기도 서류상으로는 군사 기지지만, 그런 군대 양식은 사양할게. 우리는 그녀들을 학생으로서 대우하지, 군인 취급하지는 않아. 네가 우리한테 맞춰야 할거야."

"잘 알겠습니다!"

교실이 넓기에 큰 목소리로 외쳤는데, 교관은 민폐라는 듯한 얼굴을 하고 있었다.

여학생들을 보니, 내게 향하고 있는 시선은 전부 호의적이라고는 말할 수 없었다.

경계하는 여학생이 태반이고, 개중에는 적의를 향하는 상대도 있었다.

내가 이 기지에서는 이물이라는 것을 그녀들의 태도가 말해 주고 있었다.

다만——.

"그러면 히후미의 자리는——."

교관이 내 자리를 정하고자 시선을 움직여 교실 안을 둘러보자, 한 여학생이 오른손을 크게 들었다.

"네, 선생님! 제 옆자리가 비어 있습니다! 여기예요, 여기! 루이즈의 오른쪽 옆이 비어 있어요!"

——은발 여학생이 기운차게, 그리고 호기심으로 가득 찬 표정으로 내 자리를 지정하고 있었다.

교관은 교실 안을 둘러본 뒤, 귀찮다는 듯이 내게 말했다.

"그러면 루이즈 옆으로 가라."

"옙!"

대답한 뒤 빠른 걸음으로 이동하여 자리에 앉자, 왼쪽 옆에 있는 여학생이 말을 걸었다.

"오늘부터 같은 반이네요. 저는 루이즈 뒤랑이에요. 히후미 렌 씨? 그게 아니면 히후미 렌 군? 어느 쪽이 좋나요?"

호기심 왕성한 그녀가 몸을 쑥 내미는 것처럼 거리를 좁혔다.

"5반 분들은 전원이 준위라고 들었습니다. 여러분이 선임이시니 원하는 대로 부르셔도 괜찮습니다."

"그러면 렌 군이네요! 저를 부를 때는 루이즈라고 편하게 부르도록. 이거, 선배로부터의 명령이에요. 거스르면 안 돼요?"

아무리 루이즈 준위가 선임이라지만, 명령권은 없다. 서로 같은 준위기 때문이다. 교관의 지시라면 모를까, 지휘 계통을 생각하면 이 명령은 받아들일 수 없다.

다만, 이곳은 군사 기지임과 동시에 학원이다.

학원 내의 룰이 존재할 경우가 있고, 그걸 무시하는 건 앞으로의 원활한 인간관계 구축을 고려하면 악수다.

문제는 이것이 학원 내의 공식 룰인가 아닌가 알지 못한다는 점이다.

"……명령입니까."

내가 고민하고 있자 난색을 나타낸 것이라고 생각했는지 루이즈 준위가 안절부절못했다.

"안 되나요? 그러면 부탁이라면 어떤가요?"

겁을 먹은 듯한 태도로 부탁하는 루이즈 준위였으나, 부탁이라면 문제없다.

"부탁이라면 문제없습니다. 저를 부르실 때도 원하는 대로 부르셔도 괜찮습니다."

루이즈의 걱정하는 듯한 표정이 만면의 미소로 바뀌었다.

"그러면 오늘부터 저희는 친구네요. 잘 부탁할게요, 렌 군!"

"이 기지에 익숙하지 않아 폐를 끼칠 수도 있으나, 잘 부탁드리겠습니다."

"딱딱해. 딱딱하다구, 렌 군. 좀 더 친구답게 얘기하자."

"친구답게, 말입니까? ……선처하겠습니다."

루이즈와 대화하고 있자 교관이 주의를 주었다.

"인사는 끝났나? 그러면 HR은 끝이다. 연락 사항에 관해서는 각자의 단말로 확인해라. 이상."

◇

1교시 수업은 발키리의 전장에서의 움직임에 관한 것이었다.

화이트보드 앞에 선 교관은 단말을 조작하여 모니터를 사용해서 설명했다.

"지금부터 너희들한테 가르치는 건 전장에서 낙하했을 때의 대처 방법이다."

전장에서 낙하하여 지상으로 내려왔을 때의 행동에 관해 설명이 이루어졌다.

　"전장에서 긴급 시에 지상으로 낙하, 혹은 강하했을 경우, 우리는 곧바로 구조 부대를 보낸다."

　영상에 표시되는 것은 지상에서 전투를 벌이는 보병 부대였다.

　부대의 규모, 장비를 보면 영상에 비친 것은 정예 부대였다.

　그러나 작전에 정예 부대가 투입되는 경우는 별로 없다. 대부분은 가까이에 있는 부대가 투입된다.

　교관은 날 일별하더니, 곧바로 수업을 재개했다.

　"구조 부대에 회수되면 곧바로 이동을 개시해라. 보병과의 잡담도 금지다. 보병이 말을 걸어도 잡담에는 일절 대답하지 마라. 되도록 차갑게 대해라. 정을 보이지 않고, 1초라도 빨리 전장에서 퇴각하는 것만을 생각하여 행동하도록."

　옆자리에 앉은 루이즈가 내 쪽을 힐끔힐끔 보며 조심스럽게 손을 들었다.

　교관이 루이즈를 지명했다.

　"뭐지, 루이즈?"

　"도움을 받았는데 차갑게 대해야 하는 이유가 있는 건가요? 감사 인사 정도는 해도 괜찮지 않을까요?"

　주위도 내 경력을 알고 있는지, 질문한 루이즈보다도 나한테 시선이 모여 있었다.

　교관도 내 쪽을 보고 있었지만, 단말로 시선을 되돌렸다.

"아무리 발키리라고 해도 발키리 드레스가 없으면 3등급을 상대로 승리를 장담하기 어렵다. 하물며 지상의 보병들은 말할 것도 없지. 그런 상황에서 자기만족을 위해 시간을 허비했다가, 적에게 목숨을 잃어도 좋다면 마음대로 해라. 하지만 개인적으로 충고하자면, 자기만족을 위해 보병을 죽음으로 내모는 어리석은 녀석이 이 교실에 없기를 바란다."

1초라도 빨리 퇴각하는 건 찬성이다.

하지만 차갑게 대하는 의도는 이해할 수 없다.

목숨을 걸고 구하러 왔는데, 차갑게 대하면 의욕이 사라지는 보병이 있기 때문이다.

루이즈도 나를 신경 써 주고 있는 모양이라, 교관한테 반론을 제시했다.

"그렇다고 차갑게 대할 필요는 없다고 생각합니다만?"

교관은 떨떠름한 표정을 지으면서, 이 매뉴얼이 탄생한 경위를 설명했다.

"발키리가 지상에 내려오는 건 대체로 위기 상황이다. 그 탓에 위기에서 구조받고 운명적인 만남이라고 착각하는 케이스가 다수 발생했지. 이는 아직 현역으로 싸울 수 있는 발키리들이 잇따라 은퇴하는 원인이 되었다. 조직은 발키리 한 명을 육성하는데 상당한 예산을 투입하고 있다. 그런 일시적인 착각으로 전력을 잃는 건 곤란한 일이지."

코믹과 헤어 세팅이 들었다면 좋아할 것 같은 이야기다. 확실히 정예 중의 정예인 발키리가 한 명 빠지는 것만으로도 큰 손실이리라.

앞으로도 현역으로서 싸워 줄 것으로 보고 전력으로 계산했는데, 운명적인 만남(?)으로 줄 퇴역을 하면 조직도 곤란할 터다.

전장의 러브 로맨스(?) 때문에 전력이 줄어드는 걸 방치할 수는 없었을 것이다.

루이즈가 아닌 다른 여학생이 손을 들고 발언했다.

"정말로 운명적인 만남이라면 허용되나요? 좋아하게 되었다면 딱히 문제없다고 생각합니다만?"

웃으면서 한 그 질문은 교관을 난처하게 만들려는 의도가 보였다.

교관은 대답했다.

"현재는 관계가 생기면 곧장 조사가 들어가고, 결과에 따라서 보병만 엄격하게 처벌받는다. 발키리가 보병보다 중요한 전력이기 때문이지. 목숨을 걸고 구해 준 보병들이 부조리한 상황에 처하게 되는 것이다. 너희들은 한때의 감정으로 그들을 부조리에 몰아넣겠다는 거냐?"

여학생들이 침묵해 버리자, 교관은 말했다.

"조직은 너희들을 위해 막대한 예산을 투입하여 육성하고 있다. 그건 너희들이 2등급 이상의 위수와 싸울 수 있는 귀중한 전력임과 동시에 세계의 수호자이기 때문이다. 일시적인 마음의 흔들림으로 모든 걸 내던지는 일이 없기를 바란다."

과거에 추락한 발키리를 몇 번인가 구조한 적이 있다.

그때, 전원이 우리 보병한테 차가운 태도를 취했다.

그 이유를 이 자리에서 듣게 될 거라고는 생각지 않았다.

교관이 내 쪽으로 시선을 향했다.

"자 그럼, 실제로 지상에서 보병을 했던 히후미에게 감상을 들어 보도록 할까. 네가 구했던 발키리들은 어떤 태도였지?"

"구조했던 발키리 전원이 보병한테 벽을 쌓고 있었습니다. ……질문을 하나 드려도 괜찮겠습니까?"

"뭐지?"

"보병 쪽에 발키리와 관계가 생기면 처벌받는다는 이야기는 들은 적이 없습니다. 정식으로 통지받은 적 또한 없습니다."

어째서 보병한테는 통지되지 않은 것인가? 내 의문에 교관은 대답했다.

"어설프게 알려졌다가 교묘한 수단을 취하면 곤란하기 때문이다. 발키리와 사귀게 되어서 들떠 있는 녀석들 쪽이 붙잡기 쉽다…… 그뿐이다."

한순간, 헤어 세팅의 얼굴이 떠올랐다.

헤어 세팅이라면 발키리와 사귀게 되어도 들떠서 금방 허점을 드러내겠지, 하고.

◇

방과 후.

수업이 끝나자 5반 여학생들은 짐을 정리하여 뿔뿔이 교실에서 나갔다.

"이 뒤에는 어떻게 할래?"

"월급날 전이니까 절약하고 싶을지도."

"빨리 월급날이 왔으면 좋겠지."

방과 후에는 자유시간인 모양이라, 부대 동료── 클래스메이트들은 제각기 원하는 대로 보내는 듯했다.

나도 짐을 정리하고 격납고로 돌아가 오늘의 훈련 메뉴를 소화할 생각이다.

교실에서 나가려 하자, 루이즈도 일어서서 내게 말을 걸었다.

"렌 군은 이제부터 개발팀이랑 합류하는 거야? 실험기에 흥미가 있는데 괜찮다면 보여주지 않을래?"

손을 모으고 부탁하는 루이즈한테 나는 거절할 수밖에 없었다.

"저는 허가를 내릴 권한이 없습니다. 확인은 해 보겠습니다."

"그, 그렇구나. 응, 미안해."

쓸쓸한 듯이 미소 지은 루이즈는 쉽사리 물러났다.

하지만 주위는 용서해 주지 않았다.

"그건 좀 아니지 않아? 오늘 하루 루이즈한테 신세를 졌잖아. 견학 정도는 시켜줘도 되는 거 아니야?"

교실 안에 남아 있는 여학생의 말을 계기로, 주위의 시선이 나한테 모였다.

개발팀은 기지를 빌려 쓰는 입장이지만, 기밀 사항도 많다.

사전 확인은 필수라고 생각하는데, 여기서는 아닌 걸까?

"조금 전에도 말씀드렸듯이 저한테는 권한이 없습니다. 하지만 책임자한테 확인해 보는 것은 가능합니다. 대답은 내일 드리도록 하겠습니다."

여학생들이 나를 보며 말했다.

"그 대답은 아니야. 최악이라고."

"눈치가 없네."

"루이즈가 불쌍해."

아무래도 나는 선택을 그르친 모양이다.

무엇이 문제였던 걸까? 격납고에 데리고 가면 기밀 사항 누설로 이어질 우려도 있기에 현시점에서의 동행은 확인이 필수다.

내일 대답하겠다고 한 게 잘못이었던 걸까?

뭘 잘못한 것인지 고민하고 있자, 루이즈가 당황하며 주위를 중재해 주었다.

"다들, 너무 뭐라 하면 안 돼. 방금 부탁은 내가 너무 무신경했는걸. 그리고 물어봐 준다고 하잖아."

주위도 '루이즈가 그렇게 말한다면야'하고 이해해 준 모양이라, 이 이상은 타박하지 않았다.

모두가 교실에서 나가자, 루이즈가 양손을 모으고 내게 사과했다.

"정말로 미안해! 설마 애들이 그렇게 화낼 줄은 몰랐어."

"괘념치 않습니다. 게다가 실험기는 학원 밖에서 조정 중이기에 아직 반입되지 않았습니다. 볼 만한 건 없을 겁니다."

"그런 거야? 그러면 렌 군은 그때까지 뭘 하는 거야?"

"이론 수업과 훈련을 받습니다. 그러면, 저는 이걸로."

손목시계를 확인하자 슬슬 이론 수업이 시작될 시간이었다.

서둘러 격납고로 가지 않으면 늦는다.

뛰지 않는 정도로 교실에서 나가자, 루이즈의 밝은 목소리가 들려왔다.

"내일 또 봐!"

교실 출입구에서 멈춰 선 나는 뒤돌아서 경례하려다── 오른손을 꽉 쥐었다.

그리고 오른손을 작게 흔들었다.

"예. 그러면, 내일 또."

    5반에 재적하고 며칠이 지난 무렵.

    일요일이어서 학원은 쉬는 날이었고, 나는 아침부터 프로메테우스 계획 개발팀한테 대여된 격납고에서 대기하고 있었다.

    "좋아 그대로. 오케이!"

    "고정 장치 해제 서둘러."

    "컨테이너 내용물을 면밀하게 확인해!"

    정비병들이 아침부터 분주하게 움직이고 있었다.

    수용 준비를 마친 격납고에서는 계획의 중심이 될 실험기의 반입 작업이 진행되는 중이었다.

    나는 방해가 되지 않도록 구석 쪽에서 실험기를 바라보고 있었다. 그리고 시트가 벗겨진 뒤 격납고 안에 세워진 그 녀석을 본 내 입에서 감상이 새어 나왔다.

    "인간형 병기의 실물을 본 건 처음입니다."

    대 위수용으로서 개발된 인간형 병기는 전장에서 그다지 도움이 되지 않아 개발 계획 자체가 중단되었다.

    보관되어 있던 기체를 개발팀이 회수하여 정비와 개수를 거친 뒤 제3학원으로 가져온 것이다.

    내 옆에는 앨리슨 박사의 모습이 있다.

    이따금 분주하게 돌아다니는 정비병들을 바라보며, 본인은 접이식 의자를 꺼내 와서 앉아 있었다.

태블릿 단말을 조작하여 이후의 계획을 체크하는 중이었다.

앨리슨 박사가 태블릿 단말 화면을 바라보며 말했다.

"계획이 중지된 지 10년 정도 됐나? 저 실험기도 어딘가의 창고에서 잠들어 있었던 기체라더라. 정비가 몹시 힘들었대."

"10년 전의 기체가 움직일 수 있습니까?"

"정확히는 움직일 수 있게 만들어 놨다고 해야겠지. 프로메테우스 계획은 아직 큰 실적이 없어서 조직에 받는 예산이 많지 않거든. 아낄 수 있는 부분은 아껴야지."

"각박한 현실, 이라는 것입니까?"

내 입장에서 보면 이용할 수 있는 건 뭐든 이용하는 게 당연하지만, 계획을 위해 새로운 기체를 개발할 여유가 없는 건, 개발팀의 현 상황을 말해 주고 있는 것처럼 느껴졌다.

"네 입에서 각박한 현실 같은 말이 나올 줄이야."

앨리슨 박사가 고개를 들고 흥미롭다는 듯이 말했기에, 나는 불평이 많았던 남자를 떠올렸다.

"입이 험한 동료가 자주 말했었습니다."

"어머, 그래."

앨리슨 박사는 내 이야기에 흥미를 잃더니, 실험기 쪽으로 시선을 향했다.

고정 장치에서 풀려난 실험기는 중장갑 탓에 겉보기에도 무거워 보였다.

그걸 바라보고 있자 격납고에 이상하게 텐션이 높은 버섯 머리 박사가 다가왔다.

스미스 박사다.

"히후미 군, 잘 지냈어? 5반에 편입되었다고 들었을 때는 놀랐어. 이 자리에 나온 걸 보면 나름 잘 지내고 있는 모양이네. 새삼 제3학원 학원장의 발상이 놀라울 지경이야. 철석같이 거리를 두게 할 줄 알았더니, 설마 발키리들과 교류시키다니. 하긴, 이런 개발팀을 받아들인 사람이 평범할 리는 없지."

인사와 동시에 자기가 하고 싶은 말을 다 끝낸 스미스 박사는 만족했는지 내 대답을 듣기 전에 앨리슨 박사한테 가까이 다가갔다.

"앨리슨 군도 잘 지내는 것 같아서 다행이군. 그것보다 들어주겠어? 실험기 조정 중에 새로운 아이디어가——."

이번에는 앨리슨 박사한테 쉴 새 없이 장광설을 늘어놓으려 했지만, 두 사람은 오랫동안 알고 지낸 사이인 모양이다.

장황한 이야기를 들을 생각이 없는지 앨리슨 박사는 얼른 대답해 버렸다.

"네, 잘 지내요. 그리고 실험기 이야기는 나중에 하죠. 파일럿과 기체가 갖춰졌으니, 다음 단계를 준비해야죠."

스미스 박사를 다루는 데는 아주 익숙한 모양이다.

이야기가 막혀 버린 스미스 박사였으나 본인은 조금도 신경 쓰는 기색이 없었다.

"그러네. 일단 실험기 기동 실험부터 시작할까."

인간형 병기 기동 실험이라는 말을 듣고 나는 의문으로 여겼던

점을 물어봤다.

"스미스 박사님, 질문 괜찮겠습니까?"

"뭘까나, 히후미 군?"

"실험기는 지상에서 정비했다고 들었습니다. 기동 실험은 지상에서도 할 수 있는 것 아닙니까?"

"아아, 물론 그래. 지상에서는 문제없이 움직였어. 하지만 그건 어디까지나 일반 파일럿이 움직였을 경우지. 마력 컨버터를 탑재한 기체에 자네가 탔을 경우, 이상 사태가 발생하지 않을 거라고는 단언할 수는 없잖아? 역시 마력이 관련된 실험은 학원에서 해야겠지. 그 왜, 기밀 덩어리이기도 하니까 말이지."

탑재한 장치가 문제를 일으킬지도 모르니까 역시 실험은 필요한 듯하다.

앨리슨 박사도 기동 실험에는 찬성하는 모양이다.

"원래 너는 보병이고 파일럿은 아닌걸. 기동 실험과 병행해서 실제 기체를 통한 훈련을 할 예정이야."

"질문에 대답해 주셔서 감사합니다."

경례하자 스미스 박사가 웃었다.

"히후미 군은 여전하네. 그 태도로는 이 학원에서 붕 뜨지 않아?"

"예, 주위와 동떨어져 있다고 자각하고 있습니다."

여학교 교실에 남자가 있다는 것만으로도 붕 뜨는데, 아무래도 내 성격은 일반적인 남학생과 동떨어져 있는 듯하다.

5반에서는 내가 붕 떠 있다는 자각 정도는 있었다.

내 대답에 앨리슨 박사는 깊은 한숨을 내쉬었다.

"기운 넘치는 대답이네."

"감사합니다."

"비아냥이야. 너도 스미스 박사랑 마찬가지로 일반 상식을 공부하는 편이 좋겠는데."

앨리슨 박사한테 상식을 배우라는 말을 들었는데, 도중까지 무관하다고 생각했던 스미스 박사도 자기 이름이 호명되어 놀랐다.

"어? 나도?"

◇

파일럿 슈트로 갈아입은 나는 실험기의 좁은 콕핏에 몸을 밀어넣었다.

원래부터 움직이는 것도 한 고생 할 정도로 좁았지만, 실험용 계기류가 추가되어 한층 더 비좁아졌다.

조종석에 앉아 안전벨트를 착용하고 담담하게 기체를 기동시킬 준비에 들어갔다.

「테스트 파일럿 히후미 렌 준위, 지금부터 시제 실험기 XFA-10 썬더볼트 개수형을 기동하겠습니다.」

무선 통신기로 개발팀에게 전하자, 스미스 박사의 얼굴이 기동한 모니터에 비쳤다.

딱히 문제는 없는 모양이지만 개인적으로 신경 쓰이는 점이 있는 모양이다.

『으음~, 딱딱해. 좀 더 편하게 가자, 히후미 군.』

「편하게, 말입니까? 그렇게 말씀하셔도 저로서는——.」

재미가 없다는 말을 자주 듣는 내 답변에 스미스 박사가 손바
닥을 이쪽으로 향했다.

입을 다물라, 라는 의미라고 이해하고 나는 침묵했다.

스미스 박사는 조금 생각에 잠긴 뒤, 미소를 띠고 몇 번인가 고
개를 끄덕였다.

『기체 명칭은 썬더볼트면 돼. 개수형이라고 하기에는 정식 채
용조차 되지 않은 실험기라서 말이지. 문제는 히후미 군의 콜 사
인이야. 이럴 때 파일럿은 콜 사인으로 불리는 법 아니겠어?』

「콜 사인 말입니까? ……보병 부대에 소속되었을 적에는 체리
라고 불렸습니다.」

그리운 콜 사인을 입에 담자 어째서인지 가슴이 옥죄였다.

모니터 너머에서 스미스 박사는 고개를 갸웃했다.

『히후미 군이 체리? 버찌라니, 자네의 이미지와 동떨어진 콜 사
인이네. 이유가 있는 건가?』

「그건 제가——.」

의미를 설명하려 하자, 앨리슨 박사가 일부러 내는 티가 나는
큰 헛기침을 하여 대화를 가로막았다.

『콜 사인은 새로운 걸로 바꾸죠. 준위가 희망하는 건 있을까?』

「아뇨, 저는 체리에 애착을 느끼고 있습니다.」

『……스미스 박사님이 희망하는 건 있나요?』

앨리슨 박사가 바란 대답이 아니었던 모양이라, 콜 사인에 관해 스미스 박사한테 의견을 요구했다.

『아이퍼주흐트(Eifersucht)…… 조금 부르기 어려우려나? 그러면 엔비로 하지. 응, 오늘부터 히후미 군의 콜 사인은 엔비다.』

만족한 표정을 짓는 스미스 박사 옆에서는 어처구니없다는 표정을 짓는 앨리슨 박사의 얼굴이 비쳤다.

『스미스 박사님치고는 제법 비아냥이 담겨 있군요. 상층부 비판인가요?』

상층부 비판이라니, 불온하기에 나도 잠자코 있을 수 없다.

「비판적인 언동은 좋지 않다고 생각합니다만?」

걱정한 내게, 스미스 박사는 가운뎃손가락으로 안경 위치를 조정하며 미소 지었다.

『아이퍼주흐트는 일본어로는 질투라는 의미네. 엔비도 마찬가지고. 게다가 발키리의 힘에 질투하는 우리한테서 연유한 딱 맞는 콜 사인이야. 그렇다고 생각하지 않나?』

「질투입니까…….」

콜 사인이 질투라는 건 좀 그렇지 않나? 그렇게 생각하는 한편으로, 이전 소대에서 체리라는 콜 사인이 붙여졌던 추억이 되살아났다.

구시대의 군대에서는 일부러 이상한 콜 사인을 붙이는 경우가 있었다는 듯하다.

위수의 습격 후, 붕괴한 군대를 재편하여 나온 것이 요정기관이다.

재편 후에도 요정기관에는 군대의 방식이 남아 지금까지 이르고 있다.

체리라고 불렸던 내가 질투라 불리는 건, 친근감이 솟는다고 하면 되는 걸까? 이전 소대를 떠올리기에 싫지는 않았다.

게다가 체리에서 엔비로 변경되면 오히려 '너무 멋있는데'라고 이전 소대 동료들한테서 놀림받았으리라.

「……저는 찬성입니다. 콜 사인, 엔비. 이해했습니다.」

스미스 박사의 의견에 동의하자 앨리슨 박사가 미간을 찌푸렸다.

『너까지 이런 게 마음에 든다니……. 진짜로 엔비로 등록해 둘 거예요. 나중에 불평을 들어도 전 모르니까 말이에요.』

『괜찮아. 오히려 일본의 발키리들은 좋아하지 않을까? 우리는 기지를 빌리고 있는 몸이니까 말이야. 그녀들한테 겸허한 자세를 보여주자고.』

스스로 질투라는 이름을 칭하며 제3학원 여학생들한테 아양을 떤다.

우리 개발팀의 현 상황을 말해 주고 있는 것처럼 들렸다.

◇

썬더볼트는 문제없이 기동했다.

원래부터 기동 실험은 끝마친 상태였고, 정상적으로 움직인다고 판단되어 반입된 기체다.

기동한 썬더볼트를 조종석에서 조종하는 나는 지금은 격납고 근처에 준비된 넓은 장소에서 보행 중이었다.

넓은 장소라고는 해도 컨테이너가 쌓인 장소로, 쓸 수 있는 공간이 많지는 않다.

실험장이 필요하다고 개발팀이 애원하자, 학원 측이 정리가 이뤄지지 않은 이 구역을 지정했다는 듯하다.

실험장 공간을 확보하고 싶다면 알아서 정리해서 쓰라는 것이다.

지금은 정리 예정인 컨테이너를 장애물로써 배치하고, 준비된 코스에서 썬더볼트가 목표 지점을 향해 걷고 있다.

「목적지에 도착했습니다.」

문제없이 기체를 목표 지점까지 움직인 내게 개발팀이 가볍게 박수를 보냈다.

통신기 너머로 들려오는 박수와 함께, 앨리슨 박사의 목소리가 들렸다.

『문제는 없어 보이네. 오늘 중으로 체크 항목들을 대부분 끝내고 싶으니까, 다음 테스트 준비가 끝날 때까지 콕핏 안에서 대기하고 있으렴.』

「알겠습니다.」

좁은 콕핏 안에서 대기를 명령받은 나는 빨리 조종에 익숙해지기 위해 기능을 확인했다.

"조종간이 시뮬레이터보다도 뻑뻑하군. 페달은 조금 더 무거워도 좋을 것 같고."

돌아왔을 때 다음 조정에서 필요한 정보를 정리하며, 모니터 영상을 확대했다.

적외선 열상 감지 화면이나 다양한 화면으로 바꿔 몸에 익히도록 하고 있었다.

하나하나 확인하고 있자니, 인간형 병기라는 것이 얼마나 고가인 물건인지를 실감할 수 있었다.

"보병일 때 사용했던 슈트와는 천지 차이군. 이만한 성능이 있다면……."

지상전에서의 사망률은 크게 낮아졌을까? 거기까지 생각했다가, 결국 비용이 맞지 않는다는 문제를 깨닫고 고개를 내저었다.

"……인제 와서 생각해 봤자 별도리 없나. 오히려 이만한 장갑을 가지고도 2등급 이상의 위수한테는 효과가 없었다니."

인간형 병기가 개발되었을 당시, 대부분의 기체가 중장갑형이었다고 한다.

이유는 2등급 이상 위수의 공격에 버티려면 두꺼운 장갑이 필수였기 때문이다.

하지만 그런 두꺼운 장갑도 위수을 감당하기에는 역부족이었다.

역장── 마력이 없는 장갑은 위수와의 싸움에서는 도움이 되지 않는다는 정설을 더욱 강고한 것으로 만들었을 뿐이었다.

또한 역장을 공격에 사용할 수 없다면 위수한테 효과적인 대미지를 줄 수 없다.

인간형 병기는 적에게 표적이 될 뿐이었다.

"……마력 컨버터를 탑재한 기체라면 이 문제도 해결할 수 있어."

프로메테우스 계획에서는 커다란 표적이었던 인간형 병기에 마력 컨버터를 탑재했다.

인간형 병기에 탑재한 이유는 마력 컨버터가 너무 커서 보병이 휴대할 수 없었으니까.

전차나 전투기에 탑재하는 안도 있었다는 것 같지만, 막대한 예산이 투입되었으면서도 결과적으로 실패한 인간형 병기를 유용(流用)하는 형태로 결론이 난 모양이다.

스미스 박사의 말로는 '인간형 쪽이 효율적이다'라는 듯한데, 그 언저리의 사정은 기밀과도 연관되는 것으로 테스트 파일럿인 나한테는 알려지지 않았다.

다만, 인간형 병기라는 점에 의미가 있다는 건 분명하다.

"응?"

기체의 카메라 아이를 움직이자 멀리서 이쪽을 보고 있는 여학생들이 있는 것을 알아차렸다.

수로는 여섯 명 정도지만, 그중에 특징적인 여학생이 있었다.

다른 여학생들이 그녀한테 조심하고 있다는 것이 모니터 너머로도 전해져 왔다.

보브컷 헤어스타일의 빨간 머리카락이 바람에 흩날리고 있는 그 여학생은 특징이 있는 로브를 걸치고 있었다.

"빨간 로브?"

학원에서 다른 여학생이 착용하는 것을 본 적이 없는 색깔이었다.

콕핏 안에서 혼자 중얼거리자, 여학생은 이쪽의 시선을 알아차린 것만 같이 눈살을 찌푸려 불쾌감을 나타내고는 등을 돌려 떠나갔다.

주위 여학생들한테 한두 마디, 뭔가 말하고 있는 것처럼 보였다.

빨간 로브 여학생한테 뒤따르는 것처럼, 다른 여학생들도 멀어져 갔다.

"이 거리에서 내 시선을 알아차렸다고? ……아니, 설마."

혼자서 중얼중얼 말하고 있는 게 신경 쓰였는지 스미스 박사가 나한테 말을 걸었다.

『혼잣말이야?』

「죄송합니다. 실험 모습을 학원 여학생들이 보고 있던 것을 발견했습니다.」

『아~, 그건 곤란한데. 일단은 극비 실험이라고.』

「학원 측에 항의합니까?」

『그래야 하는 건데, 우리가 기지를 빌리고 있는 몸이라서 말이지. 학원 측은 여학생들을 감싸지 않을까? 참고로 어떤 애들이 보고 있었지?』

「가장 특징적이었던 건 빨간 로브를 착용한 여학생입니다.」

내가 여학생의 특징을 알려주자 앨리슨 박사가 대화에 끼어들었다.

『하필 에이스구나. 학원 측에 항의한들 별 대단한 처벌도 없을 거야.』

「에이스라 하심은?」

『파란색, 녹색, 노란색, 그리고 빨간색. 이렇게 네 가지 색깔의 로브를 두르고 다니는 애들을 말하는 거야. 클래스에서 제일가는 에이스들이란 표시지. 학원의 중요 전력이니까 처벌도 가벼울 수밖에 없다는 말이야.』

「그 애가 학원의 에이스…….」

기가 드세어 보이는 애였다.

다른 여학생들과 마찬가지로 프로메테우스 계획에 반대하는 입장인지 험악한 표정을 짓고 있었다.

썬더볼트에 향하는 시선에는 혐오감이 그대로 드러나 있었다.

◇

다음 날.

나는 쉬는 시간에 5반 교실에서 루이즈와 이야기를 하고 있었다.

화제는 어제 있었던 일이다.

"그건 하야세 양일 거야. 하야세 마야—— 부츠 캣의 빨간 로브."

들어 보지 못한 말에 곤혹스러워한 나는 루이즈가 한 말을 되풀이했다.

"부츠 캣? 그녀의 콜 사인입니까?"

루이즈는 고개를 가로젓더니, 나한테 학원의 사정을 섞어 가며 친절하게 설명해 주었다.

"1반부터 4반에는 클래스별로 색깔과 이름이 있어. 예를 들면 1반이면 색깔은 파란색이고, 이름은 블루버드. 3반의 경우에는 빨간색이고 이름이 부츠 캣이야."

"부대명입니까?"

턱에 손을 대고 내 나름대로 이해해 봤는데, 틀리지는 않았던 모양이라 루이즈가 고개를 끄덕였다.

"그렇다고 볼 수도 있겠네. 평소에는 몇 반으로 부르지만, 전장에서는 그렇게 부르니까. 이 학교에서 빨간 로브를 두르는 건 하야세 양뿐이야. 로브를 잘못 본 게 아니라면 틀림없어."

"색깔이 있는 로브는 에이스를 의미한다고 들었습니다. 그런데 어째서 에이스인 그녀가 그 자리에 오는 겁니까? 에이스가 솔선해서 기지 사령부의 명령을 무시하는 건 상상하기 어렵습니다."

"그건 나도 잘 모르겠는걸."

학원 측에서도 프로메테우스 계획은 기밀 덩어리이기에 부주의하게 접근하지 않도록 통지가 내려졌을 거라고 앨리슨 박사가 말했다.

학원에서 에이스쯤 되면 여학생들의 대표 같은 입장이 아닐까?

일반 기지와는 규율이나 습관이 너무 달라서 예상할 수밖에 없지만, 어쨌든 눈에 띄는 입장인 건 분명하다.

하야세 마야—— 에이스인 그녀가 명령을 무시하는 그런 인물이라고는 생각하고 싶지 않았다.

내가 생각에 잠겨 있자 여학생 세 명이 이쪽으로 다가왔다.

표정을 보니 호의적인 분위기는 아니었다.

그녀들은 루이즈를 무시하고 나한테 말을 걸었다.

책상에 손을 내려치다시피 하며 올려놓고, 나한테 으름장을 놓는 듯한 태도로 접했다.

"너, 잃어버린 팔다리를 위수의 세포로 재생했다면서?"

긴장을 늦추고 있었다면 동요하여 그녀의 말에 반응해 버렸으리라.

나는 감정을 죽이고 무표정한 얼굴을 유념했다.

대체 어떻게 알았지?

위수의 세포를 쓴 재생 수술은 프로메테우스 계획의 기밀 정보 취급이다.

썬더볼트처럼 본다고 알 수 있는 정보도 아니다.

어디서 정보가 샜지? 곧바로 박사들한테 보고해야 한다는 생각이 머릿속을 맴돌았다.

"……질문의 의도를 이해할 수 없습니다."

대답을 얼버무리고, 곧바로 박사들한테 연락하고자 했으나 상대는 넘어가지 않았다.

깨닫고 보니 위수라는 단어에 주위 여학생들도 반응해서, 시끌 벅적했던 교실이 쥐 죽은 듯 조용해진 상태였다.

주위는 나한테 찌르는 듯한 시선을 향하고 있었다.

"시치미 떼지 마. 이미 정보가 나돌고 있어. 너, 전장에서 잃은 팔다리를 위수의 세포를 써서 재생한 거지?"

어디까지 정보가 새어 나갔지? 초조함을 느끼면서도 냉정을 가 장하며 이 상황을 타개할 방법을 생각했다.

교실 안의 시계로 시선을 향하니 이제 몇 분만 더 있으면 교관 이 올 시간이었다.

기다려도 좋지만, 이건 긴급 사태다.

수업을 무시하고 개발 멤버와 합류하여 이후에 관해 상담해야 한다.

자리에서 일어서려 하자, 어느샌가 다른 여학생들이 내가 도망 칠 길을 막아서고 있었다.

교실 입구를 수 명이 막고, 나머지가 나를 에워싸는 것처럼 이 동했다.

그녀들의 눈에는 적의가 깃들어 있었다.

나한테 질문한 여학생이 험악한 표정을 지었다.

"마력을 쓰지 못하는 남자가 어떻게 위수랑 싸우겠다는 건지 이상했단 말이지. 설마, 위수의 팔다리를 붙이다니, 상상도 못 했어."

위수와 싸우기 위해 엄격한 훈련을 받아 온 여학생들이 보기에 나는 위수와 큰 차이가 없는 모양이다.

"입 다물고 있지 말고 뭐라고 말해 봐. 그게 아니면, 이 자리에서 죽고 싶어?"

이곳에 오기 전에 조달한 것인지, 여학생들은 카디건 밑에 나이프를 숨기고 있었다.

억지로 이 자리를 헤어날 방법을 생각하고 있자, 나를 감싸는 것처럼 루이즈가 양팔을 펼치고 여학생들 앞을 가로막아 섰다.

"다들 거기까지! 슬슬 선생님이 올 거야!"

루이즈가 큰 목소리를 내자 교실 입구에 교관이 와 있었다.

교실 안의 불온한 분위기를 눈치챘는지 팔짱을 끼고 상황을 보고 있었다.

그러나 교관은 개입하려고 하지 않았다.

"저는 실례하겠습니다."

자리에서 일어나 개발팀과 합류하려 했지만, 루이즈가 내 팔을 잡고 놓지 않았다.

"안 돼. 렌 군은 교실에 남아야만 해."

루이즈가 그렇게 말하자 잠자코 있던 여학생이 언성을 높였다.

"루이즈, 그 녀석은 적이야! 우리의 선배와 동료의 목숨을 빼앗은 녀석이라고! 그런데도 계속 감싸겠다면, 너도 배신자로 간주하겠어!"

무기에 손을 대는 여학생들을 보고 나는 루이즈를 감싸는 것처럼 앞으로 나서고자 했다.

하지만 먼저 루이즈 본인이 입을 열었다.

"학원장님이 인정했으니까, 렌 군이 여기에 있는 거야. 다들 진정해! 학원장님이 그의 자세한 사정을 모르고 전입시켰다고 생각해?"

루이즈의 정론에 여학생들이 입을 다물었다.

"하! 착해 빠져서는!"

무기에서 손을 뗀 여학생들이 각자 자리로 돌아갔다.

다른 여학생들도 자기 자리에 돌아가자, 교관이 교실에 들어왔다.

"소란스럽군. 나 참, 학원장의 변덕도 곤란하단 말이지. 만일을 위해 말해 두겠지만 너무 소동을 일으키지는 마라."

소극적인 태도였으나 교관은 무기를 가지고 들어온 여학생들을 노려보고 있었다.

"소동을 일으키면 스카우트나 추천 이야기가 없어져도 이상하지 않다. 5반에서 졸업을 맞이하고 싶지 않다면 자제하는 게 좋을 거다."

교관의 말에 여학생들 전원이 한순간에 긴장한 분위기를 띠었다.

스카우트, 추천…… 거기에 졸업이라는 단어에 과민하게 반응하고 있었다.

내가 말없이 교실에서 나가려고 하자, 루이즈가 자리에 앉도록 재촉했다.

"나중에 할 이야기가 있으니까, 기다려 줘."

"저한테는 이 상황을 개발팀에 알릴 의무가 있습니다."

"내게 정보를 누설한 사람에 짐작이 있어."

나는 의외의 답변에 조금 놀랐다.

"출처를 알고 있는 겁니까?"

루이즈는 진지한 표정으로 작게 고개를 끄덕였다.

"다음 쉬는 시간은 점심시간이야. 그때 이야기하자."

"……알겠습니다."

단서가 필요한 나는 만일을 위해 메시지로 앨리슨 박사한테 기밀 정보가 새고 있다는 사실을 먼저 전하고 나서 수업에 참가했다.

◇

점심시간이 되자 루이즈는 나를 데리고 교사 옥상으로 왔다.

"여기는 출입 금지 구역이 아닙니까? 오는 도중에 표시가 있었습니다만?"

옥상 펜스 근처에 선 루이즈는 이 장소를 고른 이유를 이야기했다.

"미안해. 아무도 오지 않을 곳이 필요해서."

"다른 사람이 듣는 걸 원하지 않는 것이로군요."

루이즈의 행동으로 추측건대 내게 정보를 제공하는 건 그녀한테도 디메리트가 있는 모양이다.

위험을 무릅쓰고서 루이즈가 내게 알려주는 건 확실한 정보는 아니다.

증거는 없다. 하지만 본인은 거의 틀림없다고 생각하고 있는 듯하다.

"나도 확증은 없지만, 렌 군의 이야기를 듣고 짚이는 점이 하나 있었어."

"제 이야기에 힌트가?"

"부츠 캣의 에이스야."

루이즈는 거의 확실하다고 생각하는 모양이라, 단정적인 어조로 말했다.

"실험 중에 여학생들을 데리고 실험 모습을 보고 있었다고 했지? 아마 그녀는 에이스의 특권을 이용해서 기밀 정보를 입수했을 거야."

"어째서 에이스한테 그러한 특권이 있는 겁니까?"

나로서는 이해가 되지 않는 이야기였다.

확실히 군에서 에이스는 중요한 인재이나, 그렇다고 해서 기밀 사항을 알려줄 지위는 아니다.

상응하는 계급이나 직무가 없다면 기밀에 접하는 건 누구든 허용되지 않는다.

루이즈는 나한테서 시선을 살짝 돌리며 의문에 대답해 주었다.

"학원은 군대이면서도 군대가 아니기 때문이야. 에이스에게는 특권이 있다고 하니, 기밀 정보에 접근하는 것도 가능할 거야."

학원에 오고 나서 놀라운 일들이 많았지만, 설마 에이스한테 지위에 걸맞지 않은 권한까지 부여했을 줄은 생각지도 못했다.

발키리의 에이스라고는 해도 결국은 일개 전력에 지나지 않는다.

안이하게 기밀에 접할 수 있는 처지가 아니다.

내가 말문이 막혀 있는 동안, 루이즈는 교실에서 있었던 일에 관해 예측을 섞어 이야기하기 시작했다.

"렌 군의 정보를 손에 넣어서 5반 애들한테 흘린 걸지도. 하야세 양은 위수한테 개인적으로 원한이 있다고 들었어. 아마 렌 군이 받은 실험을 용납할 수 없었던 거라고 생각해."

"개인적인 원한이라면?"

"10년 전에 게이트 대량 발생이 일어났잖아? 그때 사고가 있었던 모양이야."

위수한테 원한을 품은 인간은 수도 없이 많다.

특히 10년 전에 일어난 사건을 생각하면, 하야세 양 정도의 나이대라도 직접적인 원한을 가지고 있어도 이상하지 않다.

루이즈는 나한테서 시선을 돌린 채 작게 고개를 숙이고 있었다.

"직접적이지는 않지만, 여파로 힘든 일을 당했다고 들었어."

당시에는 정말로 큰일이었다.

내가 가족을 잃은 것도 10년 전의 대규모 발생 때였다.

그때부터 조직의 시설에서 병사로서 육성되었다.

"하야세 양이 저를 미워하는 심정도 이해가 됩니다."

"어? 정말?"

하야세 양의 심정을 받아들인 나를 보고 루이즈는 조금 놀라고 있었다.

하지만 심정은 이해가 되어도 실험을 중지할 수는 없는 노릇이다.

"그렇지만, 저한테는 지금의 계획이 존재의의 그 자체입니다. 이해했다고 하더라도, 명령 없이 중지할 수는 없습니다."

지금의 나는 시제 실험기의 테스트 파일럿이며, 위수의 세포가 심어진 실험체다.

프로메테우스 계획을 위해 존재하는 나한테는 이제 이 계획을 성공시킨다는 목표밖에 남아 있지 않다.

루이즈는 나를 똑바로 바라봤다.

"이대로 괜찮겠어? 이후로도 하야세 양이 계속 방해할지도 모르는데?"

걱정하는 루이즈한테 나는 내 경험을 말했다.

"보병 때도 음습한 괴롭힘은 흔한 일이었습니다. 이 정도는 대처 가능합니다."

단언하는 나를 보고 루이즈는 미소를 띠었다.

양손을 등 뒤로 돌려 깍지를 끼고는, 조금 몸을 앞으로 숙여 치뜬 눈으로 나를 바라봤다.

"렌 군은 듬직하네. 그럼, 내가 도와줄게. 무슨 일이 생기면 말해줘."

"감사합니다."

내가 경례하자, 루이즈는 처음에는 어안이 벙벙해졌으나 이내 쿡쿡 웃었다.

"정말, 이럴 때 경례는 필요 없대도."

"실례했습니다. 아무래도 영 버릇이 고쳐지지 않는군요."

자신도 어째서 경례한 것인지 알 수 없어 난감해하고 있자, 루이즈가 양손을 모았다.

"혹시, 지금 웃은 거야? 웃은 거지?"

"어떨는지요? 자각은 없습니다."

지금의 나는 웃고 있었던 것일까?

"분명 웃었어! 난감한 느낌으로 조금 웃고 있었어! 응, 렌 군도 학원에 와서 조금씩 성장하고 있는 모양이야. 안심했어."

루이즈가 나보다 연하일 텐데, 마치 누나 같은 시선으로 나를 대한다.

일반 상식에 어두운 내가 미덥지 못하게 보이는 것이리라.

"정말로 곤란해지면 꼭 말해? 내가 꼭 도와줄 테니까."

"감사합니다."

설마 연하 여성한테 이런 식으로 말을 듣게 될 줄은 몰랐다.

그리고 학원 에이스의 눈에 난 것도 의외의 사태다.

루이즈의 이야기가 사실이라면, 하야세 양은 일반적인 부대에서는 상상할 수 없는 권한을 갖고 있다.

내 처지로는 대처하기에는 어려운 문제도 곧 나오리라.

"그러면 저는 일단 한번 개발팀과 합류하여 상세한 내용을 설명하고 오겠습니다."

옥상에서 나가는 내게 루이즈는 손을 흔들었다.

"오후 수업 전까지는 돌아와야 해."

개발팀이 빌리고 있는 격납고에서 나는 스미스 박사와 앨리슨 박사 두 사람한테 학원에서 있었던 일을 설명했다.

먼저 메시지로 상황은 알려 두었지만, 상세한 내용을 요구한 두 사람에게 대답하기 위해서다.

"——보고는 이상입니다."

설명을 다 들은 스미스 박사가 이마에 손을 대고 난처하게 됐다는 표정을 짓고 있지만, 위기감은 없다.

"설마 학원 여학생한테 알려지다니 예상 밖이야. 솔직하게 이야기하면 혐오감을 가질 거라고 앨리슨 군이 말하니까 일부러 극비 정보로 한 건데."

스미스 박사 입장에서는 실험하기가 어려워진다는 것뿐인 듯하다.

그에 비해 앨리슨 박사 쪽은 심각한 표정을 짓고 있었다.

"정보가 새어 나갔다고 한다면, 가장 수상한 건 학원장이에요. 기지 시설을 제공하는 조건으로 이쪽의 정보를 개시(開示)하는 것을 요구했으니까 말이죠."

스미스 박사는 그다지 흥미가 없는지, 누가 정보를 누설했는지 밝혀낼 생각이 없는 모양이다.

"비밀 유지 계약은 맺었지? 그렇다면 학원장은 아니지 않을까나?"

학원장을 의심하지도 않는 스미스 박사를 보고, 앨리슨 박사는 체념한 표정을 짓고 있었다.

　"……하아. 그녀들한테 우리는 그 정도로밖에 안 보인다는 의미라고요. 어쨌든, 학원장에게 확인하고 오겠습니다."

　스미스 박사는 격납고에서 나가는 앨리슨 박사한테 태평하게 손을 흔들었다.

　"다녀와~."

　나는 스미스 박사가 긴장감이 없는 것에 위태로움을 느꼈다.

　"정보가 누설되었는데도 스미스 박사님은 평소와 다르지 않군요."

　"기다리고 기다렸던 실험을 마침내 할 수 있으니까. 모레에는 준비도 끝나고, 지금은 실험 준비 쪽이 중요해."

　"마력 컨버터 실험 말이군요."

　아무리 인간형 병기인 썬더볼트가 움직였다고 하더라도 마력 컨버터를 동작시켜 역장을 발생시키지 않으면 위수 앞에서는 쓸모가 없다.

　"히후미 군의 팔다리와 내장, 그리고 왼쪽 눈에서 마력이 발생하고 있는 건 확인이 끝났어. 나머지는 실전 레벨에서 사용할 수 있을지 어떨지네."

　스미스 박사가 얼굴 한가득 미소를 띠고 내 등을 가볍게 두드렸다.

　"기대하지, 히후미 군."

나는 자세를 바로 하고 대답했다.

"미력하나마 전력을 다하도록 하겠습니다."

"……역시 자네는 딱딱하네. 좀 더 편하게는 할 수 없나? 같이 있는 내 어깨가 뻐근할 지경이야."

"어깨를 주물러 드릴 수 있습니다만?"

"엇? 그래? 그러면 부탁할까. 요즘 준비로 바빠서 말이야~."

◇

앨리슨은 학원장실에서 카세 학원장한테 정보 누설 건을 추궁하고 있었다.

"비밀 유지 계약은 어떻게 된 거죠? 어째서 여학생들이 기밀 정보를 알고 있는 건지 설명해 주시죠."

앨리슨이 보기에 이번 정보 누출 사건은 자신들을 얕본 행위에 지나지 않는다.

계약을 방패로 학원 측을 몰아넣을 수 있는 상황이기에, 강경하게 나섰다.

그러나 카세 학원장은 조금도 동요하지 않았다.

담담하게 서류를 확인하고, 자신의 사인을 하며 업무를 이어갔다.

이 대면을 업무를 처리하는 짬짬이 끝내려는 것이다.

"내가 누설했다는 증거가 있나?"

"학원에서 기밀을 알고 있는 건 우리와 당신밖에 없습니다."

"개발팀에서 누설했을 가능성도 있잖아?"

"농담이시죠? 가능성이 가장 높은 건 당신입니다."

앨리슨이 개발팀을 의심하지 않았던 이유는 명확하다.

개발팀 멤버는 여학생들과의 접촉이 제한되어 있다. 예외는 렌뿐이며, 그가 정보를 흘렸다고 보기는 어렵다. 그는 표본적인 군인이다.

또한 프로메테우스 계획에 참여자는 현 발키리 1강 체제에 불만이 있는 자들이다. 예외는 능력을 인정받은 스미스 박사와 렌뿐이다.

카세 학원장이 작게 한숨을 내쉬고는 앨리슨을 똑바로 바라봤다.

일찍이 발키리로서 가혹한 전장을 헤쳐나온 강자인 그녀의 시선에, 앨리슨은 무심코 주춤하고 말았다.

카세 학원장은 침착한 목소리로 말했다.

"맹세컨대 나는 정보를 누설하지 않았어. 그런 짓을 하면 아이들이 남성과 교류하는 데 방해가 되잖아. 내 목적과 상충하는걸."

"그러면 어째서 학생이 이걸 알고 있는 겁니까!"

앨리슨이 위압에 지지 않도록 큰 목소리를 내자, 카세 학원장이 답했다.

"그건 조사해 봐야지. 우리측을 조사할 테니, 당신도 돌아가서 자기 팀을 조사해 보도록 해. ──이상이야, 돌아가세요."

냉정한 축객령을 끝으로 대화는 끝났다.

앨리슨은 어금니를 악물며 학원장실에서 나왔다.

◇

드디어 내일부터 본격적인 실험이 개시된다.

현 상황에서는 어차피 훈련밖에 할 수 없는 상황이지만, 오늘은 평소보다 시간을 들여 철저하게 훈련했다.

덕분에 지금의 나는 발걸음이 위태롭다.

걷는 것도 귀찮아질 정도로 완전히 지쳐 있다.

"성공해야 다음으로 이어진다. 반드시 성공해야만 한다."

내 존재의의인 실험의 성공을 향해 오늘은 일찍 취침하고자 자신의 방으로 향했다.

격납고에서 내 방으로 가는 길은 불빛이 적어서 어둡다.

평소보다 늦어졌기에, 회중전등을 들어야만 했었다.

내 판단 미스다.

"음? 무슨 일입니까?"

어두운 밤길에서 멈춰 선 나는 컨테이너 뒤쪽에서 이쪽을 엿보는 인물을 알아차렸다.

서서히 눈이 익숙해져 그 인물의 모습이 보이기 시작했다. 상대는 빨간 로브를 두르고 있었다.

상대는 내가 자신을 알아차린 것이 의외인 듯 보였다.

"숨어 있었는데 용케 알아차렸네."

나를 상대로도 두려움을 일절 느끼지 않는, 자신감이 있는 어조였다.

혼자 내 앞에 나타난 부츠 캣 부대의 에이스, 하야세 마야가 이쪽으로 걸어 다가왔다.

"네가 실험체지?"

직설적인 질문에 나는 살짝 당황하고 말았다.

"……기밀과 연관되기에 대답할 수 없습니다."

"인정한 거나 마찬가지잖아. 학원에 남자가 섞여 들어와서 뭘 하는 건가 싶었는데, 발키리 흉내를 낼 셈이야?"

방해 공작은 예상한 일이지만, 설마 직접 접촉할 줄은 몰랐다.

"저는 테스트 파일럿이고, 실험에 관해 말할 수 있는 입장이 아닙니다. 그럼, 실례하겠습니다."

걸음을 내딛자, 그녀가 옆에서 따라왔다.

걷는 속도를 올리자 그녀가 웃었다.

"나도 달리는 건 특기야. 시험해 보겠어? 그러기에는 제법 지쳐 보이는데?"

"……그럴 뜻은 없습니다."

한계까지 훈련한 마당에 그녀와 달리기 경주를 할 여력은 없다.

그녀를 뿌리치는 걸 포기한 대신, 나는 질문에는 대답하지 않도록 무언을 관철했다.

그녀는 멋대로 말하기 시작했다.

"내가 듣기로는 비인도적인 실험에 지원했다지? 애초에 위수의 세포에서 팔다리를 만든다는 발상이 어처구니가 없어."

실험을 비판하는 그녀한테 나는 아무 대답도 하지 않았다.

그녀도 나를 무시하고 이야기를 계속했다.

"무슨 생각으로 실험에 지원했어?"

"……."

"흐음~, 다물고 계시겠다? 그러면 명령할까? 일단 나는 중위 신분이거든. 너는 준위지? 명령도 불이행할 생각인가?〉"

나보다 계급이 둘이나 위였다.

직속상관은 아니라고 해도 나는 경의를 잃은 태도를 보인 꼴이 되었다.

"실례했습니다. 하지만 계획에 관해서 저는 아무것도 말할 수 없습니다. 부디 이해해 주십시오, 중위님."

멈춰 서서 경례하는 나를 보고, 그녀는 배를 붙잡고 웃었다.

"아하하하! 진짜 고지식하네. 소문으로 들은 거랑 똑같아. 고작 계급 때문에 태도를 바꿀 줄이야."

"……놀리고 계신 겁니까?"

루이즈의 말대로라면 그녀가 바로 프로메테우스 계획을 방해하는 존재다.

내가 경계하는 걸 느꼈는지, 그녀의 얼굴에서 미소가 사라졌다.

"그래. 놀리고 있는 거야. 바보 같은 계획에 가담하는 걸 그만두라고 말하려고."

'바보 같은 계획'이라는 말은 그녀 나름의 도발인지도 모른다.

진지하게 상대했다가 화내기라도 하면 상대의 의도에 넘어가는 것이라고 스스로에게 되뇌고는, 냉정하게 대처했다.

"충고 감사드립니다. 하지만 지금의 저한테 계획 속행은 존재의 그 자체입니다. 또한 저에게 계획에서 이탈할 권리는 없습니다."

그러자 그녀는 눈살을 찌푸리며 날 쏘아보았다.

"……뭐라고?"

조금 전보다도 낮은 목소리에는 분노가 스며 나오고 있었다.

그녀는 나한테 등을 돌리고 떠나갔다.

"걱정할 가치도 없네."

나한테 실망한 듯한 태도. 오히려 지금 처지에서는 달가운 반응이었다.

단지, 그녀의 태도가 급변한 이유가 무엇이었는지만은 신경이 쓰였다.

◇

실험 날 당일.

이날은 평일이었지만 학원에는 쉰다고 연락하고 실험을 우선하고 있었다.

파일럿 슈트로 갈아입고 콕핏 안에서 대기하는 중이다.

「이쪽은 엔비, 지금부터 마력 컨버터 시험에 들어가겠습니다.」

콕핏 모니터에 스미스 박사의 얼굴이 클로즈업으로 표시되었다.

『매뉴얼은 기억하고 있지?』

「예.」

실험에 관련된 자료는 방대했지만, 오늘까지 전부 다 읽었다.

『좋아. 하지만 변경점이 있으니까 설명할게.』

그런 건 사전에 통지해 줬으면 했다고 생각하는 건 욕심일까?

스미스 박사는 우수하지만, 이런 자잘한 미스가 많다.

스미스 박사를 서포트하는 앨리슨 박사가 자주 한숨을 내쉬는 것도 납득이 된다.

『자네가 만들어 낸 마력은 조종간과 풋 페달을 통해 마력 컨버터로 흘러가지. 거기서부터 기체 전체에 효율적으로 마력을 보내는 구조야.』

썬더볼트—— 인간형 병기의 크기는 약 5m다.

발키리가 장착하는 배틀 드레스의 약 두 배 크기이고, 소모 마력도 훨씬 크다.

그 때문에 썬더볼트에 탑재된 마력 컨버터의 성능은 발키리들의 배틀 드레스에 탑재된 모듈보다 우수하다.

구조가 특별한 건 아니다. 그저 더 커졌을 뿐이다.

이번 실험에 남성용 배틀 드레스를 준비하지 않았던 이유 중 하나가 바로 대형 마력 컨버터의 장착 문제였다.

『컨버터의 한계치를 100%로 가정했을 때, 자네에게 요구하는 출력은…… 10% 정도야. 그 정도면 아슬아슬하게 전투를 수행할 수 있어.』

한계치의 1/10이 목표라는 말을 들은 나는 자연히 조종간을 쥐는 손에 힘이 들어갔다.

「알겠습니다!」

『좋은 대답이야. 그럼, 실험을 시작하자고. 마력 공급을 개시해.』

「옙!」

몸에 달린 위수의 팔다리에 의식을 향하고, 마력 방출을 개시했다.

위수의 팔다리가 희미한 빛을 발했고 거기서부터 조종간을 통해 기체로 마력이 흘러 들어갔다.

통신 너머로 앨리슨 박사의 목소리가 들려왔다.

『이럴 수가?!』

◇

썬더볼트 주변에는 측정기 등의 장치가 잔뜩 준비되어 있었다.

개발 스태프가 각자 측정기에 배치되어 썬더볼트의 각 부분에 연결된 케이블에서 마력을 측정하는 중이다.

"오른쪽 전완부, 마력에 의한 역장 발생을 확인할 수 없습니다."

"왼쪽 각부(脚部)…… 미세하게 역장 발생을 확인."

"흉부에서 역장 발생을 확인했습니다만…… 규정치에 도달하지 못했습니다."

잇따라 보고가 들어왔지만, 전부 목표 미달이었다.

앨리슨은 이럴 가능성도 예상했지만, 막상 겪으니 답답했다.

"역시 수치가 부족해요. 팔다리에 심장, 왼쪽 눈까지 이식했는데도 이 정도라니."

앨리슨의 시선이 스미스 박사한테 향했으나, 그는 실험 실패가 들이밀어졌는데도 초조해하는 기색을 보이지 않았다.

"남성은 마력 취급에 적합하지 않다는 거야 다들 아는 거지만, 이렇게까지 다를 줄이야. 아예 머리 이외는 전부 위수로 만드는 편이 빠를지도 모르겠어. 아니, 뇌만 남겨야 하나? 위수의 세포에서 만들어진 인체에 뇌를 이식하는 건 어떨까? 히후미 군이라면 버틸 수 있을 거라고 생각하는데, 앨리슨 군의 의견은 어때?"

반짝반짝 빛나는 눈동자는 마치 어린아이처럼 순수하게 재미있어하고 있는 것처럼 보였다.

그것이 더더욱 스미스 박사의 이상성(異常性)을 말해 주고 있었다.

"……팔다리만으로도 상당한 고통을 동반한 수술 아니었나요? 성공하기 어려울 겁니다."

앨리슨은 말을 골라 가며 대답했다.

가능성은 있다, 라는 말이라도 했다간 눈앞의 남자는 망설이지 않고 실행할 것이라는 확신이 있었기 때문이다.

스미스 박사는 고개를 푹 숙였다.

"역시 그렇겠지~? 그렇다면 남은 왼팔과 오른쪽 다리를 새로 바꿔 달아서…… 으음, 그래봤자 오차 범위 내인데."

집계된 결과를 본 앨리슨은 스미스 박사에게 이후의 실험에 관해 물었다.

"현시점에서는 기체를 역장으로 지킬 수 없는 데다 무기에 마력을 공급하는 것도 불가능한 수준이에요."

"마력 축전지를 탑재하는 건 어떨까?"

"컨버터보다 덩치도 크고 효율도 낮잖아요. 그게 됐으면 발키리의 발키리 드레스에도 탑재했겠죠."

마력 축전지라는 발상은 조직도 가지고 있었지만, 개발해 보니 대형화된 데다 축전하는 양이 적어서 쓸모가 없었다.

"이러면 손쓸 방도가 없는데. 히후미 군이 힘내는 수밖에 없겠는 걸. 우리는 컨버터 조정이나 기체 재검토에 착수하도록 하자고."

스미스 박사는 사고를 전환하여 기체 조정에 관점을 두기 시작했다.

앨리슨은 아무한테도 들리지 않도록 중얼거렸다.

"힘내라니. 뭘 어떻게 힘내면 되는 건지 아무도 모르는데, 잘도 말하네."

스미스 박사는 일견 호의적인 분위기를 지닌 것 같지만, 실상은 타인을 신경 쓰지 않는 냉정한 과학자다.

그래서 태연하게 렌의 뇌를 꺼낸다는 발상이 나오는 것이다.

귀중한 성공 사례인 히후미 렌조차 쉽사리 희생하려 한다.

'가혹한 수술에서 살아남았는데, 이래서는 언제 스미스 박사 손

에 죽을지 모르겠는걸. 수술에서 살아남은 게 오히려 불행이었을지도.'

작게 한숨을 내쉰 뒤에 앨리슨은 렌한테 전했다.

「엔비, 실험은 중지야.」

『중지? 규정치에 도달하지 않은 겁니까?』

「1%에도 도달하지 못했어. ……실패야.」

완곡하게 감싼 발언을 하려고 하면 할 수 있었지만, 앨리슨은 일부러 차갑게 내뱉었다.

실험체인 렌에게 정을 가지지 않기 위해서다.

『…….』

작은 모니터에 비치는 렌의 표정은 앨리슨이 봐도 충격을 받은 듯했다.

'이런 얼굴도 할 수 있구나…… 응? 지금, 미세하게 마력 출력이 향상된 듯한…… 기분 탓인가?'

출력이 향상해도 오차 범위 안이라고 판단하고 앨리슨은 렌에게 말했다.

"내려오렴. 이후에 관해 설명하겠어."

『알겠…… 습니다.』

　　결과부터 말하자면 실험은 실패로 끝났다.

　　개발팀은 기체를 조정하여 나한테서 마력을 끌어내려 했지만, 근본적인 문제는 테스트 파일럿인 나한테 있었다.

　　현저한 마력 출력 부족.

　　규정치보다도 대폭 밑도는 내 마력으로는 위수와의 전투에 견딜 수 없다.

　　기체나 마력 컨버터를 아무리 강화해도 중요한 마력 출력이 전혀 부족하다면 의미가 없다.

　　현재 내가 우선할 것은 마력 출력을 올리는 것.

　　하지만 개발팀은 마력에 관련된 노하우가 적었다.

　　"마력 출력 향상에 조언이 필요하다, 라."

　　실험이 이루어진 날 밤에, 나는 앨리슨 박사의 업무실을 찾아왔다.

　　격납고에 칸막이가 쳐진 것뿐인 개인 업무실에는 앨리슨 박사의 PC와 쌓여 있는 자료, 그리고 책이 깔끔하게 늘어서 있었다.

　　대부분이 일에 관련된 물건뿐이지만, 책상 위에 딱 하나 액자가 놓여 있었다.

　　"조언을 구하는 마음도 이해가 되지만, 우리도 노하우가 부족하다는 걸 알고 있잖아?"

　　"저보다도 지식이 풍부한 박사님들한테 의지해야만 한다고 판단했습니다."

"스미스 박사님한테는 물어봤어?"

"위수 세포의 비율을 늘리는 것이 제일 빠르다, 라고 말씀하고 계셨습니다. 동시에 전신을 교체해도 기대한 수치에는 닿지 않을 거다, 라고도."

"······하아, 그 사람은 진짜로."

앨리슨 박사가 깊은 한숨을 내쉬고는 나한테 조언을 주었다.

"미안하지만 마력에 관한 노하우가 너무 적어서 예상을 세울 수 없어. 참고로, 네가 생각하는 해결 방법은 있을까?"

"팔다리를 더욱 자신의 것으로 만들고자 훈련 시간을 늘리고 메뉴를 더욱 힘든 것으로 바꾸고자 생각하고 있습니다. ······지금 의 저로서는 이것밖에 할 수가 없습니다."

규정치를 내지 못하는 건 내가 위수의 세포에서 마력을 완전히 끌어내지 못하고 있기 때문이다.

보다 내 팔다리로 만들기 위해 훈련을 늘리는 방법을 고려했다.

내가 고려한 방법으로 해결될 거라고는 생각하지 않는다.

그러니까 박사님들을 의지했다.

앨리슨 박사님은 쓴웃음을 지었다.

"그걸로 해결될 거라면 진작에 해결됐을 거 같은데. 알았어. 내 가 조언을 주도록 할게."

자세를 바로 고치고 진지하게 경청하는 나를 보고 앨리슨 박사 는 웃었다.

"별 대단한 이야기는 아니야. 우리가 노하우를 가지고 있지 않다면, 가지고 있는 곳에서 끌어내면 되잖아."

"가지고 있는 곳, 말입니까?"

전문 기관에 액세스하면 되는 것일까? 하지만 내 권한으로 조사할 수 있을 거라고는 도저히 생각되지 않는다.

곤혹스러워하는 나를 보고 앨리슨 박사는 어처구니없어했다.

"지금에 와서 학원장의 변덕에 감사하게 되다니. ……네가 학원에서 재적하고 있는 곳은 마력 취급에 뛰어난 발키리들의 클래스잖아?"

여기까지 말하면 이해할 수 있지? 라는 시선을 향하는 앨리슨 박사에게, 단서를 얻은 나는 경례했다.

"조언, 감사드립니다!"

학원의 분위기에 무심코 잊어버릴 뻔했지만, 그녀들은 전장의 주역인 발키리들이다.

누구보다도 마력을 다루는 데 뛰어나며, 노하우를 가지고 있는 존재다.

앨리슨 박사가 자리에서 일어나 내 어깨에 손을 올려놓았다.

"정보를 잘 끌어내렴. 모쪼록 학원장이나 주위에 경계당하지 않도록 말이야."

"옙, 전력을 다하겠습니다!"

조언을 준 앨리슨 박사나 개발팀을 위해서도 반드시 마력에 관한 노하우를 획득하겠다고 별렀다.

하지만 앨리슨 박사는 걱정스러운 듯한 표정을 짓고 있었다.

"······정말로 괜찮은 걸까?"

◇

마력의 노하우를 획득하기 위해 학원에 등교한 나는 5반에서 수업을 듣고 있었다.

무언가 힌트를 얻을 수 없을까 하고 평소보다 진지하게 수업을 듣고 있었는데, 그런 내 모습에 루이즈는 위화감을 느낀 모양이다.

쉬는 시간이 되자 곧바로 내게 말을 걸었다.

"오늘의 렌 군은 여느 때 이상으로 진지하네. 무슨 일 있었어?"

루이즈한테서는 이쪽을 탐색하는 듯한 낌새는 보이지 않았고, 정말로 나를 걱정하고 있는 것처럼 보였다.

"······마력 출력을 향상할 방법을 찾고 있습니다. 수업에 힌트가 없을까 하고 생각해서 말입니다."

"아하~. 하지만 그건 조금 어려울 거 같은데."

복잡한 표정을 지은 루이즈한테 나는 그 이유를 물었다.

"어째서, 입니까?"

다급한 심정을 가능한 한 들키지 않도록, 필사적으로 걸꾸렸다.

루이즈는 내 속마음 같은 건 신경 쓰는 낌새도 없었다.

시선을 위로 향하며, 발키리들의 마력에 대한 인식을 이야기해 주었다.

"마력에 관련된 수업은 중등부에서 하거든., 중등부를 졸업했다는 건 다들 기준을 충족했다는 의미이기도 해. 그래서 고등부에서는 다른 걸 우선해서 가르치고."

"그, 그렇습니까."

수업에서 마력에 관련된 노하우는 얻을 수 있을 것 같지 않다.

그렇다면 역시 누군가한테 물을 수밖에 없다.

다음 수업도 시작되기에 대화를 중단하려 했으나, 루이즈는 이야기를 계속하고 싶은 듯했다.

"혹시 마력에 관련된 문제가 있어?"

"……그건 말할 수 없습니다."

"아, 그렇지 참. 군사 기밀이라고 했으니까, 말할 수 없겠네."

응, 응, 하고 고개를 끄덕인 루이즈는 내게 제안했다.

"그러면 내가 마력에 관해 가르쳐 줄게. 중등부 애들도 아는 기초 중의 기초지만."

"괜찮은 겁니까?"

생각지 못한 행운에 루이즈를 바라보자, 본인은 얼굴 한가득 미소를 띠고 있었다.

"물론이지. 우리는 친구잖아? 곤란해하고 있다면 서로 도와야지."

"친구…… 입니까."

친구라는 말은 들은 지 오래되었기에 무척 신선하게 느껴졌다.

루이즈가 고개를 갸웃했다.

"왜 그래? 혹시 내가 친구인 건 싫어?"

"아뇨, 아닙니다. 저는 군대 생활이 길었기에 친구라고 부를 사람이 많지 않았습니다."

"그래? 이전 부대 사람들과 사이가 나빴어?"

이곳에 오기 전에 괴멸해 버린 소대를 떠올렸다.

그들과의 관계는 양호한 편이었다.

하지만 지금 그들이 이 세상에 없듯, 보병 부대는 소모가 극심하다.

친구를 만들면 잃을 각오도 필요한 곳이었다.

"……그들은 전우입니다. 게다가 저는 전장에서 전우 이상의 관계가 되는 건 바람직하지 않다고 배웠습니다."

누군가를 특별하게 여기면 전장에서 판단이 둔해지니까 하지 말라고 배웠다.

어째서인지 나는 자연히 양손으로 주먹을 꽉 쥐고 있었다.

자신의 행동에 의문을 품고 있자, 루이즈가 조금 쓸쓸한 듯이 웃었다.

"보병들도 고충이 있구나. 미안해, 괜히 신경 쓰이게 해서."

"괜찮습니다. 그것보다도 정말로 지도해 주실 겁니까?"

루이즈는 큰 가슴을 주먹으로 가볍게 두드려 보였다.

"물론이지! 나는 남을 잘 돌본다는 말을 자주 듣는 편이거든."

학원의 이물질인 나한테도 다정한 루이즈의 말에는 설득력이 있었다.

◇

방과 후.

나는 루이즈한테서 마력에 관한 지식을 배웠다.

장소는 학원 도서실. 방과 후인데도 이용하는 여학생이 나름 있었다.

"마력은 마음이 중요해."

"마음이라면, 정신력을 의미하는 겁니까?"

"으음~, 정신력도 무관하진 않지만, 제일 중요한 건 동기라고 생각해. 발키리가 되어서 위수랑 싸우겠어! 같은 결심을 품는 거지."

"심인성 문제라는 겁니까?"

그건 몹시 곤란하다.

나는 이미 몇 년간 위수들과 싸워 왔다.

싸우기 위해 살아왔다고 해도 과언이 아니다.

"저는 보병일 때부터 위수와 싸워왔습니다만?"

"아마 단순히 전투를 수행했을 뿐 아닐까? 위수와 싸우겠다는 자기 의지가 중요해."

"……의지."

가족을 잃고 나서부터 나는 타인의 말대로 살아왔다.

조직에 거두어지고, 훈련 시설에서는 어른들한테 따랐다.

전장에 내던져지고 나서부터는 상관을 따르며 위수와 싸워 왔다.

루이즈의 말을 듣고 깨달았다. 그건 명령이었을 뿐, 자신의 의지는 없었다.

"제 의지도 있었다고…… 생각합니다. 아뇨, 앞으로는 의지를 가지고 싸우겠습니다."

위수와 싸우고 싶다고 생각하는 게 중요하다면 결국 정신적인 이야기가 될 수밖에 없다.

해결의 실마리가 될 수도 있는 이야기였지만, 루이즈의 표정은 어두웠다.

"막연하게 마음먹으면 된다는 이야기가 아니야. 마음속 깊은 곳에 자리 잡은 강한 바람이라고 하면 될까? 누군가의 말을 듣고 하는 게 아니라, 자발적인 원동력이 필요해. 아마 지금의 렌 군에게는 어렵지 않을까."

"그런?! ……실례했습니다."

조용한 도서실에서 큰 목소리를 내자, 주변에서 눈총이 쏟아졌다.

개중에는 무슨 일인가 싶어 호기심으로 가득 찬 눈을 향하는 여학생도 있었지만, 작은 목소리로 되돌아가자, 관심을 거두었다.

루이즈가 나한테 진정하도록 말했다.

"마음은 이해하지만, 이건 본인의 자질에 연관된 문제야. 중등부 시절을 예시로 들까. 중등부에서도 나보다 성적이 뛰어난 애들이 있었어. 하지만 대부분은 졸업하지 못하고 학교를 그만둬야 했지. 그 애들은 마력을 능숙하게 끌어내지 못했어."

내가 어린애였을 때와는 큰 차이다.

시설에서는 성적이 전부였다.

아무리 의욕이 있어도 성적이 낮으면 묻지도 따지지도 않고 부적격이라고 판단되어 어느샌가 시설에서 사라졌다.

"그러면, 저는 어떻게 해야……."

지금 이대로는 마력 출력이 규정치를 채우지 못한다.

그건 즉, 존재의의 소실을 의미한다.

내 표정이 어두운 게 신경 쓰였는지, 루이즈가 손을 모으며 위로해 주었다.

"푸, 풀 죽지 마, 렌 군. 어디 보자…… 그래!"

자리에서 일어난 루이즈는 도서실 책장으로 가서 무언가 찾기 시작했다.

곧바로 책 한 권을 손에 들고 돌아왔다.

제목은 〈긍정적으로 될 수 있는 책〉이었다.

"풀 죽기 쉬운 렌 군한테는 이거! 긍정적인 마음가짐을 갖고 마력 조작도 능숙해질 수 있는 뛰어난 해결책이야. 이걸 읽으면 렌 군도 분명 마력을 다룰 수 있게 될 거야."

확실히 내 성격은 밝다고 하기에는 어렵고, 긍정적인 인상과도 멀다.

루이즈한테서 책을 받아 들었다.

"이걸 읽으면 해결되는 겁니까?"

"응! 분명 마력 조작이 향상될 거야. 그러니까 기운 내."

미묘하게 쓰고 있는 단어가 다른 것 같지만, 마력에 관한 인식이 학원과 개발팀이 서로 다르기 때문일 거라고 납득했다.

책을 팔락팔락 넘겨본 뒤, 덮었다.

"감사합니다. 곧바로 돌아가서 읽어 보도록 하겠습니다."

감사 인사를 하자 루이즈가 쑥스러워하며 뺨을 손가락으로 긁적였다.

"아니야. 우리는…… 친구잖아."

"예, 예에."

친구라는 말을 듣고 묘한 쑥스러움과 기쁨이 솟구쳐 올라왔다.

이걸 청춘(?)이라고 해도 괜찮은 걸까.

나한테는 연이 없었던 시간이 흐르고 있자, 도서실에 큰 발소리를 울리며 한 여학생이 우리한테 가까이 다가왔다.

시끄러운 소리를 내는데도, 아무도 그녀를 타박하지 않았다.

누구인가 했더니, 험악한 표정을 한 하야세 중위가 다가왔다.

"아직도 이러고 있을 줄이야. 루이즈, 질리지도 않아?"

하야세 중위는 루이즈를 쏘아붙였다.

학원에서 미움받고 있는 나를 감싸는 루이즈한테 못을 박으러 온 모양이었다.

루이즈가 고개를 숙이며 저항했다.

"내가 뭘 하건 내 마음이야, 하야세 양. 나는 렌 군을 돕고 싶어.

방해하지 않았으면 좋겠⋯⋯어."

루이즈와 하야세 중위는 상하 관계가 있다. 자세한 건 모르지만 군대식을 중시하지 않는 학원의 룰로도 하야세 중위가 격이 높다.

루이즈의 입장을 지키기 위해서도, 내가 자리에서 일어나 하야세 중위 앞에 나섰다.

"하야세 중위님, 이건 제가 부탁한 겁니다. 나무라실 거라면 저를 나무라십시오."

나를 보는 하야세 중위의 시선에는 혐오감이 내포되어 있었다.

지금까지 여러 기지에서 봤던 그 시선이다. 나를 이물로 보던 병사들과 같은 눈이었다.

위수의 세포가 깃든 나를 오물⋯⋯ 아니, 적으로 보는 듯한 시선이다.

"아주 길들여 놨구나. 애초에 너는⋯⋯ 응?"

하야세 중위의 시선이 내가 옆구리에 끼고 있던 책으로 향했다. 그녀의 시선은 곧 루이즈에게 향했다.

"무슨 속셈인지 모르겠지만, 이 이상 제멋대로 굴 거라면 각오해."

하야세 중위한테서 위험한 분위기가 감돌자, 여학생들이 도서실에서 도망치기 시작했다.

그리고 대신 기운이 넘치는 듯한 여학생⋯⋯이 아니라, 트임이 들어간 여성용 정장을 입은 여성이 들어왔다.

그녀한테서 풍기는 분위기가 학생과 비슷한 탓에 잠시 착각했다.

긴 갈색 머리를 포니테일로 묶은 그 사람은, 도서실에 들어오자마자 하야세 중위를 손가락으로 가리켰다.

"아~! 마야 쨩이 다른 반 애를 괴롭히고 있어! 그러면 안 된다구. 선생님은 용납하지 않아요!"

화를 내는 것 치고는 분위기가 가벼웠다.

나는 지금 뿡뿡 화내고 있어요, 라고 표현했을 뿐, 무섭지는 않다.

하지만 하야세 중위는 그것만으로 입을 다물었다.

깊은 한숨을 내쉰 그녀는 우리한테서 등을 돌렸다.

"오오히나 선생님, 남이 들으면 오해하잖아. 나는 도우려고 했을 뿐인데."

하야세 중위의 발언을 듣고 루이즈가 작은 목소리로 말했다.

"……뻔뻔해, 하야세 양."

다행히도 상대한테 들리지 않았는지 별다른 반응이 없었다.

태도로 보아 두 사람 사이에 뿌리 깊은 은원이 있는 모양이었다.

도서실에 온 오오히나 선생도 이곳의 교관인 듯, 하야세 중위를 나무랐다.

"변명하지 말 것! 마야 쨩은 3반의 에이스니까, 행동거지를 조심하라고 했잖아. 선생님은 괴롭힘을 싫어하니까, 걸리면 용서하지 않을 거야."

3반 교관의 첫인상은 '외모처럼 어린아이 같은 사람'이었다.

하야세 중위는 오오히나 선생한테 약한지, 난감한 얼굴로 머리를 긁적였다.

"그러시겠지. 그래서 무슨 일인데?"

"아, 그랬지! 지금부터 브리핑을 할 거니까 회의실에 집합입니다! 마야 쨩은 저랑 같이 오도록."

"단말로 호출하면 되잖아."

"그게 아니야! 호출하려고 했는데 소란스러워서 달려와 봤더니 마야 쨩이 있었던 거라구!"

"네에, 네에."

하야세 중위는 교관을 상대로도 반말을 썼다.

나로서는 다소 충격적인 광경이었다.

오오히나 선생도 딱히 신경 쓰는 기색이 없었다.

상관한테 무례한 말투로 말하는 건 내 상식으로는 있을 수 없는 행위다.

에이스의 특권······ 루이즈의 말을 떠올린 나는 학원이라는 곳이 군대와는 다른 조직임을 통감했다.

두 사람이 그대로 도서실에서 나가자, 남은 여학생들은 폭풍이 지나간 것만 같이 가슴을 쓸어내렸다.

루이즈가 자리에서 일어섰다.

"렌 군, 잠깐 괜찮을까?"

도서실에서 해산할 예정이었지만, 잠깐 괜찮겠냐는 루이즈의

말에 우리는 옥상으로 가게 되었다.

◇

옥상에 오자, 루이즈는 나한테 등을 돌린 채 손깍지를 끼고 기지개를 켰다.

바람을 받아 스커트가 뒤집힐 것 같았기에, 나는 보지 않도록 그녀보다도 앞으로 나와서 추락 방지 펜스에 손을 댔다.

"하야세 중위와 인연이 있습니까?"

루이즈는 쓴웃음을 띠며 하야세 중위와의 관계를 이야기하기 시작했다.

"……미움받고 있어. 하야세 양은 상승 지향이 강한 편이라, 나처럼 느긋한 애는 싫은 모양이야."

하야세 중위의 언동을 떠올리니, 확실히 성격이 거센 면이 있었다.

나도 지금까지 프라이드가 높고 상승 지향이 강한 군인들을 봐왔는데, 확실히 하야세 중위와 비슷한 구석이 있다. ……완전히 같다고 하기는 어렵지만.

군대와 학원의 차이가 영향을 끼치고 있을 가능성은 있지만, 나로서는 답을 낼 수가 없었다.

그러나 성격이 맞지 않는다는 이유만으로는 다소 지나친 태도였다.

에이스한테 특권이 있다고 한들, 그 자리에서 여학생들이 위축되어 있었던 모습을 보면 도가 지나친 것 같은 느낌이 들었다.

루이즈가 내 옆에 오더니 펜스를 붙잡고 고개를 숙였다.

"나, 한 번이지만 3반에서 스카우트를 받았어. 면담까지는 순조로웠는데, 도중에 하야세 양이 반대했대. 그걸로 이야기는 무산되었어."

"그런 행위까지 허용되는 겁니까?"

단 한 명의 의견으로 전력 외라고 판단된다? ……내가 보기에는 이상한 일이었다.

"그게 에이스란 거야. 사실 생각해 보면, 편입할 때 반 아이들의 의견을 듣는 건 어디에서나 있는 흔한 과정이잖아. 좋아하고 싫어하는 거야 어쩔 수 없지. 이렇게까지 노골적인 건 드물지도 모르지만."

5반에 재적하면서 알게 된 것이 있다.

여학생들이 목표로 하는 것은 발키리로서 전력이라 인정받는 1반부터 4반까지의 클래스로 편입하는 것이다.

편입하면 실전에 투입되고, 그에 상응하는 우대를 받는다.

그러나 이곳에는 우대 이외의 벽이 존재한다.

중등부를 졸업한 그녀들은 내가 보기에는 이미 모두가 엘리트다.

상승 지향이 강한 여학생들한테 상위 반 편입은 출세 이상의 의미가 있는 것으로 보였다.

"루이즈라면 다른 클래스에서 스카우트될 겁니다."

"아하하, 고마워. 렌 군. 빈말이라도 기뻐. 하지만 말이야, 3반에 스카우트된 건 3반이 현재 제일 전력이 부족하기 때문이야."

"무슨 의미입니까?"

"한 3년 전쯤에 3반이 한차례 괴멸했었거든. 지금은 재정비 도중인 상태지. 그래서 5반 애들은 어중간한 3반에 들어갈 바에야 다른 클래스에 들어가고 싶어 해."

즉, 전력 부족인 3반에서 스카우트를 받고도 편입이 허용되지 않았다. 루이즈 입장에서는 전력 외 통고를 받은 것이나 마찬가지라는 의미인가.

"음, 뭐라고 해야 하나…… 나한테는 마지막 희망이었는데 말이지. 하야세 양한테 짓밟히는 바람에 더는 기회가 없어."

체념하고 쓴웃음을 짓는 그녀의 모습을 보고, 나는 자연히 어떤 말을 떠올렸다.

그리운 어머니의 말을.

"……앞을 향해 한 걸음 한 걸음 나아가라."

"어?"

갑작스러운 내 중얼거림에 루이즈가 몹시 놀란 표정을 지었다.

지금까지 보여준 적 없는 표정이었다. 한순간이지만 평소의 루이즈와는 다른 사람처럼 느껴졌다.

눈을 크게 뜨고 동요한 그녀는, 황급히 나한테서 고개를 돌려 먼 곳을 바라보았다.

아무래도 또 내가 실수한 모양이다.

"실례했습니다. 옛날에 들었던 말이 떠올랐기에."

"그, 그렇구나. 갑자기 말해서 조금 놀랐어. ……그건 누가 해준 말이야?"

"어머니입니다. 주위에 흔들리지 말고, 자신의 보폭으로 한 걸음 한 걸음 전진하라는 의미입니다. 루이즈도 주위의 평가를 신경 쓰지 말고, 지금 할 수 있는 노력을 해야…… 아닙니다. 지금의 제가 할 만한 조언이 아니었군요."

떠오른 말을 입에 담아 봤지만, 루이즈보다도 지금의 나한테 들어맞는 말이었다.

존재의의를 잃은 지금의 나한테는 지금 할 수 있는 것을 쌓아 나가는 수밖에 없다.

"좋은 말이네. 응, 정말로 좋은 말이야. 나도…… 더 노력해야겠어."

마음이 가라앉아 있는지 목소리에 기운이 없다.

내게 고개를 향한 루이즈는 무리해서 미소 짓고 있었다.

"고마워, 렌 군. 나 먼저 갈게! 아마 하야세 양은 계속 방해하겠지만, 같이 힘내서 극복하자!"

"예."

문득 루이즈가 생각났다는 듯이 말했다.

"아, 그리고 내일은 렌 군한테도 중요한 수업이 있으니까, 꼭 출석해야 해."

"중요하지 않은 수업은 없다고 생각합니다만?"

내 대답에 루이즈는 어색한 미소를 짓더니, 장난꾸러기 같은 표정으로 고치고 나서 말했다.

"마력에 관련된 수업이야. 남자애인 렌 군한테는 기쁜 수업이 될지도 몰라."

"그렇습니까. 당장은 결석할 이유가 없으므로 긴급한 상황이 아니라면 반드시 출석하겠습니다만."

루이즈는 내 대답을 듣고 부끄러워하며 웃었다.

"꼭 와야 해!"

◇

내가 이곳에 온 건 실험기 파일럿이 되기 위해서지만, 학원에서는 5반 학생일 뿐이다.

당연히 수업에 편성되어 있는 훈련에도 참여할 의무가 있다.

이미 내게는 실험기 파일럿으로서 면밀한 훈련 메뉴가 있으므로, 계획에 지장을 줄 수 있는 불필요한 훈련은 되도록 피하고 싶지만, 반에 재적하는 이상 불참할 수는 없었다.

굳이 이유를 붙이자면, 평소에 발키리 후보생들이 어떠한 훈련을 하는지 궁금했다.

하지만 이번에 한해서는 결석을 고려하지 않은 걸 후회해야 했다.

"그러면 준비 운동을 하겠습니다. 자, 하나, 둘, 하나, 둘……."

한 여학생이 클래스메이트들 앞에 서서 학원 지정 수영복 차림으로 유연 체조를 하고 있었다.

5반 학생들은 선행하는 학생한테 맞춰 마찬가지로 몸을 풀었다.

여학생들이 착용하고 있는 건 하이레그 경영 수영복, 이라는 듯하다.

말이 애매한 건, 내 옆에서 부끄러운 듯이 유연 체조를 하는 루이즈한테 방금 막 들은 정보이기 때문이다.

나는 훈련 이외에 수영장을 이용한 경험이 거의 없으므로, 여성용 수영복에 관해서도 당연히 무지했다.

옆에 있는 루이즈가 몸을 크게 움직일 때마다 가슴이 흔들리고, 엉덩이가 강조되어 눈을 둘 곳이 곤란하다.

다른 곳으로 시선을 향해도 온통 유연 체조 중인 여학생뿐이다.

시선을 둘 곳이 없어 난감해하는 나를 보고 루이즈가 쑥스럽게 웃었다.

"애초에 남자랑 같이 수영장에 들어가는 상황은 상정하지 않았으니까, 수영복도 기능성으로 채택했을 거야. 남자애한테는 최고의 광경이 아닐까? ……내가 출석하라고 말해 놓고서 우스운 일이지만, 실은 나도 조금 창피해."

루이즈가 주위의 모습을 보며 그렇게 말했다.

아무래도 평소와 수업 분위기가 다른 듯했다.

내가 있어서 창피한지 팔다리를 움츠린 채 유연 체조를 하는 여학생들도 많다.

그리고 이상할 만큼 내게 향하는 시선이 많았다.

내 장비는 재머라고 하는 수영복으로, 무릎 위까지 오는 구조였다.

여학생들과 마찬가지로 유연 체조를 하고 있자, 소곤소곤 이야기하는 목소리가 들려왔다.

무슨 이야기를 하는 것인지까지는 들리지 않지만, 이 자리에 내가 있는 건 몹시 잘못된 느낌이 들었다.

여학생들과 마찬가지로 수영복으로 갈아입은 교관이 목에 건 호루라기를 입에 물고는 짧게, 그러면서도 큰 소리가 나도록 불었다.

전원의 시선이 모이자, 내 쪽을 보며 여학생들을 향해 말했다.

"남자가 있다고 부끄러워하면서 대충대충 하지 마라."

귀찮아하는 듯하면서 주의를 준 교관에게 나는 거수하여 발언할 허가를 구했다.

교관은 작게 한숨을 내쉬었다.

"뭐지, 히후미?"

"예, 교관님. 저는 이 자리에 어울리지 않는다고 생각됩니다. 다른 메뉴를 희망합니다."

여학생한테 둘러싸여 수영 수업에 참여하는 것부터가 잘못되었다.

다른 훈련 메뉴를 준비해 달라고 부탁하자, 교관이 눈살을 찌푸리고 불쾌한 듯이 말했다.

"고작 너 한 명을 위해서 다른 메뉴를 준비하라고? 우쭐대지 마라. 5반에 배속된 이상, 5반의 룰에 따라라."

"하, 하지만, 이 상황에서는 수업 진행에 차질을 줄 가능성이 있습니다."

"그걸 판단하는 건 네가 아니라 우리다. 얼른 유연 체조로 돌아가라."

"……실례했습니다."

내가 유연 체조로 돌아가자, 옆에서 가슴을 크게 펴고 있던 루이즈가 미소 지어 보였다.

"흐으음~? 혹시 렌 군, 수영은 서툴러?"

"아닙니다. 헤엄칠 수 있습니다. 보병 훈련에는 옷을 입은 채로 헤엄치는 과정이 있습니다."

옷만이 아니라 장비까지 착용한 채 헤엄치는 훈련이다.

교관들이 물을 끼얹어 몇 번 가라앉을 뻔했던가.

루이즈가 몸을 앞으로 굽힌 자세가 되더니, 나한테 수영의 중요성을 말해 주었다.

"그래도 수영 수업에는 참여하는 게 좋아. 마력 조작이 능숙한 애들은 대체로 수영도 자잘하거든."

루이즈가 알려준 마력 조작에 관한 정보는 몹시 의외였다.

마력과 수영에 상관이 있다고는 생각지도 않았기 때문이다.

"그런, 겁니까? 그래서 어제 반드시 출석하라고 한 거군요."

루이즈한테는 당연한 이야기인지, 그다지 중요하지도 않은 듯이 단언했다.

"물속의 느낌이 마력 조작과 약간 비슷하거든. 그래서 마력 조작이 능숙한 애들은 자주 헤엄치곤 해."

"중요한 정보를 알려 주셔서 감사합니다."

내가 감사 인사를 하자 루이즈가 쓴웃음을 지었다.

"렌 군은 여전히 딱딱하네. 그게 장점이라고 할 수도 있겠지만."

유연 체조가 끝나자, 몸이 풀리며 달아올랐다.

문제없이 수영 수업에 집중할 수 있는 상태다.

그러자 주위 여학생들이 내 몸을 보고 소곤소곤 이야기했다.

"봐, 저 상처."

"상처보다 팔다리를 봐. 저기만 색이 조금 다르잖아."

"괴물이랑 같이 수영장에 들어가야 해? 난 싫은데."

여학생들은 위수의 팔다리를 지닌 나랑 같이 수영장에 들어가는 데 기피감이 드는 모양이었다.

내가 들리지 않는 척을 하자, 루이즈가 내 왼팔에 손바닥을 댔다.

찰싹찰싹하며 내 몸을 만지기 시작했다.

"……왜 그러십니까, 루이즈?"

"아하하. 굉장한 몸이네~. 남자애답게 근육이 굉장해! 게다가 상처투성이…… 만지면 아파?"

위수와 싸우면 어쩔 수 없이 상처가 늘어난다.

내 몸은 상처투성이였지만, 재생한 오른팔과 왼쪽 다리는 상처 하나 없이 깨끗했다.

"전부 오래된 상처라 지금은 아프지 않습니다."

"그렇구나. 다행이다."

그렇게 말하며 내게 미소 지어 주는 루이즈. 주위의 사려 없는 목소리에 내가 상처받지 않을지 걱정해 준 모양이다.

교관이 호루라기를 짧게 불더니 나와 루이즈를 보고 짜증이 난 듯이 주의를 주었다.

"거기, 언제까지 놀고 있을 거냐! 얼른 몸을 물에 적응시키고 수영장에 들어가라."

말이 끝난 교관은 우리한테서 고개를 돌리고는 신나서 떠들고 있는 다른 여학생들한테 주의를 주기 시작했다.

루이즈는 그 모습을 보며 쿡쿡 웃었기에 뭐가 이상한 건가 하고 의문이 솟았다.

"왜 그러십니까?"

"선생님도 렌 군이 신경 쓰이나 봐."

"교관님이? 그런 기색은 아니었습니다만?"

지금도 떠들고 있는 여학생들한테 주의를 주고 있을 뿐, 나를 의식하는 것처럼은 보이지 않았다.

그러나 교관과 오래 알고 지낸 루이즈한테는 다르게 보이는 모양이다.

"평소보다 활기가 있다고 해야 하려나? 지금까지 여자뿐이었으니까 선생님도 의식한들 이상하지 않아."

"그렇습니까?"

내가 납득하지 못하고 있자 루이즈가 내 왼손을 잡고 끌어당겼다.

"자, 어서 수영장에 들어가자. 처음 10분 동안은 자유시간이라서 놀아도 돼!"

물에 익숙해지기 위해 10분 동안은 놀아도 되는 듯하다.

내가 받아 왔던 훈련과는 전혀 딴판이었다.

"알겠으니까, 너무 세게 잡아당기지 말아 주십시오. 루이즈? 잠깐, 루이즈?! 우선은 물을 몸에 끼얹고 나서——."

루이즈는 내 팔을 껴안다시피 하며 잡아당기고 뛰기 시작했다.

왼팔을 끌어안겨 있기에 루이즈의 가슴이 닿고 있다.

"루이즈, 그, 가슴이——."

내 말을 무시하고, 루이즈는 기세를 유지한 채 수영장에 뛰어들었다.

"에잇!"

우리 두 사람이 수영장에 뛰어들어 물보라를 일으키자, 교관이 호루라기를 세게 불었다.

"루이즈, 그리고 히후미! 너희들 올라와라!"

◇

수영장은 실내에 설치되어 일반 수영장과는 별도로 다이빙대가 마련된 수심 5m 이상의 수영장도 병설되어 있었다.

발키리들을 육성하기 위해 시설에도 아낌없이 예산이 투입되고 있는 모양이다.

우리가 물에 몸을 적응시키고 나자 그제야 겨우 훈련다워지기 시작했다.

전원이 자유형으로 50m 수영장을 헤엄치고, 끝나면 물에서 나와 시작 위치로 돌아간다.

돌아가면 또 수영장에 뛰어들어 헤엄치기를 반복한다.

조금 전까지는 신나서 떠들던 여학생들이, 어느새 진지한 얼굴이 되어있었다.

교관은 태블릿 단말을 한쪽 팔에 들고, 여학생들의 모습과 번갈아 가며 보았다.

"페이스가 떨어지고 있다. 훈련에서 진심을 내지 못하는 녀석은 실전에서도 진심을 발휘할 수 없다! 대충하는 녀석은 평가가 점점 마이너스가 될 거라고 생각해라."

교관의 마이너스라는 말에 반응하는 것만 같이 여학생들의 움직임이 변화했다.

헤엄치는 중인 여학생들은 페이스가 올랐고, 시작 위치로 돌아가는 여학생들도 빠른 걸음이 되었다.

수영장에서 올라와 시작 위치로 돌아가려 하자, 다른 레인을 헤엄쳐 먼저 올라와 있던 루이즈가 나한테 손을 내밀어 도와주었다.

물이 뚝뚝 떨어지는 루이즈의 손을 빌려, 나는 수영장에서 나왔다.

"다들 진지해졌군요."

"평가는 열심히 해야지. 자, 렌 군도 서둘러, 서둘러."

루이즈한테 재촉당하다시피 하며 빠른 걸음으로 시작 위치로 돌아가자, 호흡이 흐트러져 지친 얼굴을 한 애들이 눈에 띄었다.

물론 아직 기운이 있는 애들도 보였다.

5반 학생들은 모두 중등부를 무사히 졸업한 후보생이다.

기본 자질은 이미 충분하다는 뜻이다. 언제든지 정규 대원이 될 실력이 있다.

그래도 학생들 속에서 실력 차이가 여실히 나타나고 있다.

시작 위치로 돌아가 내가 다이빙할 차례를 기다리고 있자, 옆 레인 줄에 선 루이즈가 말을 걸었다.

"렌 군도 참~, 내가 있는데, 다른 애를 너무 쳐다보는 거 아니야? 너무해~, 질투 날 것 같아."

루이즈가 장난꾸러기처럼 웃었다.

나를 놀리며 재미있어하고 있는 모양이다.

"그런 게 아닙니다. 단순히 신경이 쓰인 것뿐입니다."

"뭐가?"

"솔직히 말하자면 놀랐습니다. 다들 생각보다 체력이 있군요."

수영 수업은 강의 타임이 두 배 할당되어 있어서, 여타 수업보다도 시간이 길다.

처음에 노는 시간이 있긴 했지만, 이후로는 줄곧 빠른 페이스로 헤엄치고 있다.

지금까지 훈련받은 나도 살짝 숨이 흐트러지고 있는데, 아직도 호흡을 유지하는 학생들이 있었다.

루이즈도 그중 한 명이었다.

"이래 보여도 발키리 후보생이니까. 이 정도로 죽는소리하면 고등부에는 진학할 수 없어."

자못 당연하다는 듯이 말하는 루이즈. 아직도 제법 여유가 있는 것처럼 보였다.

"그중에서도 루이즈는 특히 우수하게 느껴집니다."

"어? 설마 날 유혹하는 거야? 이놈의 인기란!"

익살을 떨어 보이는 루이즈였으나, 우리 차례가 와 버렸기에 대화는 여기서 끝났다.

◇

수영이 끝나고 점심시간이 지난 후의 오후.

체육관에 모인 5반 학생들은 전원이 운동복으로 갈아입은 상태였다.

"수영으로 지친 너희들한테 낭보다. 이론 수업에서 졸지 않도록 대인 훈련 수업을 중간에 끼웠다."

그러자 여학생들이 노골적으로 싫어하는 표정을 지었다.

저런 표정을 지었다가 평가가 마이너스가 되면 어쩌려는 건가?

그런 생각을 하고 있으니, 어김없이 내 옆으로 온 루이즈가 설명해주었다.

"대인 훈련은 위수를 상대하는 데 도움이 되지 않으니까 다들 의욕이 없는 거야."

"그렇군요. 하지만 교관님 앞에서 싫은 표정을 지으면 평가가 나빠지지 않습니까?"

"대인 훈련을 잘하면 다른 평가가 올라가거든. 고민스러운 부분이야."

"평가가 오르는 데 곤란한 이유가 있습니까?"

"……정규 대원이 되지 못하고 졸업한 애들이라도, 대인 훈련 성적이 우수하면 치안 유지 관련 부서에 취직할 수 있거든."

위수를 상대하는 것이 아니라 인간을 상대로 하는 대인 부대가 존재한다는 이야기는 들은 적이 있다.

다만, 루이즈의 말투는 대인 부대에 들어가는 걸 달갑지 않게 여기는 듯했다.

"대인 부대는 인기가 없습니까?"

"정규 대원이 되고 싶어서 왔는데, 결과를 남기지 못했다는 뜻이 되니까. 배틀 드레스에 계속 탈 수 있는 건 매력적이지만, 사람과 싸우고 싶어서 여기 왔던 게 아닌걸."

위수를 쓰러뜨리기 위해 훈련을 쌓아 온 그녀들에게는 썩 달갑지 않은 미래인 모양이었다.

깨닫고 보니 교관의 설명이 끝나서, 2인 1조로 훈련이 개시되는 듯하다.

루이즈가 내 쪽으로 몸을 향하고는 고무 나이프를 들고 자세를 취했다.

"그럼, 렌 군은 나랑 같이 훈련할까. 괜찮아. 이래 보여도 나는 꽤 단련하고 있으니까 렌 군이 상대라도 다치지 않──."

나와 대인전 훈련을 하려고 하는 루이즈였으나, 그녀를 밀어젖히고 내 앞에 선 여학생이 있었다.

단발에 꽤 단련된 몸을 하고 있는 그녀는 햇볕에 그을린 갈색 피부를 지니고 있었다.

"루이즈, 미안하지만 이번에는 양보해. 이 보병 출신에게 자기 처지를 알려줘야겠어."

끼어든 여학생한테 루이즈는 살짝 화가 난 모양이라 주의를 주었다.

"뭐야, 내가 먼저 자리 잡았는데~!"

"알겠으니까 양보해. 아니면 뭐, 이 남자는 루이즈 이외는 무서워서 못 싸우는 녀석인가?"

여학생이 고무 나이프를 들었지만, 자세가 어설펐다.

나는 도발과 상관없이 할 일을 하듯 조용히 왼손으로 나이프를 들고 자세를 취했다.

루이즈가 내 자세에 반응했다.

평소 5반 교실에서 오른손잡이로 지내던 내가 왼손으로 나이프를 든 모습이 실력을 조절하는 것처럼 보인 모양이다.

내가 왼손으로 나이프를 잡은 건 재활한 오른손보다 전투에서 능숙하게 움직이기 때문이지만, 내 앞에 선 여학생은 얕보였다고 오해한 듯했다.

"이 자식이. 보병 주제에 깔보는 거냐?!"

여학생이 발을 든 순간, 2m의 거리가 단숨에 좁혀졌다.

여학생이 휘두른 나이프의 일격을 재빠르게 받아쳐 튕겨냈다.

속도가 경이롭다.

실력이 아닌 신체 능력만으로 이 정도였다.

내가 눈을 크게 뜨고 놀란 것을 보고 여학생은 웃었다.

"너희와는 신체 능력부터가 달라!"

말하는 걸 보니 여학생은 자기 신체 능력에 제법 자신이 있었다.

단련된 몸이지만, 내가 보기에는 5반 여학생들은 마른 몸이다.

보병이었을 적에 둘러싸여 있던 강건하고 억센 병사들에 비하면 근육량이 뒤떨어진다.

하지만 움직임은 병사들 이상이다.

여학생이 내찌른 나이프를 피했지만, 내 뺨을 스쳤다.

"빠르다!"

여학생의 움직임을 보며 최소한의 움직임으로 회피하고, 왼손에 든 나이프로 공격을 막아냈다.

내가 회피에 전념하며 상황을 살피고 있자, 여학생이 차츰 조바심을 냈다.

점차 동작이 허술해졌다.

"피하기만 할 거야? 공격할 엄두도 나지 않나 봐?"

여학생의 화가 쌓여 가는 것을 느끼며 나는 재빠른 그녀의 움직임을 주시했다.

대인 훈련을 경시하는 상황은 이해하지만, 그렇다고 해도 움직임이 너무 허술했다.

강건하고 억센 병사조차 꺾어 버릴 신체 능력을 무기로 삼아 압도하려고할 뿐이다.

아니, 그저 자기보다 뒤떨어지는 나를 얕보고 있는 것인가.

나이프를 휘두른 그녀가 공격에 발차기를 섞어 넣기 시작했다.

싸움이 길어지자 조급한 마음에 빨리 끝내고 싶어진 것이다.

"촐랑촐랑 피하지 말고 싸워!"

처음부터 냉정하게 싸웠더라면 그녀에게도 승산이 있었다. 그만한 신체 능력이 있다.

그녀가 부주의하게 파고든 타이밍에 맞춰, 나도 파고들어 그녀의 기세를 죽이고 팔을 붙잡았다.

"윽?!"

그녀가 자기 실수를 깨달았지만 늦었다. 나는 그녀를 넘어뜨리고 관절기를 걸었다.

아무리 그녀들이 강하고 억세다고 할지라도 인간이라면 관절은 같다.

바닥에 꽉 누르고 있자, 수십 초 동안이나 버둥거린 여학생이 포기했는지 몸의 힘을 뺐다.

"……항복이다."

"감사합니다."

관절기를 풀고 경계하면서 여학생으로부터 거리를 벌리자, 여학생은 분한 듯이 바닥을 쳤다.

그런 여학생 주위에는 다른 여자들이 모여들었다.

"이게 무슨 꼴이야."

"보병 출신한테 지다니, 내가 다 부끄럽네."

주위에서 구박받은 여학생이 분노로 고함을 쳤다.

"시끄러워! 애초에 대인 훈련을 진심으로 하는 녀석이 어디있어!"

변명하는 여학생한테서 시선을 돌리자, 어느샌가 루이즈가 옆에 있었다.

내 얼굴을 밑에서 들여다보고 있었다.

"뭔가 하실 말씀이라도?"

"굉장하네, 렌 군! 저 애는 근접전투 성적도 좋은 편인데, 설마 이길 줄은 몰랐어!"

루이즈는 정말로 놀랐는지 이번에는 진지한 얼굴을 하고 있었다.

"보병은 대인 훈련도 받습니다."

"그건 우리도 마찬가지잖아. 오히려 우리가 신체 능력은 더 뛰어난데. 그렇게 쉽게 제압할 줄은 몰랐어. 혹시 비결이 있어?"

"딱히 그런 건 없습니다."

그러나 루이즈는 나를 놓아주지 않았다.

이번만은 놓치지 않겠다는 듯이, 나한테 같은 질문을 던졌다.

"뭔가 특수한 훈련을 하고 있었다든가? 그게 아니면 보병 사람들한테도 특별한 처치가 이뤄지는 걸까? 그 움직임은 뭔가 비밀이 있어도 이상하지 않은데?"

놓아주지 않는 루이즈의 끈기에 진 나는 뒤돌아서 대전했던 여학생을 봤다.

그녀는 여전히 납득하지 못하고 있는 모양이지만, 내가 이긴 것에는 이유가 있다.

대인전 훈련을 거듭해 온 시간의 차이도 있겠지만, 가장 큰 이유는 환경이다.

"정말로 특별한 비밀 같은 건 없습니다. 다만——."

"다만?"

"——전장에서 싸우는 건 항상 인간보다도 강인한 위수들이었습니다. 어중간한 격투술은 위수들한테 통하지 않습니다."

그 지옥 같은 전장에서 살아남은 나한테 있어서, 싸우는 상대는 항상 인간보다도 강한 존재뿐이었다.

내가 5반 여학생을 이긴 이유도 위수를 상대하는 것보다도 손쉬웠기 때문이다.

"그녀가 기술 면에서 더 뛰어났더라면 승패는 달랐겠지요."

대인전 훈련에 더 진지하게 임했더라면, 지금쯤은 내가 졌을 가능성이 높다.

그녀들의 신체 스펙은 그만큼 경이적이었다.

하지만 루이즈는 그렇게는 생각하지 않는 듯했다.

"……단순히 기량 차이뿐만이라고는 생각하지 않아. 내 추측이기는 하지만, 그 상황에서 냉정하게 승리할 수 있었던 렌 군은 재능이 있다고 생각해. 그건 아마도 굉장한 재능이야."

재능, 인가.

확실히 나는 다른 병사보다 재능을 타고났을지도 모르지만, 그래도 갑자기 나타난 위수한테 손도 써보지 못할 정도였다.

"제 재능 같은 건 별 대단하지 않습니다."

내가 더 강하다면…… 그런 생각에 오른손으로 주먹을 꽉 쥐자, 어째서인지 루이즈가 눈을 크게 뜨고 놀라고 있었다.

그 반응이 신경 쓰여서 말을 걸었다.

"왜 그러십니까?"

"아, 아무것도 아니야. 그럼, 다음은 나랑 훈련하지 않을래? 렌 군이 강하다는 걸 알았으니까 나도 봐주지 않아도 되겠지."

루이즈가 나이프를 드는 자세를 보여줬는데, 조금 전의 여학생보다도 서투르다는 게 느껴졌다.

"자, 렌 군도 자세 잡아."

"아니, 뭐…… 예. 그러면 시작하겠습니다."

"부정적인 사고는 목적 달성으로부터 본인을 멀리 떼어 놓습니다…… 중요한 것은 성공하는 이미지와 긍정적인 자세입니다."

트레이닝 휴식 중에는 루이즈가 권해 준 책을 읽는 것이 일과가 되어 있었다.

아무래도 내게 부족한 건 긍정적인 사고였던 모양이다.

항상 최악을 상정하고 신중하게 움직여라, 라고 가르침을 받아왔던 나한테는 놀라운 발상이다.

자신이 마력 출력을 향상시킨 이미지를 떠올리는 것만으로도 성공한다는 것이 믿기지 않는다.

페이지를 넘기자, 내 심정에 대한 답이 적혀 있었다.

"중요한 건 믿는 마음입니다. 의심해서는 안 됩니다? ……큭, 나한테는 모든 게 부족한 건가."

아무도 없다고 방심해서 일인칭이 '나(俺)'가 되어 버렸다.

평소에는 조심하고 있는데, 나도 참 정신적으로 몰려 있군, 하는 생각이 들었다.

독서에 집중하고 있던 나는 발소리를 알아차리고 고개를 들었다.

앨리슨 박사가 이쪽을 향해 걸어왔다.

"히후미 군, 3회차 마력 컨버터 출력 실험 말인데…… 어쩐 일이야, 그 책?"

내가 읽고 있는 책의 제목을 보고, 앨리슨 박사는 수상쩍어하는 시선을 향하고 있었다.

"반 친구가 권해 주었습니다. 저한테는 긍정적인 사고가 결여된 모양이라, 그것이 마력 출력 저하로 이어지고 있는 것 아닌가, 하는 조언을 받았습니다."

앨리슨 박사는 의심하는 표정을 짓고 있었지만, 마력에 관한 이야기가 되자 진지한 표정으로 변했다.

"마음…… 이 경우에는 정신력일까? 정신적인 측면에서의 접근도 생각하고 있었는데, 발키리가 말한다면 설득력이 있네."

"예."

책갈피를 끼우고 책을 덮자, 앨리슨 박사가 표지를 보고 있었다.

"철석같이, 계속된 실패 때문에 자기계발서에 손을 댄 건가 싶어서 걱정했어."

벤치에서 일어서서 자세를 바로 했다.

"이런 부류의 책은 처음 읽었습니다만, 공부가 됩니다."

"……그래. 하지만 나는 책보다도 친구가 생긴 게 놀라워. 반에서 고립되어서 스트레스를 안지 않으려나 하고 걱정하고 있었는걸."

"루이즈 준위는 협력적이고 상냥한 분입니다."

"교우 관계는 소중히 여기렴. 경우에 따라서는 실험에 관해 일부 정보를 개시(開示)하는 것을 허가할게. 그러는 편이 더욱 적확한 정보를 끌어낼 수 있을 거라고 생각해."

"괜찮은 겁니까?"

"이런 상황이니까 결과로 이어진다면 불문에 부치겠어. 하지만 그 친구만으로 해두렴. ──이야기를 되돌리겠는데, 3회차 실험 예정일이 정해졌어. 이번 목표치는 출력의 1%야."

1회차에는 10%였던 목표가 3회차를 맞이하여 1%까지 내려가 있었다.

단순히 나에 대한 기대치가 저하되었음을 의미한다.

"목표를 달성할 수 있도록 예정일까지 전력을 다하겠습니다!"

"그래 준다면 고마울 거야."

앨리슨 박사는 나한테 등을 돌리고 떠나갔다.

나는 벤치에 앉아 책을 펼치고 다음 내용을 읽기 시작했다.

"다음은…… 성공한 자신을 이미지하는 방법에 관해서, 인가."

마력을 규정치까지 출력하여 썬더볼트가 역장을 발생시킨 모습을 상상했다.

"성공한 자신을 이미지…… 이미지……."

나는 예정일까지 이미지를 완벽하게 만들어 내기 위해 훈련을 빠뜨리지 않았다.

◇

『지금부터 3회차 마력 출력 실험을 개시합니다. 파일럿, 준비는 됐어?』

3회차를 맞이한 마력 컨버터 실험을 시작한 나는 조종간을 꽉 쥐고 있었다.

「예, 문제없습니다.」

이번에는 루이즈한테 추천받은 책을 읽고 관련된 동종 서적도 닥치는 대로 읽었다.

성공하는 자신을 몇 번이고 몇 번이고 이미지했다.

부정적인 성격을 개선하기 위해 책에 적혀 있던 트레이닝 방법은 전부 시도했다.

나머지는 나 자신이 결과를 내는 것뿐이다.

모니터에 비치는 앨리슨 박사가 조금 기막혀하는 표정을 짓고 있었다.

『이번에는 여느 때 이상으로 의욕이 있네. 읽은 책은 도움이 되었다고 생각해도 되는 걸까?』

「……할 수 있는 건 전부 실행했습니다.」

무슨 일이든 준비가 중요하다고 훈련 시설에서 배워 왔다.

실험일을 맞이할 때까지 나는 오로지 자기계발서를 읽고 실행해 왔다.

『자신 있어 보이네. 결과로 이어지기를 기도하고 있을게. 실험을 개시합니다. 파일럿, 마력 공급을 개시해.』

「마력 공급을 개시!」

조종간을 꽉 잡고 마력을 방출한다…… 마력 컨버터에 마력이 흘러갔고, 출력을 표시하는 바늘이 움찔, 하고 움직였다.

감각적으로 저번보다도 방출되는 마력량이 늘어난 기분이 들었다.

할 수 있다…… 이번에는 성공한다!

실패하는 이미지를 씻어내고, 성공하는 모습만을 떠올렸다.

『……실험 종료.』

앨리슨 박사가 실험 종료를 알렸고, 나는 곧바로 앨리슨 박사에게 결과를 확인했다.

「결과는! 앨리슨 박사님, 결과는 어땠습니까?」

초조함이 나타나 목소리가 커지고 말았다.

지금은 조금이라도 빨리 결과를 알고 싶다.

그만큼 지금의 나한테는 실험에 대한 확실한 느낌이 있었다.

하지만, 앨리슨 박사의 표정에서는 실험 결과가 좋지 않았던 것이 전해져 왔다.

『결과만을 보면 세 배 가까운 효과가 나왔어.』

「세 배?」

앨리슨 박사가 대폭적인 수치 상승을 알렸지만, 그건 바라던 결과는 아니었다.

『그래, 세 배야. 결론부터 말하자면 1%에는 도달하지 못했어. 세 배라는 결과는 훌륭하지만, 오차 범위를 벗어나지 않아.』

「오차…… 범위 안…….」

자기계발서를 숙독하여 정신적인 측면에서 접근해 보았지만, 결과는 좋지 않았다.

앨리슨 박사는 실험을 계속한다고 말했다.

『계속 상승하면 가능성은 있어. 이대로 오늘의 두 번째 실험을 개시합니다.』

「······알겠, 습니다.」

그렇다, 다음에도 마찬가지로 결과를 내면 된다.

그저, 계속해서 결과를 내면······.

◇

3회차 실험 결과를 검토한 앨리슨은 스미스 박사와 서로 의견을 나누고 있었다.

스미스 박사는 이번 실험 결과를 입에 담았다.

"맨 처음만은 저번 회차의 세 배의 출력을 냈는데, 계속할 때마다 나빠져 버렸네. 1회차에서 마력을 다 내보낸 걸까?"

화내는 것도 아쉬워하는 것도 아니고, 그저 결과를 받아들이고 있었다.

앨리슨한테는 스미스 박사의 태도가 태평하게 보여서 화가 났다.

"미세 증가라고 말하면 희망이 있겠지만, 이 결과로는 상층부가 오차라고 판단할 거예요."

상층부가 프로메테우스 계획을 실패라고 판단하면 자신들의 개발팀은 해산당하고 만다.

위기감을 가져 주었으면 하는 앨리슨에 비해 스미스 박사는 웃고 있었다.

"결과는 개선되고 있잖아. 이대로 정신적 측면에서의 접근을 계속해 나가면 목표인 1%는 달성할 수 있는 것 아닐까?"

"본래의 목표는 10%입니다! 애초에 자기계발서를 읽고 성공할 거라면 고생은 하지 않아요."

정신적인 측면에서 접근해 보는 것의 가능성을 고려하여 렌의 행동을 부정하지 않았다.

하지만 결과부터 말하자면 오차의 범위 안이다.

앨리슨이 보기에는 자기계발서에는 과학적인 근거가 없다.

원래라면 그만두게 하고 싶었다.

"성공을 이미지하면 해결된다니, 그런 건 오컬트예요."

스미스 박사는 앨리슨의 의견을 들어 주면서도 자신의 의견을 말했다.

"확실히 성공을 이미지하는 것만으로는 부족하지. 과학적으로 덧붙이자면 성공할 때까지의 과정도 중요해. 무엇보다도 중요한 건 실행력이려나? 오컬트라고 단언하는 건 성급해. 설명이 부족할 뿐이지. 앞으로는 엔비한테 과정을 중시하도록 말하면 돼. 중요한 건 결과로 이끌어 주는 올바른 노력이야."

잘못된 것도 아니지만 올바른 것도 아니다, 그런 애매한 말투를 하는 스미스 박사한테 앨리슨은 비아냥을 담아 말했다.

"성공에는 과정이 중요…… 바로 그 말대로네요. 그 과정에 문

151

제를 안고 있지 않다면야 저도 쌍수를 들고 찬동했을 의견이에요."

마력 출력을 향상시키고 싶지만, 그 방법이 명확지 않다면 실행하기도 어렵다.

렌도, 그리고 개발팀도 그 방법을 암중모색하는 도중이다.

기분이 상한 앨리슨을 무시하고 스미스 박사는 이번의 결과를 나타낸 숫자를 바라보고 있었다.

"자, 여기서부터 어떻게 목표를 달성할까."

"뭐어어어?! 실패했어?!"

실험 결과가 실패임을 알리기 위해 나는 루이즈와 옥상에 와 있었다.

이번 결과에 놀란 목소리를 내는 루이즈한테, 나는 미안함을 느끼고 있었다.

"모처럼 루이즈한테서 조언을 받았는데, 한심한 결과로 끝났습니다. 모든 건 제 책임입니다. 성공하는 자신을 강하게 이미지하지 못했습니다."

나는 무의식적으로 자신을 의심하고 만 모양이다.

처음에는 확실한 느낌이 있었지만, 결과를 보니 목표 달성과는 동떨어져 있었다.

조언을 받아도 결과를 내지 못하는 자신을 한심하게 생각하고 있자, 루이즈가 내 등을 상냥하게 문질렀다.

"그렇게 침울해하지 마. 괜찮아. 이제부터 조금씩 결과를 내가 면 되는 거고. 마력 조작은 재능의 영역이기도 하고, 짧은 기간에 결과를 낼 수 있었던 것만으로도 대단한 거야."

위로해 주는 루이즈의 말은 기쁘지만, 아무래도 나에게는 마력 에 관한 재능이 없는 모양이다.

루이즈의 말이 떠올랐다.

자기보다도 우수한 학생은 잔뜩 있었지만, 태반이 졸업하지 못 했다는 말.

아무리 그 밖의 재능을 나타내 봤자, 마력을 끌어내지 못하면 발키리로서는 가치가 없는 모양이다.

위수와 싸우는 데 마력이 필수인 현 상황에서는 아무리 싸우는 재능이 있어도 마력이 없으면 무의미하다.

"저한테는 마력을 다루는 재능이 없는 것일지도 모릅니다."

내가 나약한 말을 내뱉자, 루이즈는 내 등을 팡팡 두드렸다.

"그런 부정적인 발언은 금지! 렌 군은 좀 더 긍정적으로 변하는 게 좋아. 조금이라도 마력 조작이 향상되었다면 앞으로는 요령을 파악하면 되는 것뿐이잖아."

"더 긍정적으로 되면 마력 출력이 향상되는 겁니까?"

"조금이라도 성과가 있었다면 시도해야 해. 게다가 이제 막 시 작한 참인데 큰 결과를 원하는 건 안 된다고 봐."

루이즈의 지적에 나는 쓴웃음을 띠었다.

확실히 너무 조급해했던 모양이다.

"그렇, 군요. 조금 더 노력해 보겠습니다."

루이즈가 얼굴 한가득 미소를 띠었다.

"응, 그게 제일이야. 나도 도움이 되는 책을 찾아볼게. 같이 힘내자, 렌 군."

"예!"

◇

학원에서는 5반을 중심으로 어떤 소문이 퍼지고 있었다.

복도에서 여학생 둘이 이야기에 열중하고 있었다.

"들었어? 학원 시설을 빌려서 하는 인간형 병기 실험 말인데, 벌써 여섯 번이나 실패했다는 모양이야."

"인제 그만 포기하면 좋을 텐데 말이지. 애초에 남자를 전력화하다니 무리인 거야. 우리 발키리한테 맡기면 되는 것을."

남성이 전장의 주역으로 복귀하고자 너무 필사적이다, 라고 두 사람은 비웃고 있었다.

개발팀의 분발도 그녀들한테는 쓸데없는 노력으로 보이는 것이리라.

타이밍 나쁘게 그곳을 지난 건 렌한테 추천하는 서적을 들고 가던 도중인 루이즈였다.

'렌 군의 나쁜 소문이 생각보다 퍼져 있네.'

소문에 귀를 기울이지 않도록 빠른 걸음으로 떠나려 했지만, 여학생 둘은 루이즈를 그냥 보내 줄 것 같지 않았다.

일부러 루이즈 앞으로 나서서 길을 가로막고 말을 걸었다.

"기다려, 루이즈."

"지금부터 어디로 가는 걸까나?"

두 사람은 루이즈의 사정을 알고 있는데도 일부러 그러는 티가 나게 질문했다.

루이즈는 서적을 끌어안으며 대답했다.

"……렌 군한테 책을 가져다주려고 생각해서."

두 사람은 루이즈가 들고 있는 책에 시선을 향하더니, 미심쩍어하는 표정이 되었다.

화제의 남성 파일럿한테 전해 주는 책일 거라고는 생각지 않았던 모양이다.

하지만 두 사람은 이내 책을 무시하고 루이즈의 행동을 타박했다.

"적당히 좀 해, 루이즈. 너는 같은 5반 동료니까 말하겠지만, 그 녀석은 우리하고는 다르다고."

"그래, 그래. 신경 써 봤자 좋은 꼴 못 봐. 실제로 남자한테 홀렸다고 소문을 내는 녀석들도 있다고. 이대로라면 넌 편입의 싹이 없어져."

"다른 반도 남성 파일럿한테는 회의적이라는 소문이니까 말이지. 게다가 친하게 지내고 있으면 관계를 가졌다는 소문이 돌

거야. 사실이야 어쨌건, 그런 소문이 퍼지면 우리한테는 치명적
이라는 걸 알고 있잖아?"

두 사람의 말을 듣고 루이즈는 고개를 숙였다.

"그 정도는 알고 있어. 발키리는 남성과 관계를 가지면 안 된다
는 걸…… 하지만, 나랑 렌 군은 친구고, 깨끗한 관계니까 걱정
없어."

문제없다고 말하는 루이즈한테, 여학생 둘은 서로 얼굴을 마주
보고 나서 타박했다.

"주위가 어떻게 생각하냐는 이야기잖아. 너, 부츠 캣의 면담에
서 실패했는데 아직도 질리지 않은 거야?"

"다른 반 여자를 적으로 돌리면 편입 가능성이 낮아진다는 거
알고 있지? 그렇다면, 지금 당장이라도 관계를 끊는 편이 좋다
니까."

두 사람은 자기들이 하고 싶은 말만 실컷 하고 나서는, 루이즈
를 남기고 가버렸다.

루이즈는 책을 강하게, 강하게 끌어안고는 떨고 있었다.

"……내가 제일 잘 알고 있다구."

◇

빌려 사용하는 격납고 한구석에서, 나는 트레이닝용 벤치에 앉
아 고개를 푹 숙이고 있었다.

준비된 메뉴 이상의 트레이닝을 스스로에게 부과하고, 끝나 보니 근육은 부풀어 올라 땀투성이가 되어 있었다.

격납고에 썬더볼트의 모습은 없다.

개발팀이 기체 조정을 이유로 학원에서 다른 연구소로 옮겨 버렸다.

나는 떨리는 오른손을 바라봤다.

조금이라도 자기 몸으로 익숙해지기 위해 한계까지 단련을 계속해 왔다.

하지만 위수의 세포로부터 만들어진 팔다리와 장기는 내 희망을 이루어 주지는 않았다.

6회차 실험에서도 미세 증가는커녕 마력 출력 감소가 계속되었다.

3회차 실험에서 세 배의 수치를 낸 이후로는 계속 내려가고 있었다.

이 결과에 상층부는 프로메테우스 계획의 파기도 검토에 넣었다는 소식을 듣고 나는 자신의 존재의의를 잃어 가려 하고 있었다.

실험기를 학원에서 꺼낸 것도 계획 중지를 검토하고 있기 때문이라고 앨리슨 박사가 말했다.

이제, 나한테는 아무것도 남겨져 있지 않았다.

"어떻게 하면 좋지…… 어떻게 하면 마력을 낼 수 있지."

내 옆에는 지금까지 닥치는 대로 읽어 왔던 책이 산더미처럼 쌓여 있다.

루이즈가 권해 준 책에 더해 나 자신도 사서 독파했다.

그런데도 결과로는 이어지지 않았다.

실패를 거듭하면 거듭할수록 성공하는 이미지가 멀어져 간다.

지금은 자신을 믿는 게 불가능해져 있었다.

"어째서 메워지지 않지. 어떻게 하면 나한테 부족한 걸 보충할 수 있지!"

힘이 들어가지 않게 된 오른손을 강하게 꽉 쥐었다.

아무리 긍정적으로 되려고 해도, 내 근본적인 부분인 심층 심리는 부정적인 채였다.

실패할 가능성을 찾아내서는 아직 부족하다고 호소해 온다.

아무리 책을 읽고, 적혀 있는 내용을 실천해도 변하지 않았다.

"나로는 안 되는 건가."

고통스러운 수술과 재활에 버텨 온 건 자신의 존재 가치를 나타내기 위해서다.

그것을 달성할 수 없다는 사실에 스스로도 말로 표현할 수 없는 분한 감정이 솟구쳐 올라왔다.

지금까지 어떤 가혹한 전장에서도 느낀 적 없는 감정이었다.

고개를 숙이고 있자 손목시계의 알람 소리가 울렸다.

텅 빈 격납고에 전자음이 공허하게 울렸고, 나는 천천히 일어섰다.

"다음 훈련 시간이다."

나는 무거운 발걸음으로 격납고에서 나와, 학원 수영장으로 향했다.

◇

심야의 수영장.

학원 측에 훈련을 위해 사용 허가를 요청했더니 여학생들이 사용하지 않는 심야 시간대를 지정해 주었다.

허가를 받을 때 몇 가지 조건이 달려서, 사용할 수 있는 조명은 제한되어 있었다.

그 때문에 실내 수영장은 어둑어둑해서 으스스하게 느껴졌다.

외부인에 대한 괴롭힘으로도 느껴졌지만, 사용 허가를 내어 주는 것만으로도 그나마 고마운 일이다.

"조금이라도 마력에 관한 훈련 시간을 늘려야만 한다."

지금은 지푸라기에도 매달리는 심정으로 루이즈의 조언을 실행하고 있었다.

준비 운동을 끝낸 내가 수영장에 들어가려 하자 찰싹찰싹하는 발소리가 실내에 울렸다.

어둑어둑한 실내는 미덥지 못한 조명보다도 창문으로 비쳐 들어오는 달빛이 더 밝을 정도다.

뒤돌아보니 실내 수영장의 어둠 속에서 발소리의 주인이 모습을 나타냈다.

거기에는 학원 지정 수영복으로 갈아입은 하야세 중위의 모습이 있었다.

내 모습을 봐도 놀라지도 않고, 걸으면서 기지개를 켰다.

하야세 중위는 조금 웃고 있는 것처럼 보였다.

"먼저 온 손님이 있을 줄은 몰랐는데."

"그건 저도 마찬가지입니다, 하야세 중위님. 이 시간은 제가 사용 허가를 받았습니다. 어째서 하야세 중위님이 이곳에 있는 겁니까?"

여학생들이 사용하지 않는 시간이라고 해서 허가를 받은 건데, 하야세 중위가 들어오면 이야기가 달라진다.

하야세 중위가 나한테서 돌린 시선을 왼쪽 위로 움직이며 대답했다.

"갑자기 헤엄치고 싶은 기분이 들었으니까."

"……?"

기분? 확실히 헤엄치고 싶은 기분이 드는 날도 있겠지만, 설마 내가 사용 허가를 받은 시간과 겹칠 거라고는 생각지도 않았다.

곤혹스러워하는 나를 본 하야세 중위는 어째서인지 부끄러워하는 것처럼 얼굴이 빨갛게 물들어 있었다.

"아니면 뭐야? 내가 여기서 헤엄치면 안 된다고 말하고 싶은 거야?"

확실히 나는 학원에서 허가를 받았지만, 결국은 외부인이다.

에이스로서의 특권을 가진 그녀 앞에서는 나 정도가 얻은 허가

따위 무의미하리라.

"특권을 가진 당신이 그렇게 말한다면 저는 아무 대꾸도 할 수 없습니다."

"특권이라니?"

나는 고개를 갸웃하는 하야세 중위 옆을 지나쳐, 실내 수영장을 뒤로하려 했다.

그녀도 내가 같이 수영장에 들어가는 건 사양일 테고, 나도 헤엄칠 수 없다면 이곳에 있어 봤자 시간 낭비다.

하지만 하야세 중위는 내 오른팔을 붙잡았다.

"기다려. 사용 허가를 받았다면서? 근데 왜 나가려고 해?"

"예? 하지만."

"같이 들어가면 되잖아. 그게 아니면 나랑 같이 들어가는 건 싫어?"

오른손을 허리에 대고 포즈를 취하는 수영복 차림의 하야세 중위는 적당하게 단련된 몸을 하고 있었다.

이 학원에 오고 나서 여학생의 몸에는 몇 번이나 놀란 바 있다.

그녀들의 근육량은 많지 않다.

일반적인 여성 병사보다도 적을 것이다.

그런데도 그녀들의 신체 능력은 강인한 정예 병사보다도 뛰어났다.

헤어 세팅이나 루저가 자주 단말에 그라비아 모델이나 아름다운 여성들의 사진을 보존했었는데, 그녀들한테도 뒤처지지 않는 외모와 몸매를 지닌 사람이 많았다.

달빛에 비친 하야세 중위는 헤어 세팅이 나한테 보여줬던 어떤 모델보다도 아름다웠다.

그러나 흉악한 위수들과 싸우는 인류의 수호자이다. 믿기지 않는다.

경이적인 신체 능력을 발휘하는 가느다랗고 가벼운 몸에는 개인적으로도 흥미가 끊이지 않는다.

이렇게 그녀를 가까이에서 볼 수 있는 기회는 없었기에 아무래도 나는 뚫어지게 쳐다보고 있었던 모양이다.

당당하게 있던 하야세 중위가 가슴을 양손으로 가리고 몸을 꼬았다.

"자, 잠깐, 그렇게 쳐다보지 마. 아무리 그래도 창피하다고 할지……."

"실례했습니다. 하야세 중위님의 제안에 놀랐습니다."

하야세 중위는 나한테 등을 향하고 고개만 뒤로 돌렸다.

"그래? 시선은 그게 아닌 거 같았는데."

아무래도 내 시선은 그녀를 불쾌하게 만들고 만 모양이다.

먼저 사과해야만 하리라.

"죄송합니다. 알맞게 단련된 아름다운 육체라고 생각하여 넋을 잃고 보고 말았습니다. 그 몸으로 억세고 강한 병사 이상의 힘을 발휘하는 발키리는 역시 굉장하다고 뼈저리게 느꼈습니다."

얼굴이 빨개진 하야세 중위의 뺨이 씰룩거리고 있었다.

"그걸 칭찬이라고 생각해서 하는 말이야?!"

"저로서는 칭찬이라고 생각해서 드린 말씀입니다."

하야세 중위는 나한테서 고개를 돌리고 성대한 한숨을 내쉬었다.

◇

밤의 수영장을 혼자서 묵묵히 헤엄치는 나와는 다른 레인에서, 하야세 중위가 위를 보고 누운 자세로 물에 떠 있었다.

본인은 헤엄칠 생각도 없는 모양이라, 조금 전부터 물에 떠 있기만 할 뿐이었다.

나는 50m를 끝까지 헤엄치고, 흐트러진 호흡을 가다듬었다.

오늘은 두 사람뿐이기에 물속에서 턴하여 계속 헤엄칠 수 있었다.

하지만 피로해지기도 해서 뜻하는 결과를 내지 못하고 있었다.

"이 정도로는 전혀 부족하다. 더…… 더 마력을 끌어낼 수 있게 되어야 한다."

스스로에게 되뇌고, 몸에 채찍질하여 한 번 더 헤엄치려는 타이밍에 하야세 중위가 말을 걸었다.

"조금 전부터 이상하게 생각했는데 말이야."

"?!"

하야세 중위가 접근한 것을 알아차리지 못했던 나는 놀라면서 뒤돌아봤다.

내 모습이 재미있었는지 하야세 중위는 미소를 띠었다.

"그렇게 놀라지 마. 실력 좋은 병사는 뒤를 잡히지 않는 법 아니야?"

나는 내가 실력이 좋다고는 생각하지 않지만, 확실히 접근을 알아차리지 못했던 건 실수였다.

"죄송합니다. 피로해진 모양입니다. 그리고 저는 실력 좋은 병사가 아닙니다."

하야세 중위는 레인을 구분하는 수중 로프에 몸을 맡기고, 편한 자세로 나를 보고 있었다.

"어떨는지. 뭐, 그거야 어쨌건…… 너, 왜 계속 헤엄치고 있어?"

헤엄치는 이유를 질문받는 나는 한순간이지만 뭐라고 대답해야 할지 고민했다.

루이즈한테는 상담했지만, 하야세 중위한테까지 기밀 정보를 개시해도 괜찮은 건가, 하고.

고민하는 게 얼굴에 드러났는지, 하야세 중위 쪽이 헤아려 주었다.

"대답할 수 없나보네. 뭐, 대략 상상은 되지만. 마력 출력으로 고민하고 있지?"

개발팀 사정을 자세히 알고 있는 하야세 중위한테서 나는 고개를 돌렸다.

"제법 자세히 알고 계시는군요. 조사하신 겁니까?"

가시가 담긴 내 발언에, 하야세 중위는 코웃음을 친 뒤 비웃는 것이라고 느껴지지 않는 미소를 띠었다.

"안 가르쳐 줄래. 스스로 생각해 봐."

한순간 뻔뻔스럽다고 생각하고 말았지만, 하야세 중위가 나를 보는 눈동자는 진지함 그 자체였다.

나는 한순간이지만 그 눈동자에 매료되어 있었다고 생각한다.

하야세 중위가 나의 현 상황에 관해 물어봤다.

"실패한 이유를 알긴 해?"

이대로 기밀 정보라는 이유로 무언을 관철해도 좋았지만, 지금의 나한테는 현 상황을 타개할 방법이 없었다.

그래서, 정보를 가능한 한 숨기고 대답했다.

"모든 건 저의 무능함이 원인입니다."

"무능함? 더 구체적으로 없어?"

하야세 중위는 내 대답이 의외였던 모양이라, 아무래도 영 납득하지 못하고 있었다.

"저 나름대로 노력은 했습니다. 추천받은 책을 읽고, 트레이닝도 거듭했습니다. 하지만, 안 됐습니다. 아무리 노력해도 저는 부정적인 채였습니다. 실험 전에 저 자신을 만전의 상태로 만들지 못했습니다. 그런 무능력한 자신이…… 저는 싫습니다."

생각나는 한의 훈련을 다 시험해 왔지만, 결과는 따르지 않았다.

실험을 해도 마력 출력은 목표치에 도달하지 못하고 실패만이 이어졌다.

고개를 숙이고 수면을 바라보고 있자, 지금까지의 고생이 떠올랐다.

수술과 재활, 학원에서의 나날…… 그리고 갖가지 훈련들.

모든 게 헛수고였다고는 생각하고 싶지 않지만, 이것도 결과라면 받아들일 수밖에 없다.

그렇게 생각하고 있자, 하야세 중위가 어처구니없다는 듯이 말했다.

"자기계발서를 읽고, 헤엄치면 마력이 나온다고? 바보야?"

"……하야세 중위님?"

고개를 들고 그녀의 얼굴을 보니 진심으로 어이가 없다는 표정을 짓고 있었다.

"긍정적으로 변하지 못하면 안 된다고, 진심으로 그렇게 생각해? 애초에 말이야, 부정적인 인간이 책을 읽은 것만으로 긍정적으로 변할 수 있다면 고생하지 않아."

하야세 중위는 수중 로프를 넘기 위해 일단 한번 잠수했다가, 내가 있는 레인에 오자 얼굴을 내밀었다.

양손으로 머리카락을 뒤로 넘겨 물기를 떨어뜨리고, 그리고 나서 머리를 좌우로 흔들었다.

그녀가 흩뿌린 물방울이 내 얼굴에 튀었다.

하야세 중위는 내 오른쪽 어깨에 왼손을 올려놓았다.

이상할 정도로 얼굴을 가까이 가져다 대서, 앞으로 몇 센티미터면 코끝이 맞닿을 거리였다.

"본질이라는 건 쉽게 변하지 않아. 너도 알고 있지?"

"그, 그건……"

변하고 싶었다. 하지만 변할 수 없었다.

앞으로 변할 수 있을 거라는 가망도 없다.

말을 머뭇거린 나한테, 하야세 중위가 물었다.

"히후미 렌…… 너, 뭘 위해서 이곳에 있는 거야?"

"임무입니다. 저는 프로메테우스 계획에 지원했으니까――."

대답하려 하자, 하야세 중위의 오른손이 내 왼쪽 어깨를 붙잡고 벽으로 몰아넣었다.

혹사한 육체는 한계에 도달해 있어서 하야세 중위를 뿌리칠 수 없었다.

하야세 중위는 나한테 분노를 느끼고 있는 모양이다.

노기가 강해졌고, 그러면서도 어째서인지 눈동자는 슬퍼하는 것처럼 보였다.

"우리는 자기 의지로 이곳에 있어. 위수와 싸우기 위해서 말이지. 중등부를 졸업한 녀석들은 전원이 전사야. 발키리가 되어서 싸우기 위해 이곳에 있어. 그런데 너는 명령받았으니까 이곳에 있다고 말할 뿐이지. 마음에 안 든다고."

하야세 중위가 나를 싫어하는 이유도 이해는 되지만, 나는 병사로서 이곳에 있다.

그 사실은 바뀌지 않는다.

"저는 병사입니다. 명령에는 거스를 수 없습니다."

내 양어깨를 붙잡은 하야세 중위의 힘이 강해졌다.

"그건 중요한 게 아니야! 전사건 병사건 다르지 않아. ──너는 명령만을 위해서 싸우고 있어! 그러니까 마력이 응답해 주지 않는 거야. 너 같은 의지 없는 병사가 타는 실험기가 불쌍할 지경이라고!"

나는 왼손으로 하야세 중위의 손목을 붙잡고 뿌리치려 했지만, 하야세 중위가 저항하여 그건 이뤄지지 않았다.

"싸울 의지는 있습니다. 하지만 마력 출력은 조금도 향상되지 않았습니다. 전부 시도해 봤지만 실패였습니다."

내 시선은 자연히 재생된 내 오른손을 보고 있었다고 생각한다.

위수의 세포를 배양하여 만들어진 오른팔이다.

나한테 있어서도 화가 치미는 존재였지만, 위수와 싸울 수 있다는 말을 믿고 수술을 받았다.

그런데도 아무것도 하지 못하고 실패하다니 분해서 견딜 수가 없다.

실험을 위해 귀중한 데이터를 남길 수 있었더라면 분하지만 그래도 납득할 수 있었을 것이다.

하지만 나는 아직 아무것도 이루지 못했다.

하야세 중위의 노기가 어느 정도 누그러든 느낌이 들었다.

"너는 계속 병사니까, 명령이니까, 하는 변명만 하고 중요한 건 대답하지 않았어."

"중요한 것?"

하야세 중위한테서 도발하는 표정이 사라지고, 지금은 나라는 인간의 본질을 확인하려 하고 있었다.

"네가 성공률이 낮은 위험한 인체 실험을 감수할 만큼 원했던 게 뭐야?"

"그건…… 그대로라면 저는 죽을 수밖에 없어서, 인체 실험 성공에 걸어보는 수밖에 살아남을 길은 없었습니다. 게다가 이 계획은 인류한테 의의 있는 것이 되리라고 생각했기 때문입니다."

"격통을 수반하는 수술과 재활에 견디면서까지? 견디지 못하고 죽는 인간까지 있었다고. 그런데도 너는 끝까지 견뎌 냈어. 그 모든 고생을 그런 가벼운 이유로 감내했다고?"

인류를 위해, 가 가벼운 이유라는 말을 들어 버렸다.

원래라면 격노할 상황일지도 모르겠지만, 내 안에 인류를 위해, 라는 동기가 없는 것을 간파당한 느낌이 들어 받아칠 수 없었다.

어두컴컴한 실내 수영장에서도 반짝여 보이는 하야세 중위의 파란 눈동자가 내 심층 심리까지 들여다보고 있는 듯한 기분이 들었다.

파란 눈동자에 빨려 들어갈 것만 같은 착각을 느끼고 있자, 불현듯 그리운 목소리가 들려왔다.

「정말로 여신님을 좋아하는군. 그렇게 쳐다봐도 우리를 돌아봐 주지는 않아.」

전장에서 하늘만 올려다보고 있던 나한테 소대장이 어이없어하며, 그리고 웃으면서 했던 말이다.

나는 틈만 나면 전장에서 발키리를 찾고 있었다.

어째서 찾고 있었는지, 자신도 잘 알 수 없다.

단지, 동경과는 다른 느낌이 들었다.

나는 의도치 않게, 그 무렵의 나와 마주하게 되었다.

무엇을 생각하며 발키리를 올려다보고 있었나?

동경이라는 긍정적인 말로는 표현할 수 없는 감정이 내 가슴 속에 숨겨져 있었다.

일반적으로는 추하다고 하는 걸까?

거무칙칙한 감정이 소용돌이치고 있어서, 그걸 하야세 중위의 파란 눈동자가 놓치지 않고 추궁하고 있는 듯한 느낌이 들었다.

내가 품은 감정을 말로 표현하면, 아이러니하게도 콜 사인에 가까운 '질투'일 것이다.

하늘 높이 나는 전장의 주역들한테, 나는 질투하고 있었던 것이다.

나도 같은 힘을 갖고 싶다, 라고. 똑같이 싸우고 싶다, 라고.

"제가 실험에 참가한 건──."

말로 표현하는 것을 주저하고 있자, 하야세 중위가 재촉하는 것처럼 나를 흔들었다.

"빨리 말해. 그게 아니면, 명령이라고 하면 너는 납득할 거야?"

아무 사정도 모르고, 나를 재촉하는 하야세 중위한테 불만이 쌓여 있었다.

그렇게나 듣고 싶다면 들려주지, 하고 하야세 중위의 두 손목을 붙잡은 나는 내면에 쌓아 둔 질투다 뭐다 하는 감정을 쏟아 냈다.

"그러면 말하도록 하겠습니다. ──저는 옛날부터 당신들 발키리가 부러웠습니다. 자유롭게 우리 머리 위를 날아다니며, 2등급 이상의 위수들과 싸울 수 있는 당신들이! 우리는 지상을 여기저기 뛰어다니며 3등급을 상대하는 게 고작이었습니다. 그런데도 당신들한테는 3등급 따위는 안중에도 없었습니다."

내 안의 불만을 털어놓자, 하야세 중위가 힘을 뺀 것을 알 수 있었다.

다만, 그녀는 시선만은 나한테서 돌리지 않았다.

"예, 질투입니다. 저는! 나는! 줄곧, 당신들을 질투하고 있었어. 우리가 바라도 손에 넣을 수 없는 힘을 가진 당신들을…… 그래서, 똑같이 싸울 수 있다는 말을 듣고 지원한 겁니다."

그때는 거부하면 죽기를 기다릴 뿐인 몸이었다.

실험체에 지원하면 가혹한 수술과 재활이 기다린다는 것을 알면서도, 발키리를 향한 질투심 때문에 받아들이고 말았다.

모든 걸 쏟아낸 나는 어깨를 들썩이며 숨 가쁘게 호흡할 정도로 흥분하고 있었던 모양이다.

어느샌가 일인칭도 나(俺)가 되어 있어서, 아뿔싸, 하고 후회했다.

냉정함을 되찾은 나는 말없이 이쪽을 바라보고 있는 하야세 중위한테서 도망치는 것처럼 시선을 피했다.

"이해되셨습니까? 제가 지원한 이유 따위, 개인적인 시시한 이유입니다. 당신들을 향한 질투 때문입니다."

내가 말해 놓고서도 어처구니없는 바보 같은 이야기라는 생각이 들었다.

발키리한테 질투해서 지원하고, 가혹한 수술과 재활을 견뎌 낸 것이니까.

고개를 숙이고 있자, 하야세 중위가 내 머리카락을 잡고 강제로 고개를 들게 했다.

"그만한 이유가 있으면서, 어째서 고개를 숙이는 거야? 고개를 들어."

"……예?"

"좋잖아. 부정적이라고 할지라도, 그만큼 관철할 수 있다면 가능성이 있어."

처음에는 무슨 말을 듣고 있는 건지 이해가 되지 않았다.

하야세 중위는 진지한 표정을 무너뜨리지 않았다.

"단순한 질투로 여기까지 왔다면, 너는 우리와 나란히 설 가능성이 있어. 하지만 자신의 감정을 속이고 있는 동안에는 안 돼. 자기 안의 진짜 감정을 부딪치지 않으면 마력은 답해 주지 않아."

그렇게 말하며, 하야세 중위는 내 오른손에 시선을 향했다.

하야세 중위의 왼손이 내 오른손과 포개졌고 내 오른손을 부드럽게 잡았다.

위수의 세포에서 만들어져 5반 여학생들한테 혐오당하고 있던 오른손을, 말이다.

"질투? 아주 좋아. 네가 해야 할 건 자신을 속이고 긍정적으로 되는 게 아니야. 부정적이라고 할지라도 자신을 받아들이는 거지. 그렇게 하면 마력은 응답해 줄 거야."

어느샌가 우리는 몸이 밀착해 있었다.

수영장 안에서, 닿은 부분에서부터 미세하게 하야세 중위의 체온이 전해져 왔다.

입술이 서로 닿을 것만 같은 거리까지 가까워져 있어서, 나는 깜짝 놀라 정신을 차렸다.

"하야세 중위님…… 그, 이 거리는 곤란하지 않을까 하고."

내가 냉정해져서 지적하자, 하야세 중위도 알아차렸는지 귀까지 빨개져 거리를 벌렸다.

그때, 내 오른손을 잡고 있던 그녀의 왼손은 어째서인지 아쉬워하고 있는 듯한 느낌이 들었다.

"어, 어쨌든, 그런 거니까!"

그 말만 하고, 하야세 중위는 나한테 등을 향하고 수영장에서 나가려 했다.

한순간이지만 보였던 그녀의 옆모습은 미소 짓고 있는 듯한 느낌이 들어서, 나는 황급히 뒤쫓으려 했으나 오버 트레이닝의 영향으로 힘이 들어가지 않았다.

그래서 목소리를 크게 내서 하야세 중위한테 물었다.

"하야세 중위님, 당신은 저를 싫어하고 있었던 것 아닙니까? 어째서 저한테 조언해주시는 겁니까?"

수영장에서 올라온 하야세 중위는 나한테 등을 향한 채 대답했다.

"내가 마음에 안 드는 건 네가 몸담은 계획이야. 프로메테우스 계획인지 뭔지인지 모르겠지만, 인체 실험이 중심인 계획은 인정할 수 없어."

하야세 중위는 "뭘 위해 우리가 싸우는 거라고 생각하는 거야?"라며 푸념인지 불평인지를 중얼거리고 있었다.

듣기에 따라서는 발키리 이외에는 인정하지 않겠다고도 받아들일 수 있는 발언이리라.

하지만 그녀한테 그런 생각은 없는 것이리라.

하야세 중위의 사람 됨됨이로부터, 나는 그녀가 나쁜 사람이라는 생각은 들지 않게 되었다.

나는 멀어져 가는 하야세 중위한테 외쳤다.

"감사했습니다, 하야세 중위님!"

그녀는 한 번 멈춰 서더니, 상반신만을 뒤로 돌려 미소 지었다.

"……다음에는 성공하면 좋겠네."

그렇게 말하고 하야세 중위는 실내 수영장에서 나갔다.

프로메테우스 계획 자체에 부정적인 입장인 건 변하지 않지만, 나 개인한테는 그렇게까지 악감정을 품고 있지 않은 듯하다.

단지, 그렇게 되면 딱 하나 문제가 생긴다.

"······이 예상만큼은 빛나가 준다면 좋겠다만."

◇

학원 건물에서 나온 루이즈는 살짝 머리카락이 젖어 있는 마야
와 마주쳤다.

"하야세 양?!"

놀란 얼굴을 하는 루이즈를 보고 마야는 노골적으로 언짢은 표
정을 지었다.

"너, 이런 시간에 뭘 하고 있어?"

시선은 루이즈가 들고 있는 서적의 제목으로 향해 있어서, 마
야는 혐오감을 숨기려고도 하지 않았다.

심야에 도서실에서 뭘 하고 있었냐는 질문을 받고 루이즈는 대
답했다.

"렌 군의 훈련이 심야까지 계속되고 있다고 들었으니까······ 게
다가, 하야세 양이야말로 이런 시간에 뭘 하는 거야? 설마, 렌 군
의──."

루이즈는 도서실에서 가지고 나온 많은 책을 꽉 껴안았다.

"네가 알 바 아니야. 그리고, 아직도 그딴 책을 그 녀석한테 추
천하고 있어? 부정적인 녀석한테 일부러 긍정적으로 변하라니,
지독하기는."

마야의 말을 듣고, 루이즈는 자신의 의견을 분명하게 말했다.

"렌 군은 긍정적인 사람이야. 여러 가지로 사정이 있어서 지금은 그런 느낌이지만, 원래는 긍정적인 사람이라고 생각하니까."

루이즈는 5반에서 렌과 교우 관계를 쌓아, 그의 사람 됨됨이를 자기 나름대로 파악하고 있었다.

그래서 이 방법이 가장 효과적이라는 확신을 가지고 있었다.

"지금은 아니잖아. 진심으로 성공시키고 싶다면 부정적이라도 자신을 받아들이도록 조언했어야지."

"그런 일시적인 방법은 안 돼. ……설마 하야세 양, 렌 군을 망가뜨리고 싶은 거야?"

망가뜨린다는 말에 마야는 과잉 반응을 보였다.

격노한 것인지 머리카락이 살짝 곤두서는 것처럼 부풀었고, 본인은 미간을 찌푸리며 눈썹 끝이 치켜 올라간 상태로 노려보고 있었다.

"내가 그 녀석을 망가뜨려? 말을 함부로 하네?"

"틀린 말도 아니잖아? 그건 일시적인 해결법이야, 진짜 렌 군을 보고 있지 않아. 결과만 낼 수 있다면 된다니, 그런 건 너무해. 만약 렌 군이 우리랑 같다면…… 어설픈 성공은 오히려 목숨을 앗아가는 일이 될 거라고. 너도 알잖아?"

루이즈가 비난하는 시선으로 마야를 보자, 두 사람의 거리는 단숨에 줄어들어 있었다.

마야가 3m 정도는 되는 거리를 한순간에 좁혀 루이즈의 어깨 언저리를 붙잡았다.

마야가 루이즈의 옷을 잡아 비틀었고, 루이즈는 마야한테 가까이 끌어당겨졌다.

마야의 파란 눈동자는 발키리로서 실전을 경험한 강자의 그것이었다.

"얄팍한 대사를 나불나불하고는! 그래서 나는 중등부 때부터 네가 싫었던 거야."

이번만큼은 루이즈도 지고 있을 수 없다며 마야한테 저항했다.

"그건 내가 할 말이야, 하야세 양. 나는 사이좋게 지내고 싶었는데, 까닭 없이 나를 싫어하면서 멀리했던 건 너야."

루이즈가 마야를 밀쳐 냈다.

마야는 놀란 얼굴을 했지만, 곧바로 호전적인 미소를 띠었다.

"아주 집요하게 집착하네."

실전 경험자, 게다가 에이스인 마야의 위압은 루이즈한테도 견디기 힘들다.

당장이라도 도망치고 싶어지는 마음을 억누르고, 당당하게 받아쳤다.

"집착하고 있는 건 너겠지. 어째서 우리를 방해하는 거야? 사사건건 렌 군한테 시비를 걸고, 대체 뭘 하고 싶은 건데?"

평소의 루이즈와 다르다고 생각했는지, 마야는 위압하는 것을 멈추고 신중한 태도를 취했다.

루이즈의 물음에 대답하고자 입을 열었지만…… 결국, 대답은 나오지 않았다.

침묵하는 마야한테 루이즈는 평소와는 다른 강인한 의지를 드러내 보였다.

"하야세 양, 이번에는 양보할 생각은 없어. ……렌 군은 내가 지킬 테니까."

마야는 루이즈의 말에 흥이 꺾인 모양이다.

"그래…… 좋을 대로 해봐."

이 상황을 극복한 루이즈는 깊은 한숨을 내쉬고는 격납고로 향했다.

"렌 군 괜찮을까? ……하야세 양한테 무슨 말 듣지 않았다면 좋겠는데."

상층부에서 호출받은 앨리슨과 스미스 박사 두 사람은 간부를 앞에 두고 계획을 계속할 것을 주장하고 있었다.

지금은 스미스 박사가 계획에 관해 말하고 있다.

"미세한 증가이기는 합니다만 마력 출력을 확인했습니다. 또한 일시적이기는 합니다만 마력 출력의 향상이 보여, 실험 계속은 필요하다고 주장합니다."

엉망인 결과밖에 제출하지 않은 회의 자리에서, 생글생글 웃는 표정인 스미스 박사를 보는 시선은 차가웠다.

앨리슨 역시 계획이 파기되어도 어쩔 수 없다고 생각하고 있었지만, 상층부—— 프로메테우스 계획을 주도하는 간부들은 달랐다.

"이 정도 숫자로는 계획을 지속할 근거가 되지 않네. 스미스 박사, 우리가 원하는 건 눈에 보이는 결과야."

"알고 있습니다."

웃는 얼굴로 대답하는 스미스 박사한테 간부들은 분노를 느끼고 있는 모양이다.

이 위기 상황을 이해하고 있는 것인가, 라고 말하고 싶은 모양이다.

하지만 상대는 괴짜로 유명한 스미스 박사다.

말해 봤자 헛수고임을 이해하고 있는지, 이야기를 앞으로 진행하고 싶은 듯하다.

앨리슨으로서도 쓸데없는 시간을 생략할 수 있어서 좋다고 이때만큼은 스미스 박사한테 감사했다.

간부 중 한 사람이 일부러 지어내는 티가 나게 한숨을 내쉬고 나서 말했다.

"일찍이 인간형 병기 개발 계획은 위수에 대한 무력함으로 인해 폐지되었습니다. 이번 프로메테우스 계획은, 우리한테는 계획의 재개이기도 합니다."

앨리슨은 이 자리에 옴으로써 인간형 병기에 마력 컨버터가 탑재된 이유를 이해할 수 있었다.

'인간형 병기 개발 멤버가 다시 결집해서 리벤지하고 있었다는 거잖아? 포기할 줄을 모르네.'

전투기도 전차도 아닌 인간형 병기에 탑재된 이유는 어처구니없는 것이었다.

인간형 병기에 이점이 전혀 없다고는 할 수 없다.

하지만 좀 더 다른 방법도 있었을 터—— 그렇게 생각하면서도 앨리슨은 묵묵히 회의를 지켜보고 있었다.

간부는 이야기를 계속했다.

"막대한 예산을 투입해서 장난감을 만들었다며 당시에는 업신여겨졌습니다. 이번에 실패하면 두 번 다시 우리한테 기회는 돌아오지 않겠지요. 그것만큼은 알아 주십시오."

간부들과 마찬가지로 자신들한테도 기회는 두 번 다시 돌아오지 않는다.

스미스 박사는 난감한 표정을 지으며 간부들한테 물었다.

"어느 정도 기간으로 결과를 내면 되겠습니까?"

간부 중에서 제일 높은 남자가 대답했다.

"연내, 라고 말하고 싶지만 3개월이다. 그 이상은 우리도 감싸 줄 수 없다. 프로메테우스 계획에 회의적인 자는 많아. 무엇보다 발키리들이 부정적이다. 하다못해 출력의 10%를 달성했으면 하는군. 눈에 보이는 성과가 없다면 그녀들을 설득할 수 없다."

조직 내의 간부에는 여성이 많다.

대부분 전 발키리라는 직함을 가지고 있다.

위수 출현으로부터 반세기 가까이가 지나, 조직 내에서는 발키리들이 요직에 앉아 권력을 쥐고 있었다.

이 자리에 모인 간부들도 어려운 입장인 것이리라.

스미스 박사는 3개월이라는 시간을 듣고 간부들한테 확인을 취했다.

"상황에 따라서는 다소 거친 짓을 해도 괜찮겠습니까? 테스트 파일럿의 위수 비율을 늘리면 단순히 마력 출력은 향상되니까 말이지요."

스미스 박사의 제안이 무엇을 의미하는지 간부들도 알고 있었다.

알고 있었지만, 스미스 박사한테 허가를 내려주었다.

"허가하지."

간부들도 궁지에 몰려 있어서, 가능성이 있다면, 하고 비인도적인 방법을 허가하고 말았다.

앨리슨은 회의장에서 혼자 고개를 숙인 채 양손으로 주먹을 꽉 쥐고 있었다.

◇

실험기인 썬더볼트가 격납고에 돌아왔다.

파일럿 슈트로 갈아입은 나는 기체에 올라타기 전에 앨리슨 박사와 상의하는 중이다.

이번 실험 내용의 확인과 실험기 변경에 관해서다.

지상에서는 마력 컨버터 출력뿐만이 아니라 썬더볼트 기체 자체에도 조정이 이루어졌다.

마력 컨버터를 더욱 효율적으로 움직이기 위한 개수라는 듯하다.

"겉모습은 변하지 않았군요."

"개수한 건 내부 장치와 소프트웨어뿐이니까 말이지. 외관까지 변경할 여유는 없었어."

태블릿 단말을 든 앨리슨 박사는 나한테 얼추 설명을 끝내자 울적한 표정을 지었다.

그리고 이 실험이 실패로 끝난 후의 내 취급에 관해 알려주었다.

"이번 실험이 실패로 끝나면 다음에는 네가 지상으로 돌려보내

질 거야. 마력 출력 향상을 이유로 건강한 팔다리를 절단할 예정이야."

어느 정도 예상은 하고 있었다.

실패가 계속되고 있기에 어떻게 해서든 결과를 내고자 안달을 내는 것이리라.

내 팔다리를 위수의 것과 바꾸어도 출력은 오르지 않는다는 걸 알면서도 실행하는 듯하다.

다만, 나는 거부할 수 있는 입장이 아니다.

"……알겠습니다."

받아들인 나를 앨리슨 박사는 젖은 눈동자로 노려봤다.

이전에 하야세 중위가 노려봤을 때와는 다르게, 전혀 무서움을 느끼지 않았다.

아직 10대인데도 하야세 중위의 시선에서 느껴지는 강한 위압감은 지금 떠올려도 놀랍다.

지상에도 비슷한 눈을 지닌 병사들은 있었는데, 대부분 전원이 강자들이었다.

앨리슨 박사는 내 태도가 마음에 들지 않는 모양이다.

"수술이 무사히 끝날 거라고 생각해? 지금의 너라도 성공률은 높지 않아. 최악의 경우 죽거나 두 번 다시 일어날 수 없게 될 거야. 그래도 받겠다고 말할래?"

"받겠습니다. 그것이 지원한 저의 의무이니까요."

"……그래. 한없이 명령에 충실하네. 정말로 써먹기 좋은 병사야."

앨리슨 박사의 비아냥에도 귀담아들을 부분은 있다.

하지만 이번에는 나 역시도 조금은 자신이 있었다.

아니, 자신이 아니다.

"이번에도 안 된다면 단념할 수 있습니다."

콕핏에 들어가기 위해, 준비된 사다리를 오르자 앨리슨 박사가 나를 보며 의아하게 여기고 있었다.

"오늘은 제법 여유가 있어 보이네. 우리가 없는 동안에 뭔가 있었던 걸까?"

"예, 생각지도 못한 사람으로부터 조언을 받았습니다."

앨리슨 박사는 고개를 갸웃했지만, 상대를 확인할 시간도 없는지 맡은 자리로 돌아갔다.

"이번에는 성공했으면 좋겠네."

저번에 루이즈의 조언으로 실패했기에 이번에도 그다지 기대할 수 없다며 체념하고 있는 모양이다.

나는 콕핏에 미끄러지듯이 들어가, 한 번 심호흡하여 숨을 가다듬었다.

"앞을 향해 한 걸음 한 걸음 나아가라…… 지금은 그것만으로 충분하다."

어머니로부터 배운 말을 떠올리며 중얼거리고, 지금의 자신한테 적용했다.

지금은 눈앞의 문제에 맞서는 것만으로 충분하다.

할 수 있는 것을 한다…… 그걸로 실패한다면 그때는 그때다.

"이미 끝난 목숨이다. 새삼스레 아깝지는 않다. 그저…… 발키리처럼 날 수 있다면 나는…….

조종간을 조용히 꽉 쥐자, 모니터에 스미스 박사의 얼굴이 표시되었다.

『그러면 시작할까. 준비는 됐으려나, 엔비?』

「예. 언제든지 문제없습니다.」

『그러면 테스트 개시다. 마력 출력을 개시해 줘. 아아, 그리고 부담 갖지 말도록. 실패해도 수술과 재활을 받을 뿐이니 말이야.』

「……알겠습니다.」

나한테는 목숨을 거는 일이지만, 스미스 박사가 보기에는 별 대단한 문제는 아닌 듯하다.

온화하고 부드러운 듯이 보이면서, 동시에 잔혹한 일면을 내비쳐 보인다.

본인은 잔혹하다고도 의식하고 있지 않겠지만, 스미스 박사 같은 사람이 없다면 나한테는 이런 기회가 돌아올 일도 없었을 터다.

테스트가 개시되자 모니터에 마력 출력이 숫자로 표시되었다.

출력은 제로를 나타내고 있지만, 조종간에 마력을 흘려 넣자 숫자가 상승하기 시작했다.

숫자는 실험 실패를 의미하는 빨간색으로 표시되어 있었다.

통신기 너머로 앨리슨 박사와 개발팀 멤버의 대화가 들려왔다.

『저번이랑 그다지 변화가 없네.』

『……아뇨, 저번보다도 미세하나마 출력이 올랐네요.』

지금도 수치는 계속 오르고 있었다.

앨리슨 박사가 무언가 위화감을 품은 모양이다.

『수치 상승이 멈추지 않아? 계측기에 이상은?』

『몇 번이나 점검했기에 만전입니다.』

모니터에 표시되는 숫자는 계속 오르고 있다.

콕핏 안에서 나는 하야세 중위의 말을 떠올리고 있었다.

자기 안에 있는 솔직한 감정과 마주한다.

발키리가 부러워서, 전장의 하늘에서 그녀들을 찾아 바라보고 있었던 자신을.

자유롭게 하늘을 날아다니며 위수들을 물리쳐 나가는 힘을 나도 갖고 싶었다.

거짓 없는 감정과 마주하면 마력은 응답해 주는 모양이다.

"지금 와서 생각하면 엔비는 나한테 걸맞은 콜 사인이었군."

발키리를 향한 질투를 품은 자신을 받아들이자, 마력 출력은 더욱더 상승했다.

몸에 이식한 팔다리와 장기에서 마력이 흘러넘치는 감각이 있었고, 고양감에 휩싸여 갔다.

"이게 마력을 끌어내는 감각! 이 힘만 있으면 나는——."

——흥분했는지 마음속 목소리가 새어 나오고 말았다.

하지만 그다음을 말하기 전에 제정신을 되찾고 말았다.

동시에 자신이 무슨 말을 하려고 했는지 잊어버리고 말았다.

떠올릴 수 없다기보다도, 무슨 말을 하려고 했는지 스스로도 알 수 없다, 라고 하는 편이 정확할까?

이걸로 위수와 제대로 싸울 수 있다는 기쁨은 있었지만, 위수를 쓰러뜨릴 수 있다는 건 아닌 느낌이 든다.

나는 무슨 말을 하려고 했지?

생각하는 동안에 합격 라인인 10%를 넘자, 스미스 박사가 흥분하여 카메라에 얼굴을 가까이 가져다 댄 것이리라.

표시된 영역 한가득 스미스 박사의 얼굴이 비쳤다.

『도달했다! 마력 출력은 15%를 유지하고 있어. 엔비의 마력 출력이 목표를 대폭 웃돌았다고. 이걸로 계획은 다음 단계로 나아갈 수 있어!』

천진난만하게 기뻐하는 스미스 박사는 마치 어린아이처럼 신나서 들떠 있었다.

조종간을 꽉 쥔 나도 이 결과에는 조금 놀라고 있다.

마력 출력 10%를 목표로 그만큼 고생해서 피를 토하고 혈뇨를 쌌는데도 쉽사리 목표를 달성하고 말았기 때문이다.

『마력 출력도 안정적이야. 이걸로 마력에 의한 역장으로 기체를 보호할 수 있어! 잉여 에너지를 부력으로 돌리면 인간형 병기이면서 전투기 수준의 속도와 기동도 가능해. 실전 테스트 투입도 가깝다고!』

흥분한 스미스 박사한테 충고한 건 이 결과에 놀라면서도 평정을 가장하는 앨리슨 박사였다.

『……무장에 돌릴 에너지가 부족해요. 실전 테스트는 아직 이릅니다.』

『아아, 조금 조급하게 굴고 말았네. 하지만 이 결과가 있으면 프로메테우스 계획에 상층부는 예산을 할애해 줄 것 같아. 우리의 미래는 밝아, 앨리슨 군.』

미래는 밝다는 말에 앨리슨 박사는 차가운 목소리로 말했다.

『밝은 미래는 멀어진 느낌이 들지만 말이죠. ……엔비, 실험은 성공이야. 마력 출력을 정지하고 잠깐 휴식에 들어가도록 해. 15분 뒤에 실험을 재개하겠어.』

「알겠습니다.」

통신을 끊은 나는 콕핏 안에서 깊은 한숨을 내쉬고 시선을 위로 향했다.

"……나는 무슨 말을 하려고 했지?"

설정했던 목표를 무사히 달성할 수 있었던 기쁨 가운데, 아주 작은 마음에 걸리는 점이 생겨났다.

휴식 시간 중에 생각해서 답을 내려고 했지만, 곧바로 앨리슨 박사가 부르는 소리에 실험으로 돌아갔다.

"실험이 성공했구나. ……축하해, 렌 군."

옥상에서 은색 머리카락을 바람에 나부끼며, 루이즈가 조금 슬픈 듯이 미소 지었다.

석양을 배경으로 실험 성공을 축하해 주는 그녀였으나, 아무래도 진심으로부터 기뻐해 주지는 않는 듯하다.

그 이유도 대략 예상이 되었다.

"루이즈한테는 미안하게 생각합니다. 하지만 제 경우에는 부정적인 채로 마력과 마주하는 것이 정답이었던 모양입니다."

긍정적으로 변하도록 조언을 준 루이즈 입장에서 보면, 하야세 중위의 의견을 우선한 나는 배신자나 다름없으리라.

하지만 루이즈는 나를 비난하지 않았다.

"신경 쓰지 마. 렌 군한테 최선인 방법을 찾아내서 잘됐다고 생각하고 있으니까. 그래도…… 나는 렌 군이 긍정적으로 변해 주었으면 해."

"어째서입니까?"

지금의 자신을 받아들여 성공했는데, 여기서부터 이전의 방법을 시험하는 건 계획의 후퇴로 이어진다.

나로서는 허용하고 싶지 않은 제안이었지만, 루이즈한테도 생각이 있는 모양이다.

"자기 자신을 받아들이는 건 좋아. 하지만, 그렇다고 해서 부정적인 감정은 안 돼. 언젠가 렌 군이 나쁜 쪽으로 가버리는 것 아닐까 하고 걱정이야."

"문제없습니다. 계획은 순조롭고, 지금까지 뒤처졌던 만큼도 만회하기 위해 개발팀 멤버도 불면불휴(不眠不休)로 작업하고 있으니까 말입니다."

"그래도…… 걱정이야."

고개를 숙이고 스커트 자락을 꽉 잡은 루이즈가 얼굴을 들고 나를 바라봤다.

"렌 군, 하나 물어봐도 괜찮을까?"

"대답할 수 있는 내용이라면."

"렌 군의 부정적인 감정은 뭐야? 무엇이 렌 군한테 마력을 쓰게 한 거야?"

나를 보는 루이즈의 눈은 진지함 그 자체였다.

대답해도 괜찮은 것일까?

협력자인 루이즈한테 실험 내용의 일부를 개시하는 것은 허가되었지만, 나 자신에 관해서는 기준이 애매하다.

그러나 마력에 관한 분야에서는 우리보다도 그녀들 발키리 쪽이 자세하다.

이후를 위해서도 루이즈한테는 본심을 전했다.

"……질투입니다."

"질투?"

고개를 갸웃하는 루이즈한테, 나는 얼굴을 돌려 석양을 바라보며 이야기했다.

"저는 보병일 적에 전장의 하늘에 있는 발키리를 자주 올려다보고 있었습니다. 같은 소대 동료는 그런 저를 놀리곤 했습니다만, 자연히 시선이 좇고 있었습니다."

내 이야기를 진지하게 들은 루이즈는 어느샌가 무표정한 얼굴이 되어 있었다.

"그건 동경 아니야?"

그건 듣기 좋은 말일 뿐이다. 나 자신이 가장 잘 이해하고 있다. 내가 품은 감정은 틀림없는 질투다.

"아뇨, 아닙니다."

"……아니구나."

시선만을 움직여 루이즈의 표정을 봤는데, 조금 낙담한 것처럼 보였다.

루이즈는 이내 표정을 고치고는, 미소를 띠고 양손을 뒤로 돌려 깍지를 꼈다.

"하지만, 언젠가는 긍정적인 감정으로 마력을 다뤄 줬으면 좋겠어. 하야세 양도 뭔가 꾸미고 있는 것 같고, 나는 렌 군이 이용당하지 않을지 걱정이니까."

하야세 중위를 경계하는 루이즈한테, 나는 얼마 전부터 품고 있던 의문을 제기했다.

"그 하야세 중위 건으로 몇 가지 질문이 있습니다."

"응? 뭔데?"

몸을 조금 비스듬하게 기울이는 동작을 취한 루이즈를 보며, 나는 하야세 중위의 사람 됨됨이를 떠올리고 있었다.

"하야세 중위는 정말로 위험한 분입니까? 이전에 이야기를 나눴습니다만, 루이즈한테서 들었던 인상과는 조금 달랐습니다."

나한테 조언을 준 하야세 중위는 루이즈가 말하는 것 같이 계획을 저지하기 위해 행동하는 것처럼은 느껴지지 않았다.

오히려, 나한테는 좀 더 다른——.

"확실히 하야세 양을 보는 나의 눈은 엄격할지도 몰라. 미안해. 예전에 여러 일이 있어서, 역시 편견이 있을지도."

루이즈는 자신의 의견이 치우쳐 있었다고 인정하면서도, 나한테 충고해 주었다.

"하지만…… 하야세 양을 조심하는 게 좋은 건 사실이야. 무슨 생각으로 렌 군한테 접근한 건지 모르지만, 그녀도 계획에 반대하는 입장이라는 건 변함없으니까."

"그건, 확실히 그렇습니다만."

하야세 중위도 프로메테우스 계획에 반대하는 입장이었다.

조언을 해준 것은 나한테는 불만이 없기 때문이다, 라고도 말했었다.

내 왼쪽 옆에 온 루이즈는 석양을 바라보며 하야세 중위를 경계하도록 거듭 못을 박았다.

"이번 조언도 성공했으니까 괜찮지만, 장기적으로 보면 나는 마이너스라고 생각해. 단기적인 성공을 조급하게 서두르고 있으니까."

"······."

계획 계속을 위해서는 그 단기적인 방법이 제일 고마웠다······ 라고는 루이즈 앞에서 말할 수 없었다.

계획이 폐지되기 직전이었다는 사실은 루이즈한테 알려줄 수 없기 때문이다.

"조심해, 렌 군. 하야세 양이 조언한 건 어쩌면 렌 군과 친해져서 정보를 캐내기 위해서일지도 몰라."

하야세 중위가 나한테 접근하여 스파이 흉내를 낸다? 말도 안 되는 일이라며 고개를 가로저었다.

"에이스인 하야세 중위가 그런 짓을 할 거라고는 생각되지 않습니다."

"물러! 무르다구, 렌 군!"

"예?"

갑자기 루이즈가 얼굴을 가까이 대고, 내 인식이 잘못되어 있다고 강하게 항의했다.

"그 정도는 이 학원에서 일상다반사야. 그 정도는 평범해."

"펴, 평범한 겁니까?!"

상대한테 친절하게 대해 접근하여, 목적을 달성하는 방법이 있다는 건 알고 있다.

하지만 그것이 일상다반사라고 하는 학원은 너무 이질적인 것이 아닐까?

"발키리가 스파이 짓을 할 거라고는 생각하기 어렵습니다만."

솔직하게 의문을 제기하자, 루이즈는 팔짱을 끼고 아무것도 모르는 나한테 가르쳐 주었다.

"애초에 우리는 편입할 때까지 중등부 시절부터 줄곧 서로 경쟁해 온 라이벌 사이야. 조금이라도 유리하게 움직일 수 있게 된다면 속고 속이는 짓도 태연하게 한다구. 그런 환경에서 자라 온 하야세 양이 똑같은 일을 못 할 거라고 생각해?"

가혹한 경쟁 환경에 있기에, 라이벌을 떨어뜨리고자 갈고닦아진 기술인 것일까?

발키리가 다니는 학원의 이미지가 내 안에서 와르르 무너져 갔다.

"학원은 더 정정당당한 장소라고 생각했습니다."

"렌 군은 물러! 그런 식이면 여자애한테 쉽게 속을거야! 그럴 마음이 들게 하는 태도로 접근해 오는 애는 특히 조심하도록 해. 속으로 무슨 생각을 하고 있을지 몰라!"

"예, 예에."

루이즈의 말을 듣고 떠올린 건 MC와 헤어 세팅의 말이었다.

두 사람은 여성과 노는 걸 좋아하지만, 몇 번이나 지독한 꼴을 당해 왔다며 자랑스럽게 이야기할 때가 있었다.

어째서 실패담을 자랑스럽게 이야기하는 건지 이해하기 어려웠다.

그들이 말하길 '여성은 거짓말이 특기니까 조심해라'라고.

그러고 보니 두 사람 다 내가 여성한테 속지 않을지 걱정해 주고 있었지.

농담 반으로 '여성과 놀고 싶다면 우리한테 말하라고. 그때는 같이 놀러 가자!'라고 말해 주었다.

그리움과 쓸쓸함, 그리고 동시에 여성을 조심하라, 라는 충고를 떠올렸다.

"……저는 모르는 것뿐이라 스스로가 한심해집니다."

본심을 토로하자 루이즈는 쿡쿡 웃었다.

"나는 그런 렌 군, 싫어하지 않아."

"마음 써 주셔서 감사합니다."

감사 인사를 하자 루이즈는 조금 기가 막힌다는 표정을 짓고 나서 미소 지었다.

"그런 의미가 아닌데 말이지~…… 어?!"

온화한 분위기가 감돌기 시작했지만, 이 분위기를 파괴한 것은 학원 건물에 울려 퍼지는 사이렌이었다.

"이 소리는?"

귀에 익지 않은 사이렌 소리에 주위를 둘러보자, 루이즈가 일부러 내 왼손을 잡았다.

"스크램블*이야! 5반인 우리도 바로 교실로 가야 해!"

루이즈한테 이끌려 옥상에서 4반 교실로 향하는 나는 루이즈한테 잡힌 왼손을 보고 있었다.

"5반은 예비 전력이라고 들었습니다만?"

---

*전투기의 비상 출격, 긴급 발진.

빠른 걸음으로 계단을 내려가면서, 루이즈는 질문하는 나한테 바쁘게 대답했다.

"전력 외인 우리지만 이번에는 3반이 스크램블 대기조니까 수적 부족을 메우기 위해 출격 요청이 들어와."

3반이 전력 재정비 중이어서 발키리의 수가 제일 적다는 건 이전에 들었다.

전력 부족을 메우기 위해 기대는 것이 설마 5반일 거라고는 생각지 않았다.

"다른 클래스에서 증원은 바랄 수 없는 겁니까?"

"2반은 대기 해제 직후라 휴가 중이고, 다른 반도 훈련과 통상 임무가 있어서 출격하지 않아. 발생한 게이트의 규모가 크다면 이야기는 달라지겠지만, 이번에는 통상 출격이라고 생각해."

사이렌과 그 후의 방송으로 이번에는 통상 출격이라고 루이즈는 판단한 듯하다.

네 반의 로테이션이 짜여 있어서, 어지간한 일로는 변경은 되지 않는 모양이다.

5반이 있는 층에 도착하자 루이즈가 내 앞을 달렸다.

"그리고 말이야, 이럴 때는 우리한테도 실력을 나타낼 기회야."

◇

5반 교실에 오자 이미 반수 이상의 여학생이 모여 있었다.

우리 뒤에서도 속속 모여들었는데, 전원이 긴장한 기색이다.

7할 정도의 여학생이 모이자, 교관이 교실에 들어왔다.

"7할인가. 그럭저럭이군."

늦게 온 여학생들이 교실에 뛰어 들어오더니 교관을 보고 얼굴이 파래졌다.

"죄, 죄송합니다!"

사과하는 그녀들을 대하는 교관의 태도는 차가웠다.

"늦은 녀석은 출격 후보에서 제외한다. 자, 알고 있는 대로 이번 스크램블 담당은 3반 부츠 캣이다. 전력이 부족하니 예비 전력 투입 요청이 있다만……."

교관이 시선을 움직여 긴장하는 여학생들을 둘러보고는, 태블릿 단말을 보며 이름을 불러 갔다.

성적 상위자와 교관이 주목하고 있는 여학생들의 이름이 불렸다.

"……마지막, 루이즈 뒤랑. 이상이다. 호명된 학생은 환복하고 수송기로 가라. 배틀 드레스의 무장 확인을 끝마쳐 둬라."

교관은 말이 끝나자 서둘러 교실에서 나갔다.

남은 여학생들의 반응은 각양각색이었다.

호명되지 못한 여학생이나 늦게 온 여학생들이 분개했다.

"이번에야말로 호명될 줄 알았는데!"

"나는 기숙사에서 뛰어서 돌아왔다니까? 그런데 늦어서 안 된다니, 너무하지 않아?!"

그녀들이 기회를 놓쳤다고 후회하는 한편으로, 호명된 여학생들은 태반이 환희하고 있었다.

"아싸아아아아! 이번에 활약해서 5반에서 탈출해 주마!"

거친 말투를 하는 여학생은 이번 출격에서 다른 클래스에 스카우트되는 미래를 상상하고 있는 듯하다.

"우으으으, 나는 첫 출전이니까 마음이 무거워어어어."

또 한 명의 얌전해 보이는 여학생은 첫 실전에 공포심이 앞서 있는 모양이다.

"진정해. 그리고, 너무 부담 느끼다가 아군을 쏘는 일이 없도록해. 감점당해서 편입의 가능성이 없어질 거야."

침착한 느낌의 여학생이 말하자, 거친 말투의 여학생이 코웃음을 쳤다.

"졸업이 가까운 선배의 말은 무게가 다르네. 너, 이번에 편입되지 않으면 다음은 없는 거 아니냐?"

5반에서 3년을 지낸 여학생은 전력 외 통고를 받고 강제적으로 졸업이 선고된다.

그 때문에 침착함이 있는 여학생한테는 몇 안 되는 어필할 자리라는 느낌인 것이리라.

본인도 그걸 이해하고 있는 모양이라 도발을 당해 시선이 날카로워졌지만, 아무 대꾸도 하지 않았다.

루이즈를 보니 가슴에 손을 대고 작게 안도의 한숨을 내쉬고 있었다.

"다행이다. 호명됐어~. 이걸로 다음 기회로 이어졌어."

"루이즈라면 반드시 결과를 낼 수 있을 겁니다. 저도 응원하고 있겠습니다."

그렇게 말하자, 루이즈가 부끄러운 듯이 미소 지었다.

"고마워."

그 타이밍에 내 단말에 연락이 들어왔다.

"실례…… 이건, 스미스 박사님?"

평소 연락을 주는 앨리슨 박사가 아닌 게 신경 쓰여, 메시지를 확인했다.

루이즈도 신경 쓰이는 모양이다.

"무슨 일이야?"

"……저한테도 출격 명령이 내려졌습니다."

여전히 실험 중인 썬더볼트에 출격 명령이 내려져 있었다.

격납고에 뛰어 들어간 나를 기다리고 있던 것은 스미스 박사였다.

"기다리고 있었어, 엔비. 이야~, 큰일이 되어 버렸네."

가까이 다가오는 스미스 박사한테 나는 경례했다.

머리를 긁적이며 쓴웃음을 짓는 스미스 박사의 반응은 이 자리에 걸맞지 않은 것이었다.

비상사태라는 것을 알고 있는지 의심스러운 반응이지만, 나보다도 스미스 박사 쪽이 이 사태를 정확하게 이해하고 있을 터다.

"실험 중인 기체를 출격시키다니 예상 밖이었습니다."

마력 출력 실험이 성공하여 계획은 다음 단계로 막 이행한 참이다.

실전 투입은 너무 이르다는 것이 내 의견인데, 예사롭지 않은 사정이라도 있는 것일까?

내 의문에 스미스 박사는 미소를 띠며 대답했다.

"실은 말이지, 학원장한테 기회가 있으면 출격시켜 줬으면 한다고 의뢰했어. 설마, 이렇게나 빨리 기회가 찾아올 거라고는 예상치 못했는데 말이지."

"……원인은 스미스 박사님이었습니까."

스미스 박사는 미안해하는 기색도 보이지 않고 출격하는 처지가 된 경위를 말했다.

"설마 정말로 허가를 내줄 거라고는 생각하지 않잖아? 그래도, 마침 잘됐으니까 출격시키자고 생각해서 말이지. 그래서 앨리슨 군이랑 다른 멤버들이 시급히 썬더볼트의 무장을 준비하고 있는 참이야."

스미스 박사가 얼굴을 향한 곳을 보니 개발팀 멤버가 썬더볼트에 무장을 달고 있었다.

앨리슨 박사가 부하한테 큰 목소리로 외쳤다.

"대형 라이플은 나중에 해! 먼저 왼팔에 개틀링 기관포를 장비시킬 거야. 왼쪽 어깨에 대형 드럼 탄창을 장착하는 것도 잊지 마!"

지게차로 운반되어 온 것은 대구경 개틀링 기관포였다.

드럼 탄창도 매우 커서, 왼쪽 어깨에 전용 서스펜션 암으로 고정하기 위한 작업이 진행되는 중이다.

"저게 인간형 병기의 무기입니까."

내 옆에서 스미스 박사가 안경 위치를 조정하며 무장에 관해 해설해 주었다.

"기관포는 왼팔로 들게 하는 게 아니라 부착하는 타입이야. 구경만 놓고 보면 발키리들이 사용하는 것보다 커."

"……위수 앞에서는 대구경도 의미가 없습니다. 현재 저의 마력 출력으로는 기체의 부력과 방어에 사용하는 게 고작이라, 무장에 돌릴 마력이 없습니다."

썬더볼트는 단독으로도 비행이 가능한데, 마력으로 기체에 부력을 줌으로써 소비하는 연료나 추진제를 줄일 수 있다.

최악의 경우 부력에 돌릴 마력은 끊어도 좋지만, 장갑을 지킬 역장을 끊을 수는 없다.

실험기로서 준비된 건 우리 눈앞에 있는 썬더볼트 한 기뿐이다.

썬더볼트를 잃으면 프로메테우스 계획은 실패하는 것이나 마찬가지다.

스미스 박사는 내 말을 듣고 웃기 시작했다.

"문제없어. 자네한테 요구하는 건 전장에 나가서 분위기를 느끼게 하는 것뿐이니까."

"……전장의 분위기 말입니까?"

처음으로 품은 것은 새삼스럽게 왜 나한테 전장의 분위기를 맛보게 한다고 말하는 것이지? 라는 놀람과 의심이었다.

하지만 곧바로 스미스 박사는 의도를 이야기했다.

"전장에서도 자네가 마력 출력을 유지할 수 있는지 시험하고 싶어서 말이지. 그 왜, 긴장이나 흥분으로 마력 출력이 불안정해지면 곤란하잖아?"

"그런 의도였습니까. ……그렇다면 무장을 이 정도로까지 준비할 필요는 없는 것 아닌지?"

깨닫고 보니 썬더볼트의 양쪽 다리에는 소형 미사일 컨테이너가 장착되어 있었고, 오른쪽 어깨에는 대형 미사일 컨테이너가 장착되어 있었다.

앨리슨 박사는 땀투성이가 되면서 작업을 계속하여, 부하들에게 지시를 내리고 있다.

"무릎 뒤 단검도 잊지 마!"

썬더볼트의 지금 상태를 말로 표현하자면, 무기고였다.

중장갑 기체에 무장을 잔뜩 탑재한 모습은 너무 무거워서 제대로 움직일 수 있는 건가 하고 걱정될 정도다.

"참가할 뿐인 것치고는 무장이 너무 많지 않습니까?"

내 소박한 의문에 스미스 박사는 어깨를 으쓱이고 나서 대답했다.

"계획이 다음 단계로 진행되었다고 보고했더니 상층부가 엄청나게 기뻐하면서 무장을 준비해 줘서 말이지."

"기대받고 있는 거군요."

프로메테우스 계획이 기대받고 있다고 생각하면 나쁘지 않은 이야기다.

하지만 스미스 박사가 나를 보며 웃었다.

"제가 뭔가 이상한 말을 했습니까?"

스미스 박사는 고개를 가로저었다.

"아니, 기대받고 있는 건 자네도 마찬가지야. 무릎 뒤에 있는 단검 말인데, 저건 자네를 위해 일부러 준비된 물건이야."

"저를 위해?"

솔직히 말해서 나를 위해 그렇게까지 할 가치가 있는 것일까? 라는 의문이 가장 먼저 떠올랐다.

스미스 박사는 과거의 내 전투 데이터에 관해 이야기하기 시작했다.

"단검 이도류로 싸우고 있었지? 나름 성과를 올리고 있었던 거 같던데."

"보병이었을 적의 이야기입니다. 인간형 병기로 똑같이 통용될지는 미지수입니다."

"그렇다고 하더라도, 자네가 활약할 수 있도록 환경을 갖추고 있는 거야."

우리가 대화에 열중하고 있자 앨리슨 박사가 우리를 찌릿 노려봤다.

"거기 둘! 바쁜데 한가하게 있지 마! 특히 파일럿은 얼른 갈아입고 콕핏에서 대기해!"

앨리슨 박사의 말에 아차, 하는 생각이 들어 등을 쭉 편 뒤 경례했다.

"시, 실례했습니다!"

출격 명령을 받은 5반 여학생들이 탈의실에서 발키리 슈트로 갈아입고 있었다.

단발에 기가 드세어 보이는 얼굴을 한 16살의 【스즈키 메구미】는 갈색 피부에 스포츠가 특기인 아이다.

신체 능력이 뛰어나 중등부에서는 우수한 성적을 거두고 있었다.

그 때문에 자기는 스카우트될 거라고 믿어 의심치 않는 여학생이기도 했다.

스포티한 속옷 차림으로 주위 여학생들한테 선전포고라고도 할 수 있는 발언을 했다.

"실전에서 활약하면 스카우트되어서 편입이잖아? 그런 건 여유지. 5반 따위 얼른 빠져나가 주겠어."

메구미의 발언을 듣고 있던 건 감색 머리카락에 보브컷 스타일을 한 【아사이 마미】였다.

피부가 하얗고 슬림한 체격에 키가 큰 그녀는 18살로 5반에 재적하고 3년 차를 맞이했다.

연내에 성과를 내서 편입되지 않으면 졸업이다.

발키리 후보생으로 그친다…… 학원 여학생 입장에서는 성에 차지 않는 결과다.

후회를 남기지 않기 위해서도 5반에서 자기 단련에 힘써 온 마미한테 메구미의 발언은 기분에 거슬렸다.

"정말로 우수하다면 중등부를 졸업할 때 스카우트됐겠지."

"만년 5반인 선배한테 그런 말을 들어도 화도 안 나네."

"기세등등하게 발언하는 건 좋지만, 그렇게 말하면서 5반에서 졸업을 맞이한 애는 많아. 너도 조심하도록 해."

"……얕보지 말라고. 나는 너희와는 달라!"

메구미가 쾅! 하고 사물함을 후려치자, 그걸 듣고 있던 곱슬기가 있는 길고 검은 머리카락의 【니시타니 카나코】가 깜짝 놀라 어깨를 떨었다.

갈아입던 도중이라 하얀 속옷 차림인 카나코는 몸집이 작고 귀엽지만 겁이 많기도 한 아이다.

"으읏, 다들 흥분해서 무서워."

심약한 카나코의 발언에 주위가 날카로운 시선을 향했다.

'어째서 겁쟁이가 이 자리에 있는 거지?' 하는 반응이었다.

교관도 일부러 카나코를 선발하지 않아도 됐을 텐데, 하고.

출격 전의 잔뜩 날이 선 분위기가 탈의실에 퍼져 있었다.

루이즈는 다른 여학생들을 무시하고 교복을 벗어 핑크색 속옷을 드러냈다.

사물함에서 꺼낸 회색을 기조로 한 파일럿 슈트는 노출이 적은 구조를 하고 있다.

목부터 아래쪽은 덮여 있지만, 양어깨와 가슴 부분만 피부가 노출되어 있었다.

스커트 같은 앞가리개가 달려 있는데, 개인에 따라서는 개조가 이루어져 미묘하게 차이가 있다.

루이즈는 표준적인 파일럿 슈트를 착용하고 있었다.

환복이 끝나자 왕관처럼 땋아 반묶음한 은색 머리카락을 풀고 파란 리본을 써서 포니테일로 묶었다.

그리고 한 번 호흡하고 나서 미소를 띠었다.

"자, 서두르지 않으면 감점당할 거야. 다들 서둘러, 서둘러!"

루이즈의 밝은 목소리가 탈의실에 울리자, 카나코는 안도했고 메구미도 마미도 말싸움을 멈추고 환복을 서두르기 시작했다.

루이즈는 먼저 탈의실에서 나왔고, 곧바로 팽팽히 긴장한 표정으로 변했다.

언제든지 실전에 나갈 마음의 준비는 되어 있다는 분위기를 내면서, 입에서 나온 말은 정반대의 것이었다.

조금 쓸쓸해하는 듯하면서, 루이즈는 아무한테도 들리지 않는 것을 확인하고 중얼거렸다.

"……이번에는 나설 차례가 없었으면 좋겠네."

◇

발키리를 수송하여 현장으로 향하는 것은 회전익 축에 제트엔진을 탑재한 대형 수송기였다.

주익이 앞뒤로 위치한 탠덤(tandem) 윙 기체로, 제트엔진도 4기

있다.

수송기 측면에는 해치가 여러 개 달려 있고, 내부에는 발키리의 배틀 드레스가 수납되어 있었다.

접혀서 고정된 자신의 배틀 드레스 앞에는 여학생들이 서 있다.

배틀 드레스를 등지고 서로 마주 본 여학생들 사이를 전투복으로 갈아입은 담임 교사가 걸었다.

담임 교사는 걸으면서 시선을 움직여 여학생들의 얼굴을 둘러봤다.

"이번 작전은 부츠 캣 대대의 원호다. 그녀들이 놓친 위수를 소탕하는 것이 임무라고 생각하면 된다. 전선에 6명을 증원으로 파견해 달라는 요청이 있었다. 3기 편제의 두 소대를 준비한다."

여학생들의 눈빛이 변했다.

기회가 왔다고 호의적으로 받아들이는 사람도 있는가 하면, 실전에 투입된다며 긴장하는 사람도 있다.

담임 교사는 멈춰 서서 말했다.

"운 좋게도 출격 기회를 얻은 후보생 제군에게 말해 둘 것이 있다. 수업에서 몇 번이나 가르쳤지만, 너희들이 다루는 배틀 드레스는 기껏해야 훈련기다. 정식 발키리들이 사용하는 발키리 드레스와는 기본 성능부터가 다르다. 1등급과 조우할 경우, 너희들한테 승산은 없다. 즉각 퇴각해라."

5반 여학생들이 사용하는 배틀 드레스는 진짜 발키리들이 사용하는 발키리 드레스와 비교하면 성능이 뒤떨어진다.

필요 최소한의 성능밖에 지니지 않은 훈련기다.

그렇다고 하더라도, 2등급 이하를 상대하는 데는 아무런 문제도 없다.

5반의 이번 역할은 부츠 캣이 놓친 2등급을 격파하는 것이다.

지상 전력도 투입되기에 2등급을 놓쳐 버리면 아군에 심대한 피해가 나오고 만다.

담임 교사는 여학생들이 정신을 바짝 차린 것을 확인하고 상세한 내용을 설명했다.

"이번에 출현한 게이트는 중규모지만 다행히도 1등급의 수는 적다. 적 주력은 부츠 캣에 맡기고 너희들은 자기 임무를 다해라."

"넵!"

교실 때와는 다르게 이곳에서는 전원이 바짝 긴장하여 일제히 대답했다.

담임 교사가 소대 편제를 알렸다.

"제1소대는 아사이를 소대장으로 한다. 스즈키와 니시타니가 대원이다."

18살이라 이번에 실패하면 더는 기회가 없는 아사이가 소대장으로 임명되자, 메구미가 노골적으로 불쾌한 표정을 지었다.

카나코 쪽은 경험이 풍부한 마미가 소대장이라 안도한 표정을 짓고 있다.

"제2소대는——."

제2소대 멤버가 발표되었지만, 거기에 루이즈의 이름은 없었다.

◇

　위수의 발생은 이계와 연결된 게이트가 출현하면서 시작된다.

　게이트에서 위수들이 넘쳐 나오는데, 일정 수를 뱉어 내면 닫혀 버린다.

　때로 닫히지 않는 경우도 있다지만, 그 경우에는 발키리들이 게이트를 파괴한다.

　나는 수송기 안에 있는 썬더볼트의 콕핏에서 조용히 대기하고 있었다.

　이번에 한해서 말하자면 전장에 나가는 것이 목적이고 전투는 상정하지 않았다.

　일부러 무장을 준비시킨 건 개발 멤버 작업원들한테 비상시의 훈련을 시키고 싶기 때문이니 뭐니 하는 이유를 붙이고 있었다.

　그 스미스 박사니까, 가능하다면 실전에서 사격 훈련을 할 수 있다면 이득이라고 생각하고 있을 가능성도 완전히 배제할 수 없다.

　열린 콕핏 해치로 앨리슨 박사가 나를 들여다봤다.

　"심박수는 다소 상승했지만 안정적인 상태야. 마력 출력도 안정…… 역시나 역전의 병사네. 다소 긴장한 모양이지만."

　내 심박수가 오른 게 신경 쓰이는 모양이다.

　"적당한 긴장은 전투에 도움이 됩니다."

　앨리슨 박사는 어깨를 으쓱였다.

"문제없다면 괜찮아. 하지만 이만큼 준비했는데 출격하지 않는 건 아쉽네. 차라리 사격 훈련만이라도 하게 해달라고 할까?"

앨리슨 박사로서도 이번에는 출격하는 일은 없을 거라고 생각하는 모양이다.

앨리슨 박사가 기체에서 떨어져 맡은 자리로 돌아가자, 나는 다시 혼자가 되었다.

언제든지 출격할 수 있도록 마음의 준비만을 하고 기다리고 있자, 통신 회선이 열렸다.

『렌 군, 그쪽은 괜찮을 것 같아?』

「루이즈? 작전 중입니다.」

『렌 군도 일단은 5반으로 출격하는 게 되니까 동료로서 회선이 연결되게 되어 있어. 다들 일부러 회선을 열지 않도록 하는 것 같지만.』

「그랬군요. 제 잘못이었습니다.」

프로메테우스 계획에 참가하고 있는 나지만, 학원에서는 5반에도 재적 중이라는 걸 잊고 있었다.

이 경우 어떻게 하면 좋을지 앨리슨 박사와 상의해 둬야 했다.

학원 측의 대응도 관련되기에 대화의 자리도 필요하리라.

「그쪽의 상황은 어떻습니까?」

모니터 일부에 작전 상황이 표시되고 있지만, 현장에 있지 않으면 모르는 정보도 있다.

그 자리에 있는 병사의 말을 듣고 싶었다.

루이즈는 쓴웃음을 지었다.

『서로 2등급을 잡으려고 출격하고 싶어 하는 애들뿐이야. 여기서 실적을 쌓아서 어필하고 싶으니까 다들 필사적인 거겠지.』

질렸다는 기색을 보이는 루이즈였으나 나는 그녀가 걱정되었다.

「루이즈도 출격해야 하는 상황 아닙니까?」

앞으로의 일을 생각하면 격파 수를 벌어야 할 텐데, 루이즈는 내키지 않아 보인다.

『격파 수 벌이에 열중하는 건 전장을 얕보고 있기 때문이야. 나는 그런 식으로는 될 수 없어.』

쓴웃음을 띠는 루이즈의 의견에 나도 작게 고개를 끄덕여 동의했다.

「……그렇지요. 전장에서는 언제나 불측의 사태가 일어나는 법입니다.」

어필하기 위해 전장에 나가는 여학생들한테는 나도 위태로움을 느꼈다.

아무 일 없이 끝나 준다면 좋겠다고 생각하고 있었지만, 아무래도 무리인 모양이다.

『……제1소대? 그거, 정말이야?』

「무슨 일입니까, 루이즈?」

다른 누군가랑 무언가 이야기를 하기 시작한 루이즈는 꽤 초조해하는 기색이었다.

『위수의 증원이 출현했는데, 너무 깊이 추격한 제1소대가 물려

버렸대.』

◇

　제1소대가 적의 증원과 조우하기 조금 전.

　그녀들은 위수를 찾아 날아다니고 있었다.

　「캬하하하! 자식아, 날아가라!」

　대형 서브 암에 부착된 대형 라이플로 2등급의 머리를 날려 버린 건 카나코였다.

　흥분해서 아드레날린이 대량으로 분비되었는지, 겁먹던 성격이 역전된 것만 같이 호전적으로 변해 있었다.

　메구미는 카나코의 활약에 혀를 찼다.

　「저 녀석, 벌써 세 마리째 해치웠어! 이대로라면 내가 설 자리가 없잖나! 젠장, 훈련 때는 얌전했던 주제에!」

　메구미가 대형 서브 암으로 들고 있는 랜스형 근접 무기를 위수한테 푹 찌르고, 그대로 마력을 흘려 넣자 방전 현상이 발생했다.

　「내 전격은 효과 직방이지?」

　검게 타버린 위수한테서 랜스를 뽑자, 위수는 그대로 바다로 추락했다.

　앞으로, 앞으로 돌진하는 두 사람한테 큰 목소리로 외친 건 소대장으로 지명된 마미였다.

　「두 사람 다 앞으로 너무 나가지 마! 지정된 구역을 벗어났어.

여기는 이미 최전선이야.」

마미는 대형 서브 암으로 개틀링건을 들고, 자신은 창을 쥐고 있었다.

개틀링건으로 위수를 쏘고, 돌파당하면 창으로 찌르는 전투 스타일이다.

하지만 두 사람을 서포트하는 상황뿐이라 2등급 격파는 여전히 제로다.

카나코가 몸을 돌리고는, 뒤로 비행하면서 마미한테 호통쳤다.

「뒤에 틀어박혀 있으면 부츠 캣의 고양이들한테 2등급을 다 사냥당해 버리잖냐! 나는 더, 더 싸우고 싶다고!」

성격이 격변한 카나코한테는 제아무리 메구미라도 완전히 질색했다.

「선생이 이 녀석을 지명한 이유가 이거였나. 너무 호전적이잖아.」

메구미한테서조차 너무 호전적이라는 말을 들은 카나코는 재빠르게 다음 사냥감을 찾아 달려들었다.

「네 마리째!」

카나코가 접근하여 대형 서브 암의 왼팔에 장착한 대검을 찌른 뒤, 억지로 목을 베어 날리자 마미가 상공을 올려다보며 두 사람에게 소리쳤다.

「퇴, 퇴각! 전기 퇴각!!」

무슨 일인가 싶어 두 사람 다 상공을 올려다보니 검은 점이 수없이 보였다.

상공에서 날아 오는 그것 중 하나가 메구미한테 달려들었다.

적의 몸통 박치기에 맞은 메구미는 추락하며 이 상황에 절규했다.

「어째서 이 타이밍에!!」

공격에 맞아 추락했지만, 해수면 아슬아슬한 위치에서 상승하여 자세를 바로잡았다.

주변을 보니 이미 2등급 위수들한테 둘러싸여 있었다.

곧바로 마미가 커버하러 들어왔지만, 위수들의 수를 보고 얼굴이 창백해졌다.

「……너무 깊이 들어왔어. 이만한 수에 둘러싸이다니.」

2등급 수십 마리.

마미와 메구미, 카나코를 에워싼 채 노리고 있어서, 세 사람은 적한테 포위당해 쉽게 도망칠 수 없는 상황에 몰려 있었다.

「제1소대가 적의 증원에 조우했다? 그게 무슨 말입니까?!」

『2등급에 제1소대가 포위당한 모양이야. 증원이 발생한 장소와 가까웠던 모양이라 경고가 제때 전달되지 않았대.』

게이트 주변은 레이더로도 적을 발견하기가 어려워, 눈으로 확인하지 않는 한 발견할 수 없다.

그런 위험 지역까지 제1소대가 파고든 게 문제였다.

정규 발키리라면 대처할 수 있겠지만, 그녀들은 후보생이고, 기체는 훈련기다.

적한테 포위당해 고립무원. 이대로라면 위수들한테 온갖 끔찍한 짓을 당한 뒤 죽고 만다.

그렇게 생각했을 때였다.

그 인간형 위수한테 동료가 죽어 가는 광경이 선명하게 떠올라, 나는 초조감에 사로잡히고 말았다.

자연히 목소리가 커지며 자기 입장도 잊고 발언하고 말았다.

「곧바로 구조하러 가야 합니다!」

내가 목소리를 높여 말하자 루이즈가 놀란 표정을 지었다.

『노, 놀랐네. 렌 군이 그렇게나 감정을 드러낼 거라고는 생각지 않았어.』

「?! 시, 실례했습니다.」

나는 무슨 말을 하는 거지, 하고 머리를 옆으로 흔들어 자신을 진정시켰다.

지금의 나는 프로메테우스 계획에 참가하는 테스트 파일럿이고, 개인의 감정으로 출격하는 것 따위 허용되지 않는다.

애초에 실험기는 실전에 투입할 수 있는 단계가 아니다.

「냉정을 잃고 말았습니다. 지금 발언은 잊어 주십시오.」

내가 자신의 의견을 철회하자 루이즈는 무언가 생각에 잠겨 있었다.

그리고 나서 작게 고개를 끄덕인 뒤, 내 의견을 확인했다.

『렌 군은 출격하고 싶어?』

「……아니요, 그건 제 재량을 넘은 판단입니다.」

내 멋대로인 판단으로 출격 따위 허용될 리도 없다.

구하고 싶은 마음을 억누르는 것처럼, 나는 고개를 숙이고 대답했다.

『나는 렌 군의 마음을 확인하고 있는 거야! 구하고 싶은 거 아니야?』

루이즈의 강한 어조에 나는 깜짝 놀라 고개를 들었다.

「구, 구하고 싶습니다.」

루이즈는 크게 고개를 끄덕이더니, 그대로 5반 교관과의 사이에 회선을 열었다.

모니터 일부에 교관의 얼굴이 표시되었고, 내 영상도 전달되고 있는지 교관은 미심쩍은 표정을 짓고 있었다.

『뭐지? 이쪽은 바쁘다. 급한 용건이 아니라면──.』

『제1소대 구원에 지원하겠습니다.』

루이즈가 조용히, 그리고 힘 있게 진언하자 교관의 표정이 한순간이지만 굳어졌다.

발키리 후보생에 지나지 않고, 타고 있는 것도 훈련기인 네가 뭘 할 수 있지? ──그런 말을 입에 담는 시간도 아까운 모양이다.

2등급이라고는 해도 수가 모이면 발키리 후보생한테는 위협이 된다.

루이즈도 그걸 알고 있다는 전제에서 이야기가 진행되었다.

『자포자기나 영웅심리인가?』

확인하는 교관에게 루이즈는 분명하게 대답했다.

『부츠 캣의 구조 부대가 올 때까지의 시간을 벌겠어요. 조금 더 전력이 더해지면 구조까지의 시간을 벌 수 있을 거예요.』

교관은 고민하는 표정을 한순간 보인 뒤에, 루이즈의 진언을 받아들였다.

『――알았다. 흩어진 전력을 집결시키지.』

2등급 격파를 위해 사방으로 흩어진 발키리 후보생들을 집결시키고, 그러고 나서 구조하러 보내려 하고 있었다.

루이즈는 그래서는 늦는다고 판단한 것이리라.

모니터 너머로 나한테 시선을 보내고는 교관에게 진언했다.

『그래서는 늦어요. 렌 군…… 실험기 출격을 요청합니다.』

나를 출격시키라고 말하는 루이즈한테, 교관은 몇 초 생각에 잠긴 뒤 귀찮다는 듯이 내뱉었다.

『듣고 있었지, 히후미? 내 쪽에서 책임자한테 이야기는 해두마. 네 녀석은 루이즈를 원호해라.』

「?! 알겠습니다!」

『나 참, 도움이 될지 알 수 없는 실험기를 출격시키겠다니……. 루이즈, 그 판단이 네 목숨을 빼앗지 않기를 기도하고 있겠다.』

교관은 썬더볼트의 성능에 의문을 가지고 있는 듯하다.

애초에 실적도 없는 개발 중인 인간형 병기에 기대하라고 말하는 것이 무리인 이야기다.

루이즈는 미소를 띠고 있었다.

『저와 렌 군의 버디에 기대하고 있어 주세요!』

귀엽게 경례하는 루이즈였으나, 교관의 얼굴은 곧바로 모니터에서 사라졌다.

나는 루이즈한테 감사 인사를 했다.

「저를 믿어 주셔서 감사합니다. 거치적거리는 짐이 되지 않도록 미미한 힘이나마 다하겠습니다.」

『아하하, 딱히 괜찮아. 렌 군이 무슨 일이 있어도 꼭 출격하고 싶어 하는 듯했으니까 말이지. 하지만, 여기서부터는 발키리의 전장이야. 나도 서포트하겠지만, 1등급이 있는 전장에서는 손길이 미치지 못할지도 몰라. 렌 군, 정말로 출격해도 괜찮겠어?』

루이즈의 물음에 나는 조종간을 강하게 꽉 잡았다.

앨리슨 박사한테 상담하지 않고 출격을 정해 버린 후회도 있지만, 그것보다도 지금은 동료를 구하고 싶다는 마음이 강하다.

「저는 제법 학원에 물들고 만 모양입니다.」

『그 말은……』

「병사로서는 실격입니다만, 여기서 출격하지 않으면 저 자신을 용서할 수 없을 것 같습니다. 루이즈, 함께 따라가겠습니다.」

『아핫! 렌 군도 학원의 학생다워졌네!』

밝게 미소 지은 루이즈는 내 각오를 받아들여 준 모양이다.

"나 참, 제멋대로인 행동을 하고!"

콕핏의 열린 해치로 얼굴을 내비친 앨리슨 박사는 출격을 결정한 나한테 짜증을 부딪쳐 왔다.

"출격시킬 만큼의 준비가 되어 있지 않은 건 너도 알고 있잖아? 무슨 생각이야?"

불평하는 앨리슨 박사였으나, 그 손에는 태블릿 단말이 쥐어져 있어서 작업도 병행하고 있었다.

"……기체, 시스템 모두 올 그린이야."

체크가 끝나자 앨리슨 박사는 작게 한숨을 내쉬었고, 잔소리도 같이 끝내 버렸다.

제멋대로인 행동을 했다는 자각이 있는 만큼, 나는 면목 없게 생각했다.

"이번 건은 정말로 죄송했습니다."

"그래, 정말로 민폐야."

단언하는 앨리슨 박사는 나한테 사양할 필요가 없다고 판단한 듯하다.

기대를 배신해 버렸다고 뉘우치고 있자, 앨리슨 박사가 짓궂어 보이는 미소를 띠고 있었다.

"민폐를 끼친 만큼은 데이터로 갚는 거야. ……조금 전에 마력 출력이 상승했어. 지금은 30%에서 움직이는 중이야."

"정말입니까?!"

놀라서 고개를 들자 앨리슨 박사는 고개를 끄덕이며 태블릿 단말 화면을 보여주었다.

"스미스 박사님이 야단법석이 나서 큰일이야. 이걸로 조금은 희망을 가질 수 있겠어. 부력과 역장에 의한 방어가 있으면 데이터상으로는 2등급에 뒤처지지 않을 거야. 아쉬운 건 무장에 돌릴 여력이 적다는 점뿐이네."

마력을 완벽히 확보한 건 아니지만, 그래도 30%의 출력이 있으면 이동과 방어는 안심할 수 있는 모양이다.

"역시 무장에 돌릴 분량이 부족합니까?"

"정확히는 부력과 역장에 의한 방어도 부족해. 실전에 투입하기에는 아슬아슬한 성능이라는 걸 잊지 마. 아무리 위력이 있는 무기라고 할지라도 위수 앞에서는 눈속임 정도야. 버디의 원호에 전념하렴."

앨리슨 박사는 얌전히 루이즈의 서포트에 전념하라며 나한테 못을 박았고, 나는 그녀의 설명을 듣고 조용히 고개를 끄덕였다.

"잘 알겠습니다."

앨리슨 박사는 내 대답을 듣더니 살짝 미소를 띤 후에 표정을 굳게 다잡았다.

"해치를 닫겠어. 출격 준비! 작업원은 전원 기체에서 떨어져!"

앨리슨 박사가 말하자 썬더볼트의 해치가 천천히 닫혔다.

밀착하여 엄중하게 잠기자, 외부 소리가 들리지 않게 됐다.

한층 어두워진 콕핏 안은 모니터나 계기류의 불빛이 또렷하게 보였다.

대형 모니터는 내 전방에 상하로 두 개. 좌우에 한 개씩이다.

육안보다도 시야는 넓다고 들었다.

백 모니터도 달려 있었다.

기체를 본격 기동시키기 위해 스위치를 눌러 시스템을 전환했다.

오퍼레이터를 담당하는 것은 스미스 박사와 앨리슨 박사다.

『아아아아! 마침내 우리의 실험기가 실전 투입이야, 앨리슨 군!』

『스미스 박사님은 조용히 앉아 있어 주세요! ……썬더볼트, 이쪽에서 본격 기동을 확인했습니다. 작업원 대피도 확인했어. 기체를 일으켜서 소정의 위치로.』

「기체를 일으키겠습니다.」

확인을 위해 목소리를 내니 외부 스피커를 통해 내 목소리가 주위에 들렸다.

썬더볼트를 고정하는 기구가 수송기 격납고에 눕혀져 있던 썬더볼트를 천천히 일으켰다.

직립 자세로 이행하자 작업원들의 목소리가 들려왔다.

『고정 장치의 잠금을 해제.』

고정하고 있던 기구가 풀리고, 썬더볼트가 격납고 안에서 두 다리로 섰다.

『마력 출력을 부력으로 변환…… 중량 경감을 확인.』

『대형 라이플의 잠금 해제. 썬더볼트, 대형 라이플의 수동 장비를 부탁합니다.』

격납고 벽에 준비된 대형 라이플을 오른손에 들었다.

인간형 병기의 특징이라고도 할 수 있는 손—— 머니퓰레이터가 대형 라이플의 손잡이를 쥐었다.

『썬더볼트, 출격 준비 완료. 언제든지 출격 가능합니다.』

깨닫고 보니 격납고 안의 고정 장치는 벽에 수납되고, 썬더볼트만이 서 있었다.

천장에 설치된 출격 가능을 알리는 신호기가 빨간색에서 노란색, 그리고 파란색으로 바뀌었다.

「이그니션.」

썬더볼트에 탑재된 제트엔진이 시동했고, 마력으로 가벼워진 기체가 떠올랐다.

하지만 등에 와이어가 달려 있기에 썬더볼트는 날아오를 수 없다.

이건 기구를 떼는 것을 잊은 게 아니라 기세를 더하기 위한 장치다.

제트엔진의 추력이 강해져 가자, 격납고 안에는 굉음이 울려 퍼지고 온도가 급상승했다.

……이제 곧이다.

『전원, 대(對) 쇼크 자세!』

격납고에서 나간 작업원들이 출격 때 발생하는 흔들림에 대비했다.

견딜 수 없게 된 와이어가 빠지는 것과 동시에 그 기세 그대로 썬더볼트는 수송기에서 튀어 나갔다.

"큭!"

앞쪽에서 걸리는 관성 중력에 몸이 조종석으로 밀려 들어갔다.

비행 실험은 몇 번이나 해 왔지만, 수송기에서의 발진은 매뉴얼과 시뮬레이터만으로 경험한 것이었기에 성공하여 일단 안심했다.

"……루이즈도 왔나."

수송기에서 발진한 나를 알아차린 루이즈가 이쪽으로 접근해 왔다.

인간형 병기의 크기는 무장을 포함하여 전장이 6m를 넘기에 발키리의 배틀 드레스는 작아 보이고 만다.

발키리가 장착하는 배틀 드레스는 노출된 인체 부분이 많은 구조다.

인간형 병기에 보호받고 있는 내 입장에서 보면 불안해지는 모습을 하고 있었다.

하지만 루이즈 쪽은 마하의 속도에서도 풍압과 관성 중력에 의한 압력을 느끼고 있지 않았다.

『그게 소문의 실험기? 처음 보는데 크네..』

하늘을 날며 태연하게 대화까지 하는 루이즈를 보고 발키리가 얼마나 규격 외의 존재인지를 이 자리에서 실감하게 됐다.

「이 실험기는 특히 큰 부류에 듭니다.」

『헤에~, 그렇구나.』

루이즈는 썬더볼트 주위를 곡예비행처럼 날아다니며, 기체의 모습을 확인하고 있었다.

그 모습은 마치 동화에 등장하는 요정 같았다.

목적지에 가까워짐에 따라 어딘가 느슨한 듯한 루이즈의 분위기가 사라져 갔다.

썬더볼트를 보는 것을 멈추고, 언제든지 무장을 사용할 수 있도록 했다.

『……응, 슬슬 도착이네. 모든 무장의 사용 제한을 해제.』

리더인 루이즈의 판단으로 무장 사용이 허가되자, 세이프티를 해제했다.

『렌 군, 여기서부터는 나도 서포트하겠지만, 도저히 안 되면 퇴각해. 자기 목숨을 최우선으로 생각해서 행동해.』

「알겠습…… 응?」

대답을 끝내기 전에 나는 해수면으로 시선을 향했다.

해수면을 보니 3등급이라 생각되는 위수들이 상륙하고자 모래사장을 향해 가고 있었다.

「3등급?!」

자연스럽게 무기를 들고 녀석들을 조준하자 루이즈가 제지했다.

『뭐 하는 거야?! 3등급에 신경 쓰지 마!』

「아니, 하지만?!」

보병 시절에 배어든 감각이 눈앞에서 모래사장을 향해 가는 3등급의 대군(大群)을 앞에 두고 공격하라고 격렬하게 주장하고 있었다.

확인한 수를 모래사장까지 도착하게 놔두면 보병 부대에 피해가 나올 것임을 감각적으로 이해했기 때문이다.

출격 전에 보병 부대 배치와 수를 확인하고 말았으니까, 자연스럽게 머리에 들어 있었다.

그리고 지금의 나한테는 3등급을 쉽게 해치울 수 있을 만큼의 장비가 수중에 있다.

동료를── 보병을 구할 수 있다는 마음이 앞서서, 내 시야를 좁히고 있었다.

잘못된 행동이라고 머리로는 이해하고 있다.

하지만 마음이 어떻게 해도 납득하지 않는다.

가혹한 지상전에서 희생되는 보병을 한 사람이라도 많이 구할 수 있는 힘이 있으면서, 그게 허용되지 않는 환경에 갑갑함을 느꼈다.

루이즈는 3등급을 무시하라고 재차 충고했다.

『3등급을 상대로 쓸데없이 탄을 쓰고 있을 여유 따위 지금의 우리한테는 없어! 특히 렌 군의 기체는 아공간(亞空間) 컨테이너도 안 가지고 있잖아!』

아공간 컨테이너── 그것은 발키리가 전투기보다도 뛰어난 이점 중 하나다.

발키리는 아공간에 전용 퍼스널 스페이스를 가지고 있어서, 그곳에 무장이나 탄약을 보관할 수 있다.

적재량을 신경 쓰지 않고 무기와 탄약을 사용할 수 있기에 전투 지속 능력이 뛰어나다.

썬더볼트도 무장을 잔뜩 탑재하고 있지만, 아공간에 탄약을 보관하는 기능은 없다.

무기고처럼 무기를 만재해도 발키리한테는 무장 측면에서도 당해낼 수 없다.

그렇다. 당해낼 수 없기는 한데——.

「——알겠, 습니다. 루이즈, 죄송합니다.」

내가 얌전히 물러나자 루이즈는 휴, 하고 가슴을 쓸어내렸다.

『아니야. 렌 군의 마음도 이해하지만, 지금은 동료 구조가 최우선이야. 자, 슬슬 눈으로도 모습을 확인할 수 있는 거리야.』

모니터를 보니 깨알 정도 크기의 무언가를 확인할 수 있었다.

영상이 확대되자 위수들한테 둘러싸여 우왕좌왕 도망치는 발키리 후보생들의 모습이 있었다.

이미 탄약은 바닥나고 무장은 망가져서 제대로 된 저항을 하지 못하고 있다.

하지만, 살아 있다.

「살아 있습니다! 루이즈, 그녀들이 아직 생존해 있습니다!」

늦지 않았다, 라고 생각했을 때는 루이즈가 움직이고 있었다.

루이즈의 배틀 드레스는 중장거리를 상정한 총신이 긴 대형 라이플을 주무장으로 사용하고 있었다.

대형 서브 암에 장착한 건 광학 병기 종류이리라.

라이플을 겨눈 루이즈가 재빠르게 방아쇠를 당겼다.

한 번, 두 번…… 제법 거리가 있는 와중에도, 루이즈의 저격은 아군한테 덤벼들려던 위수들을 꿰뚫었다.

루이즈의 사격 실력에 나는 눈이 휘둥그레졌다.

샤이 보이 이상의 사격 실력인 건 분명하고, 거기다 배짱도 있고 냉정했다.

『……너무 멀어서 위력이 부족해. 거리를 좁히겠어. 렌 군, 내 장비는 근접전에 부적합하니까 접근해 온 위수의 처리를 부탁해.』

「라저!」

루이즈의 탄환은 위수를 꿰뚫기는 했으나, 격파에는 이르지 못했다.

역시 사정거리에 문제가 있었던 모양이라 우리 둘은 거리를 좁혔다.

적도 우리가 온 것을 눈치챈 듯하여 이미 행동을 일으키고 있었다.

아군을 둘러싸고 있던 2등급들 중 일부가 이쪽을 향해 날아왔다.

나는 썬더볼트의 왼팔에 달린 개틀링 기관포를 겨누고 조종간의 방아쇠를 당겼다.

총신이 회전하여 탄환을 잇달아 발사하자, 콕핏 내부에까지 진동이 전해져 왔다.

위력을 중시한 무장인 건 이해하지만, 연사하고 있으면 기체의 자세가 흐트러지는 건 문제였다.

"위수 상대라면 구경이 조금 더 작은 편이 다루기 좋을 것 같군."

감상을 중얼거리는 사이에, 탄환은 이쪽을 향해 오는 2등급에 잇달아 명중했다.

하지만 역장에 보호받고 있는 2등급 위수들한테는 효과가 약했다.

역장을 뚫고 표면을 깎아낸 건 확인되었지만, 외각을 관통할 정도의 위력은 없다.

2등급의 외각(外殼)에 흠집을 내는 정도의 위력밖에 없었다.

탄환이 역장에 충돌했을 때, 위력이 줄어든 것이 원인이리라.

"마력 부족인가."

단순히 무장에 공급하는 마력이 부족하다는 증거다.

하지만 움직임을 묶는 목적으로서는 충분히 역할을 완수한 듯하다.

루이즈는 미세하게 대미지를 입어 비행 속도가 떨어진 2등급을 용서 없이 라이플로 쏘아 꿰뚫었다.

실탄이 위수의 머리를 날려 버리자 위수는 비행 속도도 있어서 한동안 날면서 바다로 추락했다.

루이즈는 아군에 이쪽으로 오도록 외쳤다.

『구하러 왔어. 서둘러서 포위망을 돌파해!』

사격하며 아군의 퇴로를 확보하려 했지만, 제1소대의 소대장을 맡은 아사이 준위는 씁쓸한 표정을 짓고 있었다.

『카나코가 피탄당해서 잘 날 수 없어! 이 애, 우리의 퇴로를 확보하기 위해 무리한 돌격을 하다가 집중 공격을 당했어!』

아사이 준위한테 안겨 있는 니시타니 준위는 의식을 잃은 모양이다.

다행히 아직 살아 있지만, 적한테 둘러싸인 상황에서는 아사이 준위까지 말려들어 두 사람이 한꺼번에 격추될 가능성이 높다.

스즈키 준위를 보니 출격 전의 씩씩함은 완전히 약해진 상태였다.

『우리는 이미 무기도 탄약도 없어! 저놈들, 끝없이 증원을 보내왔다고! 부츠 캣 녀석들은 뭐 하고 있는 거야…….』

탄약은 바닥나고 무기도 망가져서 사용 불가.

절망적인 상황에 몰려 정신적으로도 궁지에 몰려 있었다.

그래도, 우는소리를 하면서도 니시타니 준위를 지키는 모습은 훌륭했다.

루이즈가 매서운 표정을 지었다.

『──하다못해 두 사람만이라도.』

니시타니 준위를 버리고 아사이 준위, 스즈키 준위 두 명만이라도 구조할 방법을 생각하고 있는 모양이다.

확실히 합리적이고, 이 상황에서는 올바른 판단이었다.

단지, 루이즈가 선택할 거라고는 생각되지 않는 방법에 위화감이 강하게 남았다.

　루이즈가 원거리에서 저격했지만, 적의 수가 많아 전부 대처할 수 없었다.

　제1소대도 도망쳐 다니고 있지만, 움직이지 못하는 니시타니 준위를 안고 있어서는 따라잡히고 만다.

　서서히 위수들의 공격에 당해, 본인들을 지키는 역장이 약해져 있었다.

　이대로는 당장이라도 세 사람 모두 격추당하고 만다.

　니시타니 준위를 감싸는 아사이 준위와 스즈키 준위의 모습을 보고 나는 어느 날의 광경을 떠올렸다.

　인간형 위수의 습격을 받아, 소대가 나를 남기고 괴멸한 그날의 광경이다.

　일방적으로 유린당했던 그날의 기억은 내 마음에까지 깊이 새겨져 있었던 모양이다.

　「……안 된다.」

　『렌 군, 왜 그래? 효과가 없어도 좋으니까 원호를——.』

　「안 된다. 그렇게 두지 않겠다. 하게 둘까 보냐!!」

　풋 페달을 한계까지 밟자 썬더볼트의 제트엔진이 급가속했다.

　관성으로 인해 몸이 시트에 눌렸지만 개의치 않고, 나는 이 상황을 어떻게든 할 방법만을 생각하고 있었다.

　「제가 미끼가 되겠습니다! 그동안에 제1소대 여러분은 퇴각을!」

　위수 무리에 뛰어든 썬더볼트는 다리에 서스펜션으로 고정된 미사일 컨테이너의 해치를 열어 소형 미사일을 발사했다.

양쪽 다리 모두에서 18발의 미사일이 날아가 위수들을 덮쳤다.

소형이어도 추적 기능을 갖추고 있어서 회피 행동을 취하는 위수한테도 명중하여 폭발을 일으켰다.

주위에서 수많은 폭발이 일어나 위수들이 불꽃에 휩싸여 갔다.

하지만 마력 부족으로 인해 별 대단한 대미지는 주지 못했다.

위수들의 표면을 조금 태웠을 뿐.

기껏해야 움직임을 묶고 눈속임하는 정도의 효과밖에 없다.

그래도, 나는 위수의 무리 속을 날아다녔다.

비어 버린 미사일 컨테이너를 분리하여 기체를 가볍게 하자, 루이즈의 목소리가 들렸다.

『뭐 하는 거야?! 돌아와, 렌 군!』

「여기는 저 혼자서 어떻게든 하겠습니다! 루이즈는 제1소대 여러분을 호위하며 퇴각하십시오!」

공격당한 위수들은 썬더볼트를 노리고 있는 모양이다.

위수들의 외각 틈새로 보이는 수많은 발광체에서 유사 빔이 발사되었다.

예전에는 그걸 광학 병기라고 생각했지만, 학원 수업으로 알게 된 정보로부터 '마력으로 재현된 공격 방법'임이 판명되었다.

광학 병기 같은 속도도 없거니와, 진짜 빔도 아니다.

쉽게 말해서 마법이다.

"큭!"

발사된 유사 빔을 회피하며 날아다녔다.

"하핫! 지상에서 봤을 때는 도망칠 틈도 없었는데, 이 녀석에 타면 쉽게 피할 수 있다!"

흥분해서 어조가 거칠어졌다.

위수들을 유인하는 데 성공한 나를 보고, 그 자리에서 합리적인 판단을 내릴 수 있는 루이즈는 예상대로 행동해 주었다.

『반드시 돌아올 테니까! 그때까지 무사히 있어 줘, 렌 군!』

울 것 같은 얼굴을 하면서 내가 무사하기를 바라는 그녀를 보고, 나는 입가에 미소를 지었다.

「……알겠습니다.」

무사히 루이즈 일행이 퇴각할 시간을 벌었지만, 미끼가 된 내쪽은 부담이 한계를 맞이하려 하고 있었다.

"수가 너무 많다. 20마리? 아니, 벌써 30마리인가?"

어디서 모여드는지, 2등급 위수가 30마리나 모여들어 썬더볼트를 악착같이 뒤쫓아 오고 있었다.

이리저리 도망치는 썬더볼트의 콕핏 안에서 나는 계기류를 확인했다.

"잔탄 수는 문제없음. 에너지는 조금 불안…… 추진제는 명백히 부족한가."

전력으로 날아다니고 있는데, 사용하는 제트엔진의 추진제는 조금밖에 남지 않았다.

이대로라면 도망치지조차 못하고 둘러싸여서 격추될 것이다.

"윽!"

위수의 유사 빔이 썬더볼트의 다리를 스쳤다.

다행히 마력에 의한 역장으로 대미지는 경감되었지만, 내 마력이 적어서 장갑 표면이 가열되어 빨갛게 물들어 있었다.

녹아버리는 정도까지는 이르지 않았지만, 집중 공격을 받는 건 위험하다.

"이게 역장의 방어인가…… 이게 보병 시절에 있었다면 얼마나 많은 병사의 목숨이 구해졌…… 을지……."

237

가혹한 지상전에서의 기억이 떠올랐다.

그 무렵에는 3등급 위수들조차 위협이었다.

붙잡히면 거의 살아남지 못하고, 공격이 스친 것만으로도 중상을 입는 것이 일상이었다.

그래서 보병이 교육받는 것은 철저한 회피다.

적의 공격을 막아내겠다는 생각 따위 하지 않고, 피해서 공격을 박아 넣는 것을 중점적으로 배웠다.

수가 우세한 위수 상대로는 애초에 언 발에 오줌 누기라고 할 수 있는 전법이었다.

하지 않는 것보다는 낫다, 라는 정도다.

나는 보병 시절의 전투 방식을 떠올리고는, 콕핏 안의 스위치에 손을 뻗었다.

마력 컨버터의 에너지 공급 스위치다.

"그래. 나는…… 나는!"

장갑을 지키는 역장을 발생시키고 있는 스위치를 전환하여 마력 공급을 끊었다.

본래 방어에 돌릴 터인 마력이 각각 부력과 무장으로 흘러갔다.

기체가 한층 가벼워졌고, 썬더볼트는 속도를 올렸다.

"그래. 이거면 된다. 애초부터 방어 따위 버리면 되는 거다. ……나는 줄곧 지상에서 그렇게 해 왔다."

적의 공격에 맞으면 치명상이라는 환경에 있었지만, 지금의 내가 타고 있는 인간형 병기인 썬더볼트는 겉모습과는 반대로 적의 공격을 회피하는 게 특기였다.

중장갑과 중무장이 달려 무거워 보이는 겉모습으로 적의 유사 빔을 회피해 나갔다.

"지상에서 뛰어다녔던 그 무렵에 비하면 이 정도는 아무런 문제도 되지 않는다!"

마력이 무장에 공급되고 있는 것을 확인하며, 왼팔의 개틀링 기관포를 들고 조종간의 방아쇠를 당겼다.

이쪽을 쫓아오던 위수를 향해 탄환을 흩뿌렸는데, 처음 때보다도 확실하게 대미지를 주고 있다.

역장을 마력으로 없애고 탄환이 위수의 외각에 도달해 상처를 입히는 것이 모니터 너머로 확인되었다.

그렇긴 해도 루이즈나 다른 발키리 정도의 위력은 확인되지 않는다.

내 마력이 원래부터 부족하여 방어에 돌릴 분량을 끊어도 부족한 것뿐이다.

지금은 그걸로도 충분했다.

"문제없다. 이 정도라면 지상전보다도 효과를 실감할 수 있어."

지상에서 기관총을 사용했을 때보다도 지금이 체감으로는 효과가 있는 것처럼 보였다.

"이만큼 효과가 있으면 충분히 싸울 수 있다."

미끼로서 계속 도망치는 걸 그만둔 나는 추진제에 주의를 기울이며 개틀링 기관포로 위수를 공격하여 한 마리를 격파했다.

끊임없는 공격을 받아 역장을 유지할 수 없었던 위수는 온몸이 꿰뚫려 바다로 추락했다.

잔탄 수를 확인하며 전투 스타일을 만들어 갔다.

"한 마리를 쓰러뜨리는 것치고는 탄약 소비가 격심하다. 개틀링만으로 대처하는 건 악수로군."

뒤이은 위수한테는 오른팔에 든 대형 라이플의 총구를 겨눴다.

포신을 짧게 만들었기에 반동이 크고, 조준기가 있으면서도 저격에 적합하지 않은 대형 라이플이다.

"위력 중시로 명중 정확도가 낮다면―― 가까이 가면 문제없다!"

썬더볼트가 방아쇠를 당기자 콕핏 안까지 크게 흔들렸다.

위력을 극한까지 추구한 일격이 위수한테 명중했으나, 역시 마력 부족으로 인해 결정타는 되지 않았다.

그래도, 표면을 날려 버릴 위력은 있었던 모양이다.

공중에서 자세가 무너진 위수한테 두 발째, 세 발째를 발사했다.

세 발째에 격파하여 추락하는 것을 확인한 나는 대형 라이플을 다루는 것도 전투 스타일에 넣었다.

"문제는 미사일인가……."

무장에 돌리는 마력의 양이 늘어난 덕에 미사일의 취급이 변했다.

오른쪽 어깨에 서스펜션으로 고정된 대형 미사일 컨테이너는 관통력과 폭발력이 뛰어났다.

현시점에서는 썬더볼트의 최대 화력이다.

개틀링 기관포로 위수를 견제하면서 노리기 쉬운 적을 발견하여 록온했다.

대형 미사일 컨테이너에서 미사일 한 발이 발사되었고, 소형 미사일보다도 빠른 속도로 위수를 향해 날아갔다.

미사일이 명중하자 2등급 위수를 조금 밀어 날리고 그대로 큰 폭발을 일으켰다.

폭발하자 화염과 검은 연기가 발생했는데, 그때 반짝반짝하고 무언가가 미세하게 빛난 것처럼 보인 건 기분 탓이 아니다.

검은 연기에서 해수면을 향해 추락하는 건 숨이 끊어진 위수였다.

마력 부족인 건 변함없지만, 역장을 마력으로 관통한 후에 미사일의 화력으로 2등급을 억지로 격파한 것처럼 보였다.

"멀티 록온은 생각하지 않는 편이 좋겠군."

일격 필살이라고도 할 수 있는 위력을 지닌 건 대형 미사일 컨테이너뿐이지만, 한 발 발사한 것만으로도 마력의 양이 크게 줄어들어 있었다.

연속해서 사용할 수 있다면 좋겠지만, 적은 마력으로 운용하고 있는 현 상황에서는 사치스러운 말을 하고 있을 수도 없다.

"……지상전을 생각하면 이걸로도 충분하고도 넘친다."

단지, 내 안에서는 지금 이대로도 충분히 승산이 보이고 있었다.

위수들을 앞에 두고 썬더볼트를 돌격시켰다.

"이번에는 이쪽이 사냥할 차례다!"

◇

　루이즈가 제1소대를 데리고 간이 기지를 향해 날아가고 있자, 도중에 있는 모래사장에서 3등급을 상대로 보병들이 격렬한 전투를 펼치고 있었다.

　렌의 예상대로 지상에서는 보병한테 제법 피해가 나오고 있다.

　"렌 군의 예상대로였네."

　루이즈가 세 사람을 데리고 간이 기지에 도착하자 담임 교사가 뛰어서 다가왔다.

　"세 명 모두 무사한가?"

　루이즈는 배틀 드레스를 착용한 채 경례했다.

　"네. 하지만 렌 군이 미끼로서 전장에 남아 있어요."

　씁쓸한 표정을 짓는 루이즈한테, 담임 교사는 돌아온 세 사람을 보고 안도한 표정을 보였다.

　하지만 렌한테는 동료 의식을 가지고 있지 않은 듯하다.

　"실험기 정도의 희생으로 너희 후보생을 지킬 수 있었다면 싼 손실이다."

　프로메테우스 계획에는 막대한 예산이 편성되어 있지만, 이 자리에서 담임 교사가 말하는 싼 손실이란 단순한 금액의 문제가 아니다.

　성공할지 어떨지도 의심스러운 계획 따위 얼른 폐지되면 된다고 생각해서 한 발언이리라.

바꿔 말하자면 발키리야말로 가치가 있다고 말하고 있는 것이나 마찬가지다.

루이즈는 담임 교사에게 진언했다.

"구조에 저를 보내 주세요!"

하지만 담임 교사의 반응은 차가웠다.

"안 된다."

"어째서인가요?!"

"……너희가 돌아오기 전에 2등급의 대량 발생을 확인했다. 부츠 캣이 대처하고 있지만 수가 부족하기에 예비 전력도 이곳의 호위를 남기고 전부 투입된 상태다."

구조하러 갈 만큼의 전력이 남아 있지 않다는 말을 듣고 루이즈는 고개를 푹 숙였다.

"그럴 수가……"

담임 교사는 루이즈가 침울해진 것이라고 생각했는지 어깨에 손을 올리고 부드러운 어조로 말했다.

"구조 수고 많았다. 너는 조금 휴식하고 나서 대기해라."

"……알겠, 습니다."

'렌 군…… 너는 아직 무사하려나? 하지만 그 상황에서 혼자서 살아남는 건 절대로 무리야.'

◇

2등급의 무리 속에서 나는 공중전이라는 것을 배워 나갔다.

지상전과는 사정이 너무 다르지만, 생각하기에 따라서는 하는 일은 변하지 않는다.

해야 할 일은 단순하다. ——위수를 쓰러뜨린다. 그것이 전부다.

"다음은 너다."

위수를 뒤쫓으며 개틀링 기관포로 공격하고, 외각의 한 부분에 상처나 균열 등을 발생시킨 것을 확인하고 나서 대형 라이플로 전환했다.

빗맞지 않는 거리까지 접근하여 대형 라이플을 발포하자, 위수의 약해진 부분은 견디지 못하고 탄환에 관통되어 절명했다.

개틀링 기관포로 견제, 혹은 위수의 한 부분에 약점을 만든다.

마무리는 대형 라이플의 일격이다.

대형 라이플의 잔탄 수가 제로가 되었기에 탄창을 교환했다.

"이걸로 탄약은 끝인가."

이제 예비 탄창은 남아 있지 않았고, 개틀링 기관포도 대형 드럼 탄창의 내용물은 조금밖에 남지 않았다.

마력 공급은 30%에서 안정되어 있지만, 기체의 에너지와 추진제는 별개다.

에너지야 어쨌건, 추진제는 불안한 상태다.

"이렇게 되면 처음에 쓸데없이 추진제를 소비한 게 후회되는군."

콕핏 안에서 땀투성이가 되면서도 나는 내가 해야만 할 일을 우선해 나갔다.

위수들의 유사 빔이나 날카로운 발톱 등을 최소한의 움직임으로 회피하면서 공격했다.

마지막 미사일을 발사하는 것과 동시에 대형 미사일 컨테이너도 분리했다.

썬더볼트가 서서히 가벼워져 간 덕분에 추진제의 소비량도 줄어든 게 다행이었다.

개틀링 기관포로 위수한테 흠집을 내고 대형 라이플로 마무리 일격을 가한다.

요컨대 이걸 반복할 뿐이다.

하지만 공중이라는 전장과 평소에 싸워본 적 없어 상대하는 것이 익숙하지 않은 2등급 위수가 신경을 소모하게 만든다.

깨닫고 보니 개틀링 기관포도 분리하여 던져 버리고, 대형 라이플의 잔탄이 세 발뿐이라는 상황이 되어 있었다.

"탄약은 나머지 세 발뿐…… 남은 무기는."

기체를 체크하여 무장을 확인하자 지금의 마력 출력으로 통하리라고는 생각되지 않는 물건이 후보로 표시되었다.

애초에 다른 게 남아 있지 않은 상황이니까 어쩔 수 없지만, 설마 이 상황에서도 의지하게 될 거라고는 생각지 않았다.

칼날에 마력을 공급하여 위수를 꿰뚫는 근접 무기── 즉, 단검이다.

나이프보다도 날이 긴 것이 특징일까?

일부러 나를 위해 준비된 것이라고 스미스 박사가 말했었다.

설마 정말로 사용하게 될 거라고는 생각지 않았다.

주위를 보니 위수는 아직 남아 있었다.

"뿌리치고 끝까지 도망칠 만큼의 추진제도 없, 나…… 통할지 어떨지 시험해 보겠다."

썬더볼트의 왼손으로 무릎 뒤에서 단검을 뽑았다.

발톱을 세우고 달려드는 위수한테 왼팔로 단검을 휘둘러 상처를 낸 뒤 곧바로 대형 라이플을 겨눴다.

방아쇠를 당기자 상처를 꿰뚫어 위수를 격파했다.

"……나쁘지 않군."

곧바로 다른 위수를 노리고 달려들어 단검을 꽂고는 재빠르게 뽑아낸 뒤 걷어찼다.

적당한 거리가 만들어지자, 상처에 대형 라이플 총구를 바짝 대고 방아쇠를 당겨 마무리를 지었다.

그때 위화감을 품은 건 단검의 칼날 길이와 상처의 단면이었다.

상처의 단면이 명백히 칼날 길이와 맞지 않았다.

더욱 깊고 넓게 위수한테 상처를 내고 있었다.

"이것도 마력의 역장에 의한 은혜인가? 그렇다면 방법은 얼마든지 있다……."

2등급이 상대라면 인간형 병기의 단검이라고 할지라도 표면에 상처를 내는 정도라고 생각하고 있었는데, 더욱 깊이 베어 가를 수 있다면 다른 사용법이 있다.

뒤에서 덤벼든 위수한테 뒤돌면서 그대로 대형 라이플을 겨눠 사격했다.

라이플에 맞고 날아간 위수를 향해 거리를 좁히고 왼손에 든 단검으로 급소라 생각되는 머리를 절단했다.

하지만 생각했던 것보다도 깊이 베지 못한 모양이다.

위수는 마구 날뛰며 바다로 떨어졌지만, 아직 숨은 붙어 있었다.

"베는 방식인가? 그게 아니면 역장의 방해인가?"

대형 라이플을 내던지고 썬더볼트의 오른손에도 무릎 뒤에서 단검을 뽑아 들었다.

이도류 스타일은 제법 오랜만으로 느껴졌다.

"인간형 병기로의 근접 무기 취급은 고려할 필요성 있음. 베인 단면으로부터 위력에 불규칙한 편차를 확인…… 아마도 원인은……."

콕핏 안에서 중얼중얼하며 혼잣말하자, 위수들이 모여들었다.

썬더볼트한테 덤벼드는 위수를 보면서 한 마리씩 대처했다.

인간형 병기의 손목은 인간보다도 가동 범위가 넓다고 할지, 회전하기에 단검을 거꾸로 쥐지 않아도 되는 것은 이점일 것이다.

접근해 온 위수를 베고, 그 모습으로부터 상처의 깊이가 다른 이유를 고찰했다.

원인을 밝혀낼 때까지 베고, 숨이 끊어지면 다음 목표로 시험했다.

"총화기보다도 근접 무기가 유효…… 스미스 박사님은 기뻐할지도 모르겠지만 앨리슨 박사님은 머리를 감싸 쥐겠지."

여섯 마리째 위수의 머리를 베어 날렸을 때, 나는 그제야 겨우 상처의 깊이가 다른 이유를 알아차렸다.

"마력 공급의 불안정함인가?"

단검에 공급되는 마력에 의해 칼날에 역장이 발생한다.

하지만 공급되는 마력이 일정하지 않은 모양이다.

그 때문에 상처의 깊이가 안정되지 않은 듯하다.

원인을 밝혀냈지만, 지금 바로 개선은 어렵다. 하지만 문제는 없다.

오히려 불안정해도 이 상황에서는 충분히 의지가 된다.

"——아이러니하군. 역장을 다룰 수 있게 되니 얼마나 위력을 높인 총화기보다도 손에 익은 이쪽이 더 의지가 되다니!"

단검으로 위수의 머리를 찔러 꿰뚫었다.

급소를 꿰뚫린 위수는 2등급인데도 맥없이 추락하여 바다에 가라앉았다.

베었을 때 위수의 급소도 대략 판명됐다.

단검 두 자루를 든 나는 이번에는 위수한테 덤벼들었다.

"너희의 약점도 공격 방법도 파악했다. ……나머지는 처리하는 것뿐이다."

쓸데없는 움직임을 배제하고 단검으로 위수들을 처리해 나갔다.

머리를 날리고, 급소를 찌르며, 공격이 오면 피한다.

위수가 싫어할 행동을 유념하며 최소한의 기동으로 처리하며

움직였다.

썬더볼트가 위수를 덮어 누르고 단검을 꽂았다.

"나머지 한 마리."

위수를 걷어차다시피 하며 단검을 뽑자, 마지막 위수가 이쪽을 향해 돌격해 왔다.

유사 빔을 연사하며 그 날카로운 발톱으로 썬더볼트를 찢어발기려 하고 있었다.

그에 비해 썬더볼트는 한계가 닥쳐오고 있었다.

기체 각 부분은 무리한 전투 기동을 반복한 탓에 비명을 지르고 있었고, 무엇보다도 단검의 상태도 좋지 않다.

날이 빠지고 금이 가 있었다.

"……스쳐 지나가면서 그대로 해치운다."

유리한 위치를 잡고 공격하기에는 추진제가 부족하다.

덤벼 오는 위수의 공격을 회피하며 단검을 들고 위수가 접근하기를 기다렸다.

유사 빔이 썬더볼트를 스치자 장갑을 녹였다.

썬더볼트의 두꺼운 장갑이 유사 빔 앞에서는 쉽게 녹아내렸다.

그래도 스친 정도로 그쳤기에 위수는 썬더볼트에 최후의 일격을 가하고자 접근해 왔다.

날카로운 발톱을 꽂아 썬더볼트를 덥석 잡자, 두꺼운 장갑은 쉽게 뚫려 위수한테 구속당하고 말았다.

"반드시 마무리를 지으러 올 거라고 생각했다."

그대로 썬더볼트를 쥐어 으스러트리려 하는 위수한테 단검을 휘둘러 두 다리를 절단했다.

다리를 잃은 위수가 몸부림치고 있지만, 왼손에 든 단검은 부러져서 더 이상 쓸 수 없게 됐다.

남은 오른손에 든 단검을 위수의 머리에 찌르고 그대로 비틀자, 남은 단검 하나도 날이 부러지고 말았다.

이걸로 썬더볼트의 무기는 상실되었고 공격 수단은 없어지고 말았다.

그렇지만 마지막 위수도 상처에서 체액을 분출하더니 천천히 추락했다.

"주위에 위수의 존재 확인되지 않음…… 적 섬멸을 확인."

바다에 떨어진 위수를 내려다보며 나는 흐트러진 호흡을 가다듬었다.

깨닫고 보니 제법 체력이 소모된 상태였다.

땀범벅이라 파일럿 슈트가 젖어서 살에 달라붙었다.

콕핏 안에는 경보가 울리고 있었다.

추진제 잔량이 적다는 알림부터 시작해서, 혹사한 양팔의 이상 상태도 심각하다.

머니퓰레이터 관절은 비명을 질렀고, 팔꿈치 등 다양한 부분이 더는 쓸 수 없는 상태가 되어 있었다.

움직이기는 움직이지만, 양팔은 수리하는 것보다도 교환하는 쪽이 빠를 것이다.

"돌아가면 앨리슨 박사님한테 혼날 것 같군."

무장은 내던졌기에 바닷속에 가라앉았다.

회수는 어렵고, 게다가 양팔 이외에도 문제가 발생한 부분이 있다.

무리한 전투 기동을 반복했기에 내부 쪽까지 심각한 상태였다.

움직이는 것만으로 고작인 상태라 자력 귀환은 포기했다.

얌전히 구난 신호를 보내고 바다에 떨어졌을 때의 대처법을 준비했다.

"⋯⋯윽."

마력을 장시간 방출한 탓인지 나는 지금까지 경험한 적 없는 독특한 메스꺼움을 느끼고 있었다.

다만, 그것보다도 기쁨 쪽이 앞서고 있었다.

조종간을 놓고 내 오른손 손바닥을 바라본 뒤, 그대로 주먹을 꽉 쥐었다.

"싸울 수 있다. 나는 아직 싸울 수 있어⋯⋯."

2등급을 상대로 승리를 거둔 사실이 무엇보다도 나한테는 기뻤다.

보병일 적에는 당해낼 수 없었던 상대를, 지금의 나는 쓰러뜨릴 수 있었다.

불현듯 이전 소대의 동료들 얼굴이 떠올랐다.

"⋯⋯다들, 나는⋯⋯."

그때였다.

레이더가 아군 기체의 반응을 포착한 것과 동시에, 모니터에 루이즈의 얼굴이 표시되었다.

『마중하러 왔어, 렌 군.』

미소를 띠고 있던 루이즈였으나, 나는 놀라서 눈을 크게 떴다.

「루이즈?!」

모니터에 표시된 루이즈가 라이플을 들고 나를 겨누고 있었다.

『오르부아르(au revoir), 더러운 유사 위수 자식아.』

루이즈가 장착한 배틀 드레스의 대형 라이플에서 마력이 담긴 빔이 발사되었고, 썬더볼트의 모니터가 빛으로 하얗게 물들었다.

『오르부아르(au revoir), 더러운 유사 위수 자식아.』

루이즈의 입에서 나온 말이라고는 생각되지 않는 대사를 들으며, 나는 풋 페달을 있는 힘껏 밟아 마력 컨버터 스위치를 조작했다.

무장에 흐르고 있던 마력을 끊고 기체 방어에 돌렸다.

썬더볼트의 장갑에 마력이 흘러 역장이 발생함과 동시에 왼쪽 다리의 무릎 관절이 꿰뚫리고 말았다.

「큭?!」

충격과 함께 썬더볼트의 왼쪽 다리는 관절부터 그 아래가 소실되었다.

기체를 가볍게 하고자 왼쪽 다리를 분리하자, 카메라 아이로 포착한 루이즈는 대형 라이플을 내게 겨눈 채였다.

통신 회선도 열린 상태 그대로여서 대화도 계속되는 중이다.

『……그 상태에서 피하는구나. 비정상적인 반응 속도도 위수의 세포를 심어 넣은 덕분이려나? 그게 아니면 강화 병사의 능력?』

항상 부드러운 분위기가 감돌고 있던 루이즈였으나, 내 눈앞에 있는 그녀는 지독히 차가운 눈을 하고 있었다.

루이즈는 말하면서 두 발째를 발사했고 나는 억지로 회피했다.

위수와 싸우고 있었을 때보다도 사격의 정확도가 높다.

루이즈는 실력을 숨기고 있었던 모양이다.

두 발째를 무사히 회피하며 나는 루이즈한테 물었다.

255

「큭…… 역시 뒤에서 움직이고 있던 건 당신이었습니까, 루이즈.」

내 말이 의외였는지 루이즈는 한쪽 눈썹 끝이 움찔거리며 반응했다.

『눈치채고 있었어? 세상 물정에 어두운 것치고는 의외로 예리하네.』

세 발째는 장갑을 스쳤지만, 역장으로 보호받고 있을 터인데도 역장이 뚫려 녹아내리고 있었다.

2등급 위수가 발사하던 유사 빔과 비교하면 속도도 위력도 위일 것이다.

무엇보다 루이즈의 사격은 정확했다.

회피하지 않았다면 콕핏이 꿰뚫렸을 것이다.

루이즈의 살의를 느끼며 나는 이유를 이야기했다.

「우연입니다. 이곳에 오기 전, 당신은 썬더볼트에 아공간 컨테이너가 없다고 단언했습니다. 하지만 저는 썬더볼트에 아공간 컨테이너가 탑재되어 있지 않다고는 말하지 않았습니다.」

지금까지 수상한 부분은 여럿 있었지만, 결정적이었던 건 아공간 컨테이너 건이다.

썬더볼트에 탑재되지 않은 건 사실이나 실험기에 관한 정보는 기밀 취급이다.

그걸 알고 있는 것이 신경 쓰였는데, 설마 공격해 오리라고는 생각지도 않고 있었다.

『하아, 조바심 내서 실패했네. 3등급에 고집하는 걸 보고 짜증을 낸 게 좋지 못했던 걸까? 돌아가면 벨메르(belle-mère)한테 꾸중 듣겠어. 그래도…… 너를 죽인 게 선물이 될 테니까 상쇄되겠지만 말이지!』

연속하여 빔이 날아왔고, 회피했으나 오른팔을 관통당해 잃고 말았다.

「누구의 지시입니까?」

어째서 루이즈가 나를 노리는 것인가? 누구의 지시인가?

조금이라도 정보를 모으려 했으나 루이즈도 내 의도를 알아차린 모양이다.

『조직의 이물이 허물없이 나한테 말 걸지 마.』

지독히 차가운 목소리로 내뱉은 루이즈는 그대로 나한테 품고 있던 감정을 쏟아냈다.

『유사 위수인 너랑 이야기하는 것만으로도 역겨워서 구역질이 나! 프로메테우스 계획의 상세한 내용을 파악하기 위해서 상냥하게 대했지만, 정말로 불쾌해서 견딜 수가 없었다고.』

루이즈의 말이 마음에 비수처럼 꽂혔다.

「어째서 그렇게까지 하는 겁니까.」

『필요가 있었으니까! 세상 물정 모르는 아저씨를 돌보는 역할은 귀찮았지만!』

루이즈의 감정이 격앙됐는지, 공격이 더욱 격렬해졌다.

『내가 왜 너한테 접근했다고 생각해? 그건 네가 조직에 방해되는 존재이기 때문이야.」

「프로메테우스 계획은 조직의 상층부가――.」

『아직 모르겠어? 너의 존재는 사회에 해가 된다고.』

「저는 남성의 전력화를 위해――.」

『너, 아직도 자기가 위험한 존재라는 걸 깨닫지 못한 거야?』

루이즈는 나한테 몹시 어처구니없다는 표정을 짓고 있었다.

내가 거리를 벌리려 하자 루이즈는 대형 라이플을 겨눈 채 거리를 좁혔다.

이동하면서 사격하는데도 조준은 정확했다.

이만한 실력을 지녔으면서 편입이 허용되지 않아 5반에 재적 중인 것이 믿기지 않았다.

『가령 네가 성공한다고 치면, 다음에 뭐가 기다리고 있을지 생각해 봤어?』

루이즈의 물음에 나는 대답하지 못했다.

겨우겨우 회피 행동을 하고 있기 때문이기도 하지만, 그 앞을 생각하는 것이 스스로도 무서웠기 때문이다.

프로메테우스 계획이 성공했을 경우, 기다리고 있는 건――.

『――전력 확보라는 명목으로 성공률이 낮은 수술을 반복하겠지. 그렇게 되면 얼마나 많은 남성이 죽게 될 거라고 생각해? 너라는 기껏해야 한 명의 성공 사례를 재현하는 걸 바라면서 몇천, 몇만의 목숨이 헛되게 사라져 가는 거야.』

「그, 그건――.」

내가 말을 머뭇거리자, 루이즈는 눈을 크게 떴다.

『너는 이 세계에 있으면 안 되는 존재야. 어차피 실패할 테니까 정보를 모으고 끝내려고 생각했는데, 쓸데없이 재능을 보이다니!』

　루이즈의 눈에는 내가 위협으로 보였던 모양이다.

「저한테는 재능 같은 건 없습니다.」

　내가 부정하자 루이즈는 진심으로 기가 막힌다는 표정을 지었다.

『아직도 깨닫지 못해? 만들어지다 만 폐품에 탑승해서 살아남을 뿐만 아니라, 다수의 2등급한테 단독으로 승리한 거야. 이런 정보가 세간에 나돌면 너를 동경해서 꿈을 꾸는 남자들이 모조리 위험한 수술을 받겠지. 얼마나 많은 시체가 쌓일지 짐작도 되지 않아. ──너를 이대로 살려서 돌려보낼 수는 없는 노릇이라고.』

　프로메테우스 계획의 성공이 사회에 반드시 유익한 일이 될 거라는 보장은 없다.

　현재로서는 수술 성공률은 낮고, 또한 성공한다고 하더라도 확실하게 파일럿이 될 수 있을 거라는 보장도 없다.

　나라는 존재가 비극을 낳을 것이다, 라고 루이즈는 나한테 현실을 들이밀었다.

『위수한테 죽었더라면 성가신 일도 적었을 텐데 말이야. 쓸데없이 실력을 나타내니까 너는 나한테 죽게 된 거라고.』

　루이즈가 나를 출격시킨 것도 어쩌면 임무 중에 전사시키는 것이 목적이었을지도 모른다.

상냥했던 루이즈가 전부 거짓이었다는 사실에, 나는 정신적으로 적잖은 충격을 받았다.

그렇지만, 이대로 여기서 끝날 수 없다. 끝나고 싶지 않다.

「그래도 저는 살아서 계획을 성공시키겠습니다. 그것이 제 존재의의입니다.」

루이즈는 내 대답이 마음에 들지 않았는지 격렬한 증오를 느끼는 표정을 보였다.

미간을 잔뜩 찌푸리고. 모니터 너머로 나를 노려봤다.

『괴물 주제에 건방지게 각오를 내보이지 마!』

진심이 되었는지, 루이즈의 배틀 드레스가 대형 서브 암으로 든 빔 포를 내게 겨누었다.

한 줄기로 모여서 발사되는 빔이 아니라, 확산하여 산탄총처럼 넓은 범위를 공격해 왔다.

「이런?!」

회피하지 못하고 썬더볼트가 여러 빔에 맞아 꿰뚫렸고, 비행조차 불가능해져 해수면에 처박히고 말았다.

해수면과 부딪친 충격을 느낀 직후에는 루이즈의 배틀 드레스가 썬더볼트를 짓밟고 대형 라이플을 콕핏에 향하고 있었다.

『좋은 꿈을 꿨지? 위수랑 싸울 수 있었고, 이렇게나 귀여운 나랑 친해질 수 있었던 거야. 어쩌면 사귈 수 있을지도, 하고 기대했어?』

나를 내려다보는 루이즈는 엷은 미소를 띠고 있었다.

확실히 위수와 싸울 수 있었던 건 좋은 꿈을 꿨다.

하지만 후자는 무슨 의미가 있는가?

MC와 헤어 세팅이라면 매우 기뻐했을지도 모르지만, 나로서는 친구라는 관계를 배신당한 쪽이 괴롭다.

학원에서 친구가 생겼다고 생각했는데…….

「아니요, 교제는 생각하고 있지 않았습니다.」

솔직하게 대답하자 루이즈의 한쪽 눈썹 끝이 치켜 올라갔다.

『마지막 순간에 조차 분노하지 않다니, 인형이 따로 없네.』

대형 라이플의 방아쇠를 손가락으로 조이는 루이즈를 보며, 나는 마력 컨버터를 조작하여 가슴 부분에 마력을 주입했다.

역장을 발생시켜 콕핏을 지키려는 의도지만, 루이즈의 공격을 막을 수 있을 거라고는 생각되지 않았다.

콕핏이 빔에 꿰뚫리려 한 순간, 이번에는 주위에 물기둥이 수없이 발생했다.

썬더볼트가 충격으로 발생한 물결에 흔들리자, 루이즈가 황급히 날아올라 주위를 확인했다.

『……시간을 너무 들였나.』

씁쓸하게 말을 쥐어짜 내는 루이즈는 무언가를 올려다보고 있었다.

나도 모니터 영상을 보고 상황이 더욱 절망적으로 변한 것을 확인했다.

「1등급…….」

거대한 위수는 썬더볼트의 두 배는 되는 크기로, 단단해 보이는 외각을 지니고 있었다.

등이 둥글게 굽어 있고, 외각으로 만들어진 등지느러미 가시를 지니고 있었다.

몸의 곳곳에도 날카로운 가시를 지니고 있어서 공격적인 인상을 받았다.

특징적인 건 굵고 억센 양팔과, 긴 꼬리를 가지고 있는 점이리라.

굵은 양팔만 없다면 공룡 같은 겉모습처럼도 보인다.

머리에 있는 눈은 여섯 개…… 1등급으로 분류되는 '바오거'라 불리는 종류다.

외각 틈새에는 눈알 같은 녹색의 발광체가 있는데, 그것이 뒤룩뒤룩 움직이더니 유사 빔 발사 태세에 들어갔다.

『위험해?!』

루이즈는 나를 상대하고 있을 여유가 없어져 썬더볼트로부터 거리를 벌리고 회피 행동에 들어갔다.

내 쪽은 움직이지 않는 기체 안에서 위수의 강한 반응을 알리는 경고음을 듣고 있었다.

"역장의 세기가 2등급과는 너무나도 다르다."

마력량을 계측했는데, 단순히 표면을 뒤덮고 있는 역장의 세기만으로도 2등급과는 차원이 다른 수치였다.

전장에서 1등급을 보고 살아남은 병사는 적다.

나처럼 운 좋게 살아남은 경우가 대부분이다.

보병 입장에서는 마주치면 죽음을 의미하는 사신과 같았다.

하지만 그건 루이즈한테도 마찬가지인 모양이다.

훈련기인 배틀 드레스로 상대하기는 어려운 것이리라.

열린 채인 통신 회선에서 루이즈의 곤혹스러워하는 목소리가 들려왔다.

바오거의 몸 곳곳에 있는 녹색 발광체에서 유사 빔을 발사하자 2등급과는 속도도 밀도도 다른 고위력 에너지가 내뿜어졌다.

유사 빔이 방향을 완만히 변화시키며 루이즈를 뒤쫓아 갔다.

『훈련기로 1등급을 어떻게 상대해!』

유도 성능은 높지 않아 보이지만, 그래도 고출력 유사 빔이 쫓아오는 건 공포이리라.

루이즈는 회피하면서 서브 암의 빔 포를 발사하여 공격했지만, 바오거의 역장을 뚫을 수 없었다.

『터무니없는 방어력이네. 난 단단한 애들이 싫어.』

바오거의 특징은 그 단단함에 있다.

역장의 세기는 물론이지만, 본체의 외피도 상당한 경도를 지니고 있었다.

또한 바오거 자체가 파워 타입이다.

그 커다란 양팔을 휘두르는 것만으로도 대부분의 물체는 분쇄된다.

시가지에서 바오거가 날뛰는 영상을 훈련 시설에서 봤는데, 건물이 쉽게 무너지며 날아가고 있었다.

저항하는 전차를 그 손으로 잡아 간단히 으스러뜨리고 있었다.

바오거 앞에서는 전차조차 장난감 취급이었다.

눈앞의 광경을 보며 나는 이곳에서 살아남을 방법을 모색했다.

다행히 바오거는 루이즈를 노리고 있어서, 내 쪽에는 의식이 향하고 있지 않았다.

콕핏 안에서, 이곳에서 생환할 방법을 찾으려 했다.

"기체를 버리고 탈출…… 안 된다. 주위에는 3등급의 모습도 있다. 기체에서 나가면 녀석들의 먹잇감이야."

이대로 콕핏에 있어도 머잖아 바오거가 눈치챌 것이다.

어떻게 할지 궁리하고 있자, 레이더에 아군 반응이 포착되었다.

이쪽으로 급접근했기에, 오는 방향으로 카메라 아이를 향했다.

"위인가?"

상공에서 접근해 오는 것은 하얀색과 빨간색으로 컬러링된 발키리 드레스를 장착한 발키리였다.

루이즈가 장착한 것보다도 배 이상 크고, 디자인성도 달랐다.

서브 암으로 총화기를 들고 있는 것 같았지만, 속도를 올려 가까이 다가올 뿐 사용할 낌새가 전혀 없었다.

"격돌할 셈인가?!"

어디의 누군지 모른 채 외치자, 상대와의 사이에 통신 회선이 열렸다.

『잠자코 보고 있도록 해.』

갑자기 나타난 아군기는 그대로 바오거에 돌격했다.

서브 암이 아니라 자신의 양팔에 사다리꼴 형태를 한 작은 방패 같은 무언가를 쥐고 있었다.

바오거는 새롭게 출현한 아군기 쪽에 강한 반응을 나타내더니, 루이즈를 무시하고 몸을 돌려 포효하는 듯한 움직임을 보였다.

입 같은 건 없는데도 주위에 포효가 울려 퍼졌고, 루이즈를 노렸을 때보다도 수가 많은 유사 빔이 발사되어 아군기를 덮쳤다.

바오거는 마치 출현한 아군기를 본능적으로 두려워하고 있는 것처럼 보였고, 과잉 공격을 펼치며 유사 빔을 발사했다.

아군기는 그런 유사 빔을 회피하며 속도를 떨어뜨리지 않고 바오거한테 접근해 손에 쥔 무기를 들었다.

작은 방패 같은 것에서 빛의 칼날이 출현하더니, 바오거와 스쳐 지나가면서 그대로 그걸 휘둘렀다.

빛의 칼날이 연장되어 부채꼴 모양으로 펼쳐진 것처럼 보였다 싶더니만, 아군기는 바오거를 지나쳐 수백 미터 앞에서 뒤돌아 서서히 속도를 낮췄다.

『히어로 등장, 이란 거지.』

바오거 쪽은 움직임을 멈췄지만, 그 딱딱한 외피를 두른 몸에선 이 생겨났다.

체액이 흘러나오고, 거기서부터 바오거의 머리나 상반신 등이 미끄러져 떨어지는 것처럼 낙하했다.

"단 두 번 휘둘러서 1등급을……."

눈앞의 광경이 믿기지 않았다.

눈이 휘둥그레진 나한테 아군기가 접근해 와서 말을 걸었다.

『위험했네. 그리고 이번 일은 나한테 빚진 걸로 쳐줄 테니까, 나중에 갚아.』

모니터에 비친 인물은 아는 사람이었다.

「……하야세 중위님.」

『기체는 너덜너덜하지만 무사한 모양이군. 자, 돌아가자.』

하야세 마야── 부츠 캣의 에이스인 그녀가 우리를 구하러 와 주었다.

멍하게 있자, 루이즈가 하야세 중위 옆으로 접근했다.

『하야세 양, 정말로 고마워~. 이제 죽는 건가 싶었다구~.』

루이즈는 이미 평소의 꾸며낸 얼굴로 돌아와 있어서, 조금 전까지와는 딴사람으로 변해 있었다.

루이즈가 호감을 주는 미소를 향하자, 하야세 중위는 그런 루이즈한테 서브 암으로 든 대구경 샷건을 향했다.

총구를 향하고, 언제든지 발포할 수 있도록 샷셸까지 장전을 마쳐 둔 상태다.

나머지는 방아쇠를 당길 뿐인 상태로 있는 건 루이즈를 경계하고 있다는 증거일 것이다.

『그 이상 가까이 오면 쏘겠어.』

나하고 나눈 대화와는 다르게, 하야세 중위는 차갑게 내뱉었다.

루이즈도 상당히 초조해한 모양이라, 시선이 이리저리 헤매고 있었다.

『어? 뭐야? 나, 화나게 할 만한 짓을 했나?』

『——언제까지 딴사람인 척 행세하고 있을 거야? 이 녀석의 기체를 쏜 거, 너잖아?』

하야세 중위가 시선을 향한 곳은 루이즈한테 관통당한 썬더볼트의 오른팔이었다.

루이즈는 필사적으로 변명하기 시작했다.

『아, 아니야! 그건 위수들이 한 짓이야.』

내 입장에서는 뻔뻔한 변명으로밖에 들리지 않았다.

「하야세 중위님, 저는——.」

내가 상황을 설명하려 하자 하야세 중위는 블레이드 같은 무기를 허리 뒤로 가져가 장착한 뒤 나한테 조용히 하라고 말하는 것처럼 손바닥을 향했다.

얼굴은 루이즈한테 향하고 있어서 시선을 떼려고 하지 않았다.

『대강 알고 있으니까 아무 말도 안 해도 돼. 그리고 루이즈—— 너, 이제 적당히 내숭 떠는 거 그만둬. 중등부 때부터 너의 본성을 숨긴 그 간살부리는 목소리가 거슬렸단 말이지.』

너무한 말투였지만, 루이즈의 본성을 알고 난 이후는 묘하게 납득이 갔다.

루이즈도 숨기기를 포기했는지 하야세 중위 앞에서 본성을 드러냈다.

『쓸데 없이 감이 좋단 말이지.』

엷은 미소를 띤 루이즈한테 하야세 중위는 표정을 바꾸지 않고 말했다.

『표정 마음에 드네. 그쪽이 훨씬 더 잘 어울려.』

『……고마워, 하야세 양. 그러면 이제 그 녀석을 양보해 주지 않을래?』

루이즈가 나를 손가락으로 가리키자 하야세 중위가 대구경 샷건을 발포했고, 루이즈가 장착한 배틀 드레스의 왼쪽 서브 암을 날려버렸다.

『움직이지 말라고 했잖아. 내 질문에 대답이나 해.』

루이즈가 말이 없어지자 하야세 중위가 질문을 시작했다.

『너치고는 꽤 단락(短絡)한 행동이었네. 작전 중에 표적을 암살할 생각이었어? 너무 계획이 허술하지 않아? 그만큼 철저하게 내숭을 떨어놓고 이런 타이밍에 움직이는 꼴이라니.』

확실히 루이즈의 행동은 지나치게 단락했다.

줄곧 본성을 숨기고 주위와 어울려 온 것치고는 위화감을 씻어낼 수 없었다.

더 면밀하게 준비했어도 이상하지 않은데, 그 타이밍에 공격해온 의도는 무엇이었나?

루이즈는 하야세 중위한테 담담히 말하기 시작했다.

『……하야세 양도 알고 있잖아? 그 녀석을 살려 뒀다가, 만에 하나라도 계획이 성공하면 그 후에는 지옥도가 펼쳐질 거야. 남성의 전력화는 건 말처럼 쉬운 일이 아니야.』

하야세 중위는 루이즈의 이야기를 들을 생각이 있는지, 잠자코 있었다.

루이즈는 허가를 얻었다고 생각하여 내 때와 마찬가지로 프로메테우스 계획의 문제점을 지적했다.

『카세 학원장은 반쯤 재미로 받아들인 모양이지만, 이 녀석들의 계획이 성공하면 손해를 보는 게 누구라고 생각해? 선택지도 없는 남성들이 전력화를 이유로 위험한 수술을 받게 되는 거야. 그게 좋은 일일까? 차라리 여기서 실험체를 죽여서 계획을 저지하는 편이 사회를 위한 일이 아니겠어?』

프로메테우스 계획이 성공하면 분명 조직은 팔다리를 잃은 병사에서 지원자를 모집하여 파일럿을 마련할 것이다.

수술 성공률이 오르는 획기적인 방법이 발견되면 좋겠지만, 지금 이대로는 나와 같거나 조금 나은 정도의 수술이 기다리고 있을 터다.

분명 많은 희생자를 내고 말리라.

루이즈의 말을 들은 하야세 중위는…… 코웃음을 쳤다.

『거창한 이유를 치고는 네 말은 얄팍하단 말이지. 그냥 솔직하게 말해. 남자가 힘을 얻으면 권력을 빼앗길 것 같아서 무섭다고.』

하야세 중위의 말은 정곡을 찔렀는지 루이즈의 표정이 일변했다.

『아무것도 모르는 두더지의 학생이 우쭐거리고서는!』

루이즈가 무기를 들려고 하자 하야세 중위는 한순간에 거리를 좁혀, 조금 전에 사용했던 블레이드로 대형 라이플을 절단했다.

루이즈의 남은 서브 암은 하야세 중위의 왼팔 서브 암이 개틀 링건으로 파괴하여 못 쓰게 만들었다.

내가 고전했던 루이즈를 하야세 중위는 한순간에 무력화해버 렸다.

공격 수단을 잃었다고 생각된 루이즈였으나, 재빠르게 허리 뒤 에서 숨기고 있던 블레이드를 뽑았다.

서로의 블레이드가 부딪치자 두 사람이 재차 대화를 시작했다.

하야세 중위는 두더지라는 말로 루이즈의 소속을 다고 추측한 모양이었다.

『두더지라. 너 다른 학원의 스파이지? 오래도 버텼네.』

『틀어박혀 있는 제3학원이 인제 와서 중앙의 정쟁에 말참견하 지 말라고!』

『불만이 있으면 학원장한테 말해.』

두 사람의 블레이드가 불꽃을 튀기며 격렬함을 더해 갔다.

하지만 나한테는 하야세 중위가 봐주고 있는 것처럼 보였다.

루이즈도 그걸 느끼고 있는지, 분하게 생각하는 모양이다.

『애초에 저 녀석이 어떻게 되든 너랑은 상관없잖아!』

하야세 중위한테 나를 지킬 이유 따위 없다.

그런데도 그녀는── 얼굴 한가득 미소를 띠고 있었다.

『──필사적으로 살아서 발버둥 치면서, 겨우 기회를 붙잡은 인 간을 싫어할 수 없단 말이지. 오히려 본성을 숨기고 접근해서 속이 고 있는 너한테 화가 나서 말이야── 무심코 방해하고 말았네?』

네가 마음에 안 드니까 방해했다—— 그런 말을 듣고 루이즈의 얼굴은 분노로 일그러졌다.

『이 자식이!! 그 녀석이 살아있는 것만으로도 민폐라고!』

루이즈가 날카로운 일격을 휘둘렀지만, 하야세 중위는 간단히 튕겨내서 루이즈의 양팔이 들리게 했다.

그리고 텅 비어 버린 루이즈의 복부를 발로 걷어찼다.

『커헉……!』

하야세 중위는 발차기에 맞고 날아가서 바다에 떨어진 루이즈를 내려다보며 말했다.

『네 사상 따윈 알 바 아니야.』

일어날 수 없는 듯한 루이즈는 하야세 중위를 올려다보며 받아쳤다.

『훈련기가 아니었다면 이기는 건 나였어..』

자기는 진 게 아니라고 말하는 루이즈한테 하야세 중위는 미소를 띠었다.

『내숭이나 떨던 녀석이, 입만 살았네.』

두 사람의 승부는 싱겁게 끝나고 말았다.

그러자 우리가 있는 쪽에 검은색으로 도장된 발키리들이 나타났다.

우리를 둘러싸고 무기를 겨누는 그녀들의 배틀 드레스에는 'SVAT'라는 하얀 글자가 적혀 있었다.

「그녀들은?」

내 물음에 답한 건 하야세 중위였다.

『사바트. 이런 문제를 취급하는 전문 부대야.』

검은색으로 도장된 발키리들은 무기를 겨누고 루이즈한테 다가가더니 그대로 구속하기 시작했다.

『루이즈 뒤랑 준위, 우리와 같이 와주실까.』

얌전히 구속당한 루이즈는 떠올라서 얌전히 사바트 부대원들을 따라갔다.

그때, 내 쪽을 한 번 뒤돌아봤다.

『아～아, 결국 죽이지 못했어. 누가 방해한 탓에.』

걸꾸리지 않게 된 루이즈는 미소를 띤 채 사바트한테 끌려갔다.

사바트 대원들이 이번에는 우리를 에워쌌다.

『사정을 듣겠으니 두 분도 동행을 부탁합니다.』

「……알겠습니다.」

받아들인 나와는 반대로 하야세 중위는 불만스러운 듯이 말했다.

『내가 부른 건데 날 취조하겠다니, 이상하지 않아?』

불손한 태도를 보이는 하야세 중위한테 주위의 사바트 대원들은 곤혹스러워하면서도 우리를 연행했다.

학원에 돌아온 프로메테우스 계획 개발팀은 파손되어 매달린 상태인 썬더볼트를 앞에 두고 다양한 반응을 보이고 있었다.

호의적인 작업원들은 '용케 돌아왔군'이라며 감탄했다.

스미스 박사는 흥분이 가라앉지 않는 모양이다.

"이야~, 엔비는 귀중한 데이터를 가지고 돌아왔어. 실험기는 너덜너덜해지기는 했어도 상층부에 예산을 신청해서 수리하면 그만이지."

망가진 실험기보다도 이번에 입수한 데이터가 귀중하다는 생각이다.

하지만 부정적인 의견도 있다.

작업원 중에는 '수리가 큰일이겠군' '무기 잃어버린 건 어쩔 도리도 없다고!' '한동안 밤샘이 계속되겠어'라며 침울해지는 사람도 있다.

앨리슨도 부정적인 입장이었다.

"확실히 귀중한 데이터지만, 방어를 버리고 공격에 특화한다는 건 말도 안 돼요. 일격이라도 맞았다면 격추당했을 거라고요!"

렌의 행동이 믿기지 않는다는 듯한 태도였다.

하지만 스미스 박사는 달랐다.

"엔비 입장에서는 일격을 맞으면 끝이라는 건 보병 시절과 마찬가지였던 거겠지. 그건 그렇다고 해도 과감한 시도였지만. 무기가 효과를 내지 못하니 방어에 배분할 마력을 끊어서 무기로 돌려 버리다니. 이야~, 재미있는 파일럿을 손에 넣어서 무엇보다 다행이야."

스미스 박사는 의도치 않게 실전 데이터가 입수된 것에 만족하여 기뻐하는 기색이었고, 앨리슨이 아무리 주의를 줘도 들으려 하지 않았다.

"이런 식의 전투를 계속하다가는 그는 언젠가 죽을 거예요."

중요한 파일럿을 잃게 될 거다, 라는 앨리슨의 말에 스미스 박사는 의아하다는 듯이 고개를 갸웃했다.

"새 파일럿을 구하면 되는 거 아닌가?"

"당신이라는 사람은 정말로…… 아뇨, 아무것도 아닙니다."

스미스 박사의 문제는 이전부터 알고 있었던 일이다.

앨리슨은 지적하는 것을 그만두고 건설적인 이야기를 하기로 했다.

"실험기를 수리하기 위해 예산을 신청하겠습니다만, 상층부에서 잔소리를 듣는 건 각오하세요."

"이번 데이터를 제공하면 기꺼이 내줄걸. 그건 그렇고, 엔비는 어디지? 그한테서는 전투 중의 이야기를 듣고 싶은데?"

앨리슨은 작게 한숨을 내쉬고 나서 스미스 박사한테 세 번째가 되는 설명을 했다.

"취조를 받고 있다고 몇 번이나 말씀드렸잖아요?"

"뭐? 아직 안 끝났어? 여학생이 계획을 저지하려다가 실패한 것뿐이잖아."

루이즈 건을 경시하는 스미스 박사한테 앨리슨은 완전히 기가 막히고 말았다.

"학원 내에 우리의 계획을 저지하려던 공작원이 있었던 거라고 요. 좀 더 경계하는 게 어떤가요?"

스미스 박사는 어깨를 으쓱이고는 앨리슨의 말에 따랐다.

"아, 그런가. 앞으로는 경계도 필요해. 뭔가 대책을 생각해야겠 는걸."

◇

취조에서 풀려나자 이미 심야가 지나 있었다.

학원 안은 어둡고 쥐 죽은 듯 조용했다.

앨리슨 박사한테는 풀려났다고 연락했는데, 오늘은 숙소로 돌아가도 좋다는 말을 들어 귀가하는 중이다.

숙소로 돌아가는 도중, 나보다 먼저 풀려난 하야세 중위가 벤치에 앉아 기다리고 있었다.

"고생했어."

"하야세 중위님, 목숨을 구해 주셔서 정말로——."

경례하는 나를 보고 질렸다는 얼굴로 한숨을 내쉰 하야세 중위가 그만두라고 손으로 제지했다.

"딱딱한 건 피곤하니까 됐어. 그것보다도 무사히 돌아왔으니까 축하를 하자."

"축하, 말입니까?"

그대로의 의미로 받아들이면 되는 것이겠지만, 무사히 돌아온 축하라고 말해도 무엇을 하면 좋은 건지 알 수 없다.

보병 때는 돌아오면 소대 동료들은 술을 마시거나 하고 있었지만, 하야세 중위는 미성년이다.

우리처럼 술을 마시고 알몸으로 떠드는 짓 따위 하지 않을 터다.

하지 않……겠지?

어딘가 행동거지가 거친 면이 있는 하야세 중위니까 절대로 그런 일이 없을 거라고는 단언할 수 없는 것 아닐까?

나는 약간 불안해지기 시작했다.

곤혹스러워하는 나를 보고 감질났는지, 하야세 중위는 내 오른손 손목을 붙잡고 억지로 걷기 시작했다.

"됐으니까 따라와. 우리 방식을 가르쳐 줄 테니까."

"학원의 방식 말입니까…… 알겠습니다."

학원 전체인지, 아니면 대대 내에서만의 방식인지는 모르겠지만, 그녀들 발키리의 방식에 이 자리는 따라야 하리라.

지역에 가면 그 지역의 풍속을 따르라, 다.

게다가 발키리의 방식에도 개인적으로도 흥미가 있고, 무엇보다도 하야세 중위는 내 목숨을 구해 주었다.

권유를 거절할 수는 없는 노릇이다.

"뒤따르겠습니다, 하야세 중위님."

◇

찾아온 곳은 레스토랑이었다.

심야를 넘어도 영업하는 건 놀라웠는데, 내 심정을 눈치챈 하야세 중위가 메뉴판을 보며 설명해 주었다.

"여기 점장이 센스 있는 사람이라서 말이야. 출격이 있었던 날은 밤늦게까지 영업해 줘."

무사히 돌아온 발키리들한테 요리를 대접하기 위해 손님이 없어도 가게를 연다고 한다.

"그런 것이었습니까."

밤중에 레스토랑이 영업하고 있는 이유를 알게 되어 납득하자 하야세 중위가 기세 좋게 메뉴판을 덮었다.

"좋아, 정했어!"

한 번 고개를 끄덕인 하야세 중위는 테이블에 있는 태블릿으로 메뉴를 골랐다.

식사에 권유받은 것이라고 생각했는데, 어째서인지 디저트 항목을 선택하고 있었다.

"하야세 중위님, 식사가 아니었던 겁니까?"

내가 묻자 하야세 중위는 메뉴 화면을 보며 대답해 주었다.

"우리는 무사히 돌아오면 단 걸 먹어. 아니면 배가 고파? 그러면 다른 걸 주문해도 괜찮아."

"아뇨, 취조 중에 휴대식을 먹었기에 괜찮습니다. 학원의 방식이라면 함께하도록 하겠습니다."

하야세 중위가 내 대답을 듣고 고개를 향했는데, 제법 반응하기 곤란해하고 있는 듯했다.

"휴대식? 그 맛없는 영양식 말이지? 취조 중에 식사는 뭐가 좋은지 너한테 물어봤을 텐데? 혹시, 남자라서 너한테는 아무것도 물어보지 않은 거야?"

하야세 중위는 취조받는 중에 내가 남성이니까 경시하는 취급을 받은 것 아닌가? 하고 걱정해 주고 있는 모양이다.

물론, 그러한 일은 없었다.

"저한테도 무엇이 좋은지 물어봐 주었습니다. 그래서 초콜릿 맛 휴대식을 희망했습니다."

하야세 중위가 사바트 대원들과 마찬가지로 조금 질색한 표정을 지었다.

초콜릿 맛 휴대식은 좋지 못한 것일까? 보병이었을 때는 쟁탈전으로까지 발전한 매혹적인 음식이었는데…….

하야세 중위가 나한테 확인했다.

"초콜릿을 좋아해?"

"예. 초콜릿 맛 휴대식은 희소하니까 말입니다."

"그래. 그러면 네 건 초콜릿 맛으로 할게."

"예?"

하야세 중위가 재빠르게 주문을 끝마치자 주방에 오더가 전달

된 듯하다.

그리고 기다리는 동안 나는 하야세 중위한테 질문했다.

"하야세 중위님, 질문을 드려도 괜찮겠습니까?"

"뭔데?"

"어째서 저를…… 구해 주신 겁니까?"

"1등급이 나와서 처리하는 김에야. 하는 김에."

하야세 중위는 나한테서 시선을 돌리고—— 거짓말을 했다.

몇 번이나 이야기를 나누었지만, 그녀는 무슨 이유에서인지 나한테 거짓말을 한다.

"아뇨, 작전 중뿐만이 아닙니다. 당신은 꽤 전부터 제 주위에서 움직이고 계셨습니다. 혹시, 루이즈로부터 저를 지켜 주고 계셨던 것 아닙니까?"

지금 와서 생각하면 하야세 중위와의 조우율이 너무 높았다.

내가 학원 안에서 목격한 로브를 걸친 에이스는 하야세 중위 단한 사람이다.

로브를 착용한 다른 에이스와는 마주치지도 않았다.

그런 상황에서 하야세 중위하고만 몇 번이나 조우하는 게 일반 적일까?

내 의문에 하야세 중위는 고개를 돌리고 침묵을 관철했다.

"지금 와서 생각하면 심야의 실내 수영장에서 마주친 것도 저를 위해서였던 것 아닌가, 하고 생각하고 있습니다. 일부러 저를 기다리고 있는 듯한 행동도 있었고, 무엇보다도 당신의 조언은 적확했습니다. 제가 무엇으로 고민하고 있는지도 알고 계셨던 것 아닙니까?"

오늘 있었던 일로부터 생각하면 루이즈가 나한테 자기계발서를 건넨 것은 나를 교란하기 위해서였을 것이다.

루이즈의 의도를 눈치챈 하야세 중위는 실패가 계속되고 있는 나한테 조언을 주기 위해 일부러 수영장까지 찾아온 것이리라.

나는 내 오른손을 봤다.

"결정타는 제 오른손입니다. 루이즈는 제 오른손을 절대로 만지지 않았습니다. 하지만 하야세 중위님은 개의치 않고 잡아 주었습니다. 저를 두려워하지 않는 하야세 중위님의 힘찬 손의 감촉은 지금도 기억합니다."

내 앞에서 겉꾸리고 있던 루이즈였으나, 위수의 세포에서 만들어진 오른손을 피하고 있었다.

하야세 중위가 알아차리고 있었는지 어떤지는 불명이지만, 내가 어떤 수술을 받았는지는 소문도 퍼져 있었으니 알고 있었을 것이다.

그리고 나는 그런 사람을 의심하여 지독한 태도를 취하고 있었다.

루이즈에 의해 하야세 중위를 의심하도록 유도당하고 있었지만, 그건 변명이 되지 않는다.

"당신을 의심했던 제가 부끄럽습니다. 하야세 중위님은 전투 중에도 저를 신경 써 주고 계셨던 거겠죠."

하야세 중위가 고개를 숙이며 손을 뻗었다.

"괜찮으니까…… 이제, 괜찮으니까……."

"아뇨, 괜찮지 않습니다! 저를 구하러 오셨을 때, 당신은 이쪽 사정을 전부 파악하고 계셨습니다. 전투 중에도 저희를 신경 써서 대화를 듣고 계셨던 것 아닙니까? 덕분에 저는 목숨을 건졌습니다. 하야세 중위님, 정말로 감사했습니다!"

마지막에는 자리에서 일어나 깊이 머리를 숙였는데, 하야세 중위한테는 마음에 들지 않았던 듯하다.

그녀도 일어서서 나한테 항의했다.

"알고 있어도 말하지 말라고! 게다가 전부 눈치채고 있었다니, 내가 부끄러워지잖아! 모를 거라고 생각했는데!"

고개를 든 나는 하야세 중위가 부끄러워하는 의미를 이해할 수 없었다.

"어째서입니까? 하야세 중위님의 행동은 저한테는 아까울 정도로 헌신적이었습니다. 이만큼 신경 써주고 계셨는데, 하야세 중위님을 의심하고 있었던 저는 어리석은 인간입니다. 원래라면 버림받고 욕을 먹어도 이상하지 않습니다."

하야세 중위가 나를 가리키며 손을 위아래로 휘둘렀다.

"내가 멋대로 한 일이니까! 신경 안 써도 되니까!"

"아뇨, 그렇다면 더더욱 하야세 중위님의 후의를 헛되게 한 자신을 용서할 수 없습니다."

"잊으라고! 아니, 잊어 줘! 둔감해 보이는 주제에 어째서 그런

점만 예리한 거야! 눈치채고 있어도 가슴속에 넣어 두란 말이야
아…….”

점점 하야세 중위의 말에 힘이 없어져 갔다.

힘이 다한 하야세 중위가 테이블에 엎드리다시피 하며 앉자 주
문했던 요리가 왔다.

점장이 직접 가져다준 것은——.

“주문하신 점보 파르페, 딸기 맛과 초콜릿 맛입니다. 자, 형씨
도 앉아.”

“예, 예에.”

하야세 중위를 신경 쓰며 자리에 앉자 점장은 내 앞에 점보 파
르페 초콜릿 맛을 내려놓고 돌아갔다.

파르페…… 기억 속에 있지만, 어떤 맛이었는지 잊어버렸다.

나한테서 고개를 돌리고 팔짱을 낀 하야세 중위는 부끄러워하
고 있는 듯했다.

“……먹어도 돼. 이거, 내가 사는 거니까.”

“아뇨, 그럴 수는.”

“상관 명령.”

“…….”

원망스러워하는 듯한 시선을 내게 향한 하야세 중위는 깊은 한
숨을 내쉬고 나서 파르페를 먹는 이유를 이야기하기 시작했다.

“무사히 돌아오면 단 걸 배부르게 먹는다…… 그게 우리의 규
칙이야. 뭐, 대대별로 차이도 있지만. 그때는 계급이 위인 애가

아래인 애한테 사는 게 룰이야."

"그, 그런 것이었습니까. 하지만 나이는 제가 더 위입니다만?"

"나는 중위고 너는 준위잖아? 아, 돈은 신경 안 써도 돼. 급료도 있고, 토벌 보수라고 해야 하나? 수당도 들어오니까."

발키리의 급료 사정을 자세히 알지는 못하지만, 그렇지 않더라도 그녀들은 높은 급료를 받고 있다고 누구나 생각할 것이다.

실제로 그녀들과 함께 학원에서 생활해 오면서 씀씀이가 크다는 걸 느끼고 있었다.

"그, 그러면 잘 먹도록 하겠습니다."

나는 수북하게 담긴 초콜릿 크림을 숟가락으로 떠서 그대로 입으로 옮겼다.

입에 넣자 달콤함이 퍼졌고, 곧바로 녹아서 없어졌다.

다시 숟가락으로 건져 입으로 옮겼다.

하야세 중위는 딸기 맛 크림을 숟가락으로 건지며 이야기를 계속했다.

"신경 쓰지 말고 먹어도 돼. 원래는 대대원 모두와 같이 먹지만, 나는 취조로 늦었으니까. ……말해 두겠지만, 너를 기다리고 있었던 게 아니야. 우연히, 어쩌다, 네가 나온 걸 봐서…… 어어?!"

파르페를 먹는 데 열중한 나를 보고 하야세 중위가 놀란 얼굴을 했다.

식사에 너무 집중했다며 반성하여 고개를 들자, 나는 무언가가 내 뺨을 타고 흐르는 것을 느끼고 손으로 만졌다.

손가락에 닿은 건 액체였다.

"왜 우는 거야."

하야세 중위한테 지적받아, 나는 그제야 겨우 자신이 울고 있는 것이라고 자각했다.

"모르겠습니다…… 그저, 맛있어서."

"맛있어서 울어?! 너, 지금까지 뭘 먹었…… 아~, 말하지 않아도 괜찮아. 영양 중시 휴대식을 맛있다고 말할 정도니까, 제대로 된 걸 먹지 않았겠지."

하야세 중위는 내가 대답하기 전에 스스로 납득했다.

확실히 보병 시절엔 전장에서는 휴대식만 먹었지만, 기지로 돌아오면 평범한 식사도 했었다.

그곳도 영양 중시라 맛은 그다음 문제였던 듯, 소대 동료들한테서는 평이 좋지 않았던 걸 떠올렸다.

거기서부터 끝없이 동료들의 기억이 되살아났다.

모두한테도 먹게 해주고 싶었다, 라고.

아아, 그런가…… 나는…… 또, 모두와 함께 지내고 싶었던 것이다.

"동료를 떠올렸습니다."

"응?"

"이곳에 오기 전의 이야기입니다. 저는 보병이었습니다. 평소 소대 동료와 행동을 함께하고 있었습니다만, 마음 편한 소대였습니다."

내가 이야기하기 시작했고, 하야세 중위는 그걸 들어주는 모양이다.

"사이가 좋았던 모양이네."

"잘 모르겠습니다. 단지, 같이 있는 게 고통은 아니었습니다."

병사가 되어 지상에서 위수들과 싸우고 살아남으면 여러 소대를 전전하게 된다.

개중에는 있기 불편한 소대도 있었고, 성가시게 생각될 때도 있었다.

내 출신을 꼬투리 잡아 시비를 거는 녀석도 많았고, 그중에는 상관도 있어서 무시하기도 어려운 상황도 있었다.

다만…… 마지막 소대는 달랐다.

"소대장님은 트레이닝을 좋아해서 저도 자주 같이 트레이닝하자는 말을 들었습니다. 지금 와서 생각하면 소대에 익숙해지지 못하는 저한테 신경을 써주셨던 겁니다."

"좋은 대장이네. 그래서, 네가 특히 사이가 좋았던 사람은 있어?"

"사이가 좋은지 어떤지는 모르겠습니다만, 샤이 보이와는 같이 지내는 일이 많았습니다."

"……샤이 보이?"

하야세 중위가 고개를 갸웃하며 의아해했기에 나는 보병의 콜 사인에 관해 설명했다.

"그의 콜 사인입니다. 소대 내에서는 콜 사인으로 서로를 부르고 있었습니다. 참고로 소대장님은 프로틴입니다."

우리의 콜 사인을 듣고 하야세 중위는 미묘한 표정을 지었다.

"도, 독특한 콜 사인이네."

"예. 트레이닝을 좋아해서 프로틴을 가지고 다니셨습니다. 샤이 보이의 경우는 낯을 가려서 처음 만나는 사람과 대화할 수 없는 게 이유입니다. 저도 그다지 말수가 많은 편은 아니기에, 샤이 보이와 같이 있는 경우가 많았습니다."

서로 말수가 적고, 이단 침대를 사용할 때는 왠지 모르게 같은 침대를 골랐었다.

다른 동료들은 시끄럽기에 샤이 보이도 조용한 나를 선택한 것이리라.

"평소에 같이 있는 게 괴롭지는 않았습니다만, 샤이 보이는 민트 맛 휴대식을 아주 좋아하는 게 곤란한 점이었습니다."

"민트 맛? 서로 먹으려고 빼앗는 거야?"

"아니요. 전투 전에 휴대식을 나눠줄 때 민트 맛이 있으면 전원이 샤이 보이한테 떠넘길 정도로 맛없었습니다. 취향의 문제도 있습니다만, 태반의 동료가 꽝으로 취급했었습니다."

"그럼 딱히 문제없잖아."

"문제는 여기서부터입니다. 샤이 보이는 전장에서 감사를 표할 때는 민트 맛 휴대식을 내밉니다. 본인한테는 맛있는 음식이기에 고마움을 표현하려는 생각인 것이겠지만, 저는 특히 싫어하는 맛이었기에 받아도 골칫거리였습니다."

소대가 괴멸했던 날도 샤이 보이가 나한테 민트 맛 휴대식을 건

넸었다.

본인의 마음은 기뻤지만, 나는 민트 맛을 특히 싫어해서 곤란했었다.

깨닫고 보니 나는 하야세 중위에게 소대 동료에 대해 열심히 이야기하고 있었다.

자연히 미소가 새어 나온 것에 스스로도 놀랐다.

"MC와 헤어 세팅은 자주 같이 있었습니다. 여성의 화제로 이야기를 나누며 들떠 있었지요. 갬블러와 루저는 밤이 되면 다른 소대와 도박을 합니다만, 언제나 루저가 져서 저희한테 돈을 빌리러 오는 것까지가 정해진 흐름입니다. 코믹은 혼자서 자주 만화를 그리고 있었네요. 병역이 끝나면 만화가가 되겠다고 말했었습니다."

그리운 동료들의 추억이 되살아나 눈앞의 파르페에 시선을 고정했다.

"코믹은 만화를 그리면 저와 샤이 보이한테 보여주고 감상을 요청했습니다. 저는 잘 알 수 없었습니다만, 그가 그렸던 만화의 다음 내용은 지금도 신경 쓰입니다. 이제부터 달아오르는 장면이라고 말했었습니다……."

이제 두 번 다시 그의 만화를 볼 수 없다고 생각하니 가슴이 옥죄여 드는 기분이었다.

당시에는 딱히 신경도 쓰지 않았지만, 지금은 쓸쓸해서 견딜수가 없다.

"……마음 착한 동료들이었습니다. 그런 그들한테도 이 파르페를 먹게 해주고 싶었습니다."

하야세 중위는 내 말투로부터 헤아려 주었는지, 소대가 어떻게 되었는지 묻지 않았다.

"그래. 너한테는 소중한 동료들이었던 거네."

"예…… 소중한…… 크흑."

눈물이 넘쳐흘렀다.

하야세 중위 앞에서 한심하다고 생각하면서도, 고개를 숙이고 울고 말았다.

테이블에 눈물이 뚝뚝 흘러 떨어졌고, 숟가락을 쥐는 손이 떨렸다.

"나는 좀 더…… 모두랑 같이…… 그런데도, 나만 살아남아서!"

나는 내가 실험에 참가한 이유는 자신의 존재의의를 위해서라고, 그렇게만 생각하고 있었다.

병사로서 요구받았으니까 프로메테우스 계획에 참가한 것이다, 라고.

하지만 하야세 중위에게 속마음을 드러내고, 나는 깨닫고 말았다.

"……원수를 갚고 싶었습니다."

쥐어짜 낸 나의 답에, 하야세 중위는 조용히 대답했다.

"그래."

"저는 강화 병사인데도 모두를 지키지 못해서…… 다들, 도망치면 되는데 필사적으로 싸우고…… 샤이 보이도 마지막까지 저항해서…… 저는…… 나는 동료를 위해 아무것도 할 수 없었어."

소대가 괴멸한 날, 나는 분해서 견딜 수 없었다.

이 손으로 복수해 주고 싶다는 마음이 나를 움직이게 했다.

"어째서 나만…… 다른 누군가가 살아남았다면 좋았을 것을."

아무것도 없는 자신보다도, 다른 누군가가 살아 주었으면 했다.

그런 내 희망을 하야세 중위가 꾸짖었다.

"동료가 필사적으로 싸워서 네 목숨을 지켜줬는데, 그걸 부정하는 거야?"

"예?"

고개를 들자, 하야세 중위는 나를 똑바로 바라봤다.

"너의 동료가 필사적으로 싸웠으니까 이렇게 살아있는 거잖아? 감사하지 못할망정 자기가 죽는 편이 좋았다, 같은 말을 하면 네 동료가 성불하지 못할 거라고 생각하는데?"

"그건…… 그렇습니다만……."

그날, 갑자기 나타난 인간형 위수한테 모두는 패했다.

하지만 다들 마지막까지 싸우고 있었다.

겁에 질리고, 울부짖으면서도.

그들의 분발이 나를 여기까지 이끌었다는 말을 듣고…… 후회하고 있던 자신이 싫어졌다.

"……동료가 성불하지 못하는 건 곤란하군요."

자신이 했던 말을 반성하자, 하야세 중위는 미소를 지으며 파르페를 입으로 옮겼다.

"애초에 잘못됐어. 살아있는 걸 기뻐하라고. 게다가 위수를 쓰러뜨릴 힘을 손에 넣은 거지? 동료의 원수를 갚을 수 있잖아. ……싸우는 이유가 분명해졌네."

하야세 중위한테 지적받고, 나는 질투만으로 싸우고 있었던 것이 아님을 알게 되어 기뻤다.

"질투보다는 괜찮은 이유군요."

그렇게 말하자 하야세 중위는 질투와 복수심을 품은 나한테 너그러움을 나타내 보였다.

"싸우는 이유는 어떻든 상관없어. 중요한 건 뭘 위해 싸우는 것인가, 야. 그 부분이 분명하지 않은 애는 여기서는 강해질 수 없어."

하야세 중위가 나한테 얼굴을 가까이 가져다 댔다.

"마음에 들었어. 너, 내 종자가 되도록 해."

하야세 중위의 제안을 받고 나는 처음에는 무슨 말을 들은 것인지 이해할 수 없었다.

"……종자?"

하야세 중위는 내 반응을 보고, 이마에 손을 대며 의자 등받이에 몸을 푹 기댔다.

"하아, 그것도 몰라? 아~…… 일단, 내 소대에 들어와. 마침 부하를 찾고 있었던 참이고 말이지."

아무래도 나는 하야세 중위에게서 권유를 받고 있는 듯하다.

"……책임자에게 확인을 취해도 괜찮겠습니까?"

"그래, 답변은 기다릴게."

이야기가 끝나고, 다시 우리 둘은 파르페를 먹기 시작했다.

입에 머금은 크림과 초콜릿의 단맛을 느끼며 나는 하야세 중위한테 하나 확인했다.

"그래서, 하야세 중위님이 저를 신경 써 준 이유는 무엇인지요?"

처음 질문으로 되돌아가 버렸는데, 하야세 중위는 조금 고민한 후에 나한테서 고개를 돌리면서 대답해 주었다.

"자기가 구한 상대가 신경 쓰였던 것뿐이야."

"──예? 서, 설마."

내가 인간형 위수와 싸웠던 날, 눈앞에 날아내려 왔던 건 그녀였던 모양이다.

놀라고 있는 나를 내버려 두고, 하야세 중위는 파르페를 다 먹어 버렸다.

심경이 복잡해 보이는 표정을 지은 하야세 중위는 억지로 이 화제를 바꾸려 했다.

"이 이야기는 여기까지! 그러고 보니 네가 보병이었을 때의 콜사인은 뭐야? 독특한 네이밍 센스니까, 일단 들어 두고 싶어."

그러고 보니 동료 이야기뿐이라 내 콜 사인을 말하지 않고 있었다.

나는 파르페를 먹으며 대답했다.

"체리입니다."

"푸웁?!"

얼굴이 귀까지 빨개진 하야세 중위는 콜록거리며 기침하더니 오른손으로 가슴을 두드렸다.

……아차. 여성인 하야세 중위한테 말할 내용은 아니었군.

◇

뒷날.

나츠코는 학원장실에서 옛 친구와 원격으로 대화하고 있었다.

상대의 이름은【히마리 르나르】──제5학원의 학원장이다.

긴 핑크색 머리카락을 느슨한 세로 롤 모양으로 말아 정리한 여성으로, 머리카락 색깔과 같은 고딕 드레스를 입고 있다.

느긋한 분위기에 상냥해 보이는 그녀는 20대 중반의 연령으로 보였지만 나츠코와 마찬가지로 제1세대 발키리다.

서로 몇 안 되는 제1세대 생존자지만, 두 사람 사이에는 반가워하는 마음 따위 일절 없었다.

미소 짓고 있는 히마리였으나, 터무니없는 요구를 했다.

『우리 애가 민폐를 끼쳐서 미안해. 하지만 슬슬 루이즈를 돌려줬으면 하는데?』

「어머, 농담하니? 너희 공작원이 내 정원에서 제멋대로 행동하다 잡혔는걸? 쉽게 돌려보낼 수는 없는 노릇 아니겠어?」

프로메테우스 계획을 저지하려고 한 루이즈는 한창 취조를 받는 중이다.

본인이 아무것도 말하지 않는 탓에 누구의 명령으로 움직였는지도 불명이었다.

나츠코는 사실관계를 확실히 하고 싶었는데, 자기와 마찬가지로 학원장인 히마리가 일부러 자진해서 나선 것이다.

『공작원이라니, 말이 심하네. 나는 그저 제3학원에 유능한 아이를 보냈을 뿐이야. 설마 어느 클래스에도 스카우트되지 않은 채 묻혀 놓았을 줄은 몰랐지만.』

나츠코는 루이즈의 자료를 모니터에 표시시켜 중등부 때부터의 성적을 확인했다.

히마리의 말대로 루이즈의 성적은 매우 우수했다.

조금 고의로 대충 하고 있는 것처럼 느껴지기도 했지만, 5반에 묻혀도 좋을 재능은 아니다.

「확실히 우수한 아이 같네. 일부러 경력까지 사칭해서 잠입시킬 정도면 말이야. 그런데 우리 에이스는 그녀가 마음에 들지 않았던 것 같더라고. 내숭 떠는 꼴이 싫다나? 이번 건도 돌발적이었고, 공작원에 어울리지 않는 게 아닐까?」

나츠코가 루이즈를 평가하자 히마리는 불쾌해했다.

이대로 이야기를 계속할 생각도 없는지 나츠코한테 재차 요구했다.

『……루이즈를 돌려보내. 대신에 1등급의 소재를 여러 개 준비했어. 대가로서는 충분하지 않아?』

나츠코는 이 제안에 조금 놀라 눈을 크게 떴다.

1등급의 소재를 여러 개 준비할 정도로 히마리는 루이즈를 높이 평가하고 있는 듯하다.

그래서, 나츠코는 비싸게 불러보기로 했다.

「그러고 보니 유라시아 방면에서 특등급의 소재를 손에 넣었다지? 나로서는 그쪽이 더 흥미가 있는데~.」

나츠코가 특등급의 소재를 원한다고 말하자, 기품 있게 행동하던 히마리의 낌새가 변했다.

미소가 사라지고 무표정한 얼굴로 나츠코를 노려봤다.

『제시한 물건으로 만족해. 욕심을 부리면 호된 꼴을 당할 거야.』

히마리가 위협적인 목소리로 말했지만, 나츠코는 의자에서 일어나 책상에 걸터앉았다.

같은 제1세대 발키리로서 싸워 온 나츠코는 이 정도의 으름장에 흔들리지 않는다.

「이 나랑 거래하고 싶다면, 상응하는 성의를 보이도록 해. 애초에 원인은 너희한테 있는 걸 잊었어?」

『그래서 1등급의 소재를 주겠다는 거 아니야. 내가 양보하고 있는 동안에 얼른 거래에 응해.』

나츠코는 어깨를 으쓱였다.

「나는 어느 쪽이든 상관없어. 소재가 손에 들어오지 않아도, 루이즈라는 애를 조사해서 사실을 분명히 하면 될 뿐인걸.」

나츠코가 양보하지 않을 것이라고 생각했는지, 히마리가 작게 한숨을 내쉬어 긴장을 누그러뜨렸다.

『여전히 욕심이 많네. 그런 점, 옛날부터 변함없어.』

「네가 할 말은 아니지. 그래서, 어떻게 할래? 나는 어느 쪽이든 상관없어.」

나츠코가 확인하자, 히마리는 항복했다는 듯이 양손을 들었다.

아무래도 나츠코의 요구를 받아들이는 모양이다.

『마중할 사람을 보내지. 특등급 소재와 교환하자. ……나한테 이렇게까지 하게 했으니까, 루이즈한테 상처 하나라도 냈다가는 용서하지 않을 거야.』

나츠코는 자신의 요구가 통한 게 살짝 의외였지만, 동시에 납득도 했다.

'여전하네.'

속마음을 들키지 않도록 하면서, 나츠코는 기뻐해 보였다.

「네, 지금부터는 제 이름으로 그녀가 다치지 않도록 하겠다고 약속하겠어요. 구속하기 전의 상처는 책임질 수 없지만요.」

『하아, 그걸로 됐어. 그건 그렇고——.』

거래가 끝나자 히마리는 다른 화제를 꺼냈다.

『——프로메테우스 계획에 협력하고 있다지? 나츠코, 네가 그렇게까지 어리석은 줄은 몰랐는데.』

차가운 눈을 하는 히마리를 보며, 나츠코는 어깨를 으쓱였다.

「저는 장소와 설비를 제공한 것뿐이랍니다. 학원 여학생들한테 남자에 대한 면역이 생기게끔 하려고 생각한 거예요.」

『녀석들에게 앞으로도 협력할 거라면 상응하는 각오를 해야 할 거야. 다른 학원도 프로메테우스 계획에는 반대하는 입장이야. 너는 더더욱 고립되겠지.』

히마리는 남성의 전력화에 다른 학원은 반대하는 입장이라고 명언했다.

나츠코는 그 말을 들어도 방침을 변경할 생각이 없었다.

「앞으로는 독자적으로 해나갈 거니까 상관없어. 아, 그래도 도움이 필요하면 말하도록 해. 너희랑 다르게 나는 파벌 관계를 제쳐 놓고 손을 내밀어 줄게.」

히마리는 나츠코가 계획 지원을 그만두지 않을 생각이라는 걸 알아차리고 차가운 눈을 한 채였다.

『——곧바로 마중할 사람을 보내겠어.』

통화가 끊기자, 나츠코는 조용해진 학원장실에서 기지개를 켰다.

"여전히 정쟁에 정신없이 바쁜 모양이네. 여유가 있어 보여서 부러워."

책상에서 내려온 나츠코는 프로메테우스 계획의 상세한 내용이 적힌 자료를 손에 들었다.

기대받지 않았던 실험기가 2등급을 다수 격파하는 예상 밖의 전과를 올린 것이다.

나츠코로서는 즐거워서 어쩔 수가 없었다.

"앞으로는 조직 내부가 시끄러워지겠네. 재미있어질 것 같아."

???? ＼ unkonown

보병 부대 앞에 갑자기 나타난 정체불명의 위수.
3m 정도의 인간형이지만, 그 꺼림칙한 모습은 기괴함 그 자체였다.

1등급　　　바오거

공룡 같은 겉모습과 굵은 양팔을 지닌 파워형 위수.
겉모습대로 강하고 단단해서, 어중간한 공격으로는 바오거가
전개하는 역장을 뚫을 수 없다.

부츠 캣이 사용하는 발키리 드레스가 늘어선 격납고에서는 정비사들 외에 교사와 학생, 이렇게 두 명의 모습을 확인할 수 있었다.

　부츠 캣에 소속된 다른 여학생들은 전투 뒤라서 휴가 중이다.

　그녀들의 발키리 드레스는 정비사들에 의해 꼼꼼하게 정비와 조정이 이루어지고 있었다.

　그런 와중에, 하야세 마야는 아침부터 격납고로 불려 나와 있었다.

　특별기용 파일럿 슈트로 갈아입은 마야는 자신의 전용기에 올라타 기체를 조정하고 있었다.

　그 옆에서는 부츠 캣── 3반의 부담임인【리디아 카가미】가 곁따르며 돕는 중이다.

　은색의 긴 머리카락을 무릎 뒤까지 닿을 정도로 기른 키가 큰 여성 교사로, 니트 스웨터는 커다란 가슴의 형태가 또렷하게 나타나면서 기장이 짧아 배꼽을 드러내는 옷차림이 되어 있었다.

　복부가 노출되어 있는데, 근육질의 탄탄한 허리였다.

　전에는 발키리로서 활약한 리디아는 지금은 후진을 육성하고 있었다.

　눈매는 날카롭고 눈동자의 색깔은 빨갛다.

　평소 무표정한 탓에, 어딘가 차가움이 느껴진다.

　담임 교사인 오오히나 미오는 귀여운 여성이라, 주위로부터는 미덥지 못하게 보이고 만다.

하지만 리디아는 항상 냉정하고 침착한 분위기여서, 여학생들한테서는 의지를 받으며 일부에서는 동경의 대상이 되고 있었다.

그런 리디아가 마야의 발키리 드레스 조정에 어울려 주고 있었다.

"……기체 체크 종료다."

작업이 종료되었다는 말을 듣자 마야는 크게 숨을 내쉬고 힘을 뺐다.

"쿄우 쨩, 휴일 아침부터 불러내다니 너무하지 않아? 나는 날짜가 바뀌도록 취조를 받고 있었는데?"

힘을 빼는 것과 동시에 불평하는 마야였으나, 리디아를 쿄우 쨩이라고 친근감을 담아 부르고 있었다.

리디아는 표정을 바꾸지 않은 채 마야의 푸념을 상대해 줬다.

"특별기를 맡았다는 자각을 가져라. 애초에 너한테 준비된 기체는 수명이 다 되어 가고 있다. 출격 때마다 세심한 정비와 조정이 필요하다고 학원장한테서도 몇 번이나 설명을 들었을 텐데?"

마야한테 주어진 것은 다른 여학생들이 사용하는 발키리 드레스와 다르게 특별기라 불리는 특별제작품이다.

통상의 발키리 드레스보다도 고출력이며 강하지만, 다루기 어렵기에 에이스 파일럿밖에 사용할 수 없는 어려운 기체다.

또한 특별기의 수는 한정되어 있어서 3반에서 사용이 허가된 건 마야뿐이었다.

"낮에 해도 괜찮았잖아. 일부러 이른 아침에 두드려 깨우러 오다니, 쿄우 쨩 한가해?"

"한가한 게 아니라, 이게 내 일이다."

마야는 전용기에서 내려오자 기지개를 켜서 몸을 풀었다.

리디아는 그 모습을 진지한 눈으로 보고 있다.

평소와 다름없는 마야의 모습에 안심하더니, 표정이 살짝 부드러워졌다.

"어제의 보고서를 제출하고 가봐라. 이후는 놀든지 하면서 마음대로 지내면 된다."

보고서라는 말을 들은 마야는 눈살을 찌푸리고 있었다.

3반의 히든카드인 에이스 마야이지만, 보고서 등의 사무 작업에는 서투르다는 의식을 품고 있다.

"이번에는 쓸 게 많으니까 시간이 걸릴 것 같단 말이지. ……저기, 도와줘."

마야가 리디아에게 부탁했다.

리디아의 안에서 마야에 대한 평가는 '시건방지지만, 전투에서는 의지가 되는 천재 기질의 귀여운 학생'이었다.

마야는 중등부 졸업과 동시에 미오가 스카우트했기에 5반에 재적하지 않았다.

3반에 배속되고 나서도 바로 활약하여 두각을 나타냈기에 주위로부터는 시기와 질투를 사고 있다.

원래부터 건방진 부분이 있었기에 그러한 성격이 강하게 두드러져 '3반의 에이스는 오만하다'라는 말을 듣고 있었다.

하지만 리디아는 알고 있다.

확실히 건방진 부분도 있지만, 그건 마야가 자기 일에 긍지를 지니고 있기 때문이다.

위수로부터 인류를 지키는 발키리로서 프라이드를 가지고 싸우고 있었다.

그건 부담임이라는 입장에서 3반 여학생들을 서포트하고 있는 리디아 자신이 제일 잘 알고 있었다.

노력을 빠뜨리지 않는 천재── 그것이 하야세 마야다.

그런데도 보고서를 쓰는 게 서투르다고 말하며 자기한테 의지해 오니, 리디아는 그 갭에 쓴웃음을 짓고 말았다.

전장에서는 자신만만하게 싸우고 있는데도, 보고서를 앞에 두면 그 순간 허둥대고 마니까.

"보고서 정도는 혼자서 쓸 수 있게 돼라. 에이스가 그런 식이라서야 신참들한테 본보기가 되지 못한다."

마야는 신참이라는 말에 반응했다.

"추가 인원이 정해졌어?"

인원 부족인 부츠 캣은 항상 전력이 될 발키리를 원하고 있었다.

인원수가 적기에 한 사람 한 사람의 부담이 큰 것이 현 상황이다.

하지만 안이하게 5반에서 골라 와도 의미가 없다.

발키리들이 사용하는 발키리 드레스는 수가 한정되어 있기 때문이다.

미숙한 후보생을 뽑았다가 전사하면 귀중한 발키리 드레스를 잃는 처지가 된다.

그 때문에 인선은 신중하게 하지 않을 수 없었다.

리디아는 마야한테 현 상황을 전했다.

"이번 전투 결과에서 세 명을 뽑아 오게 됐다."

리디아가 학생들의 정보가 화면에 표시된 태블릿 단말을 마야한테 건넸다.

정보를 확인한 마야의 표정은 매서웠다.

"……앞으로 너무 나가서 고립된 녀석들이잖아? 이 녀석들, 도움이 되는 거야?"

마야 입장에서는 주의력이 부족하여 실패하고 아군한테 구조된 소대는 전력으로서 미덥지 못하게 보인 듯하다.

리디아도 동의하는 부분은 있지만, 담임 교사인 미오의 결정에는 거스를 수 없다.

"미오의 판단이다. 게다가 단련하면 가망은 있는 모양이다. 그 녀석의 심미안은 확실해. 7할 정도는 믿어도 좋다."

"3할은 빗나간다는 의미잖아."

완전히는 납득하지 못한 기색인 마야한테 리디아는 한숨을 내쉬었다.

마야는 자신이 우수한 까닭에 어떻게 해도 주위를 엄격하게 평가하고 만다.

젊으니까 어쩔 수 없는 부분도 있지만, 마야의 의견만을 존중

하고 있다간 부츠 캣의 증원은 절망적이다.

여하간 우수한 후보생들은 네 반이 서로 데리고 가려고 싸우는 상황이니까.

"너의 가치관을 기준으로 판단하지 마라. 애초에 지금의 부츠 캣은 배부른 소리를 하고 있을 수 있는 입장이 아니라는 걸 알고 있지 않나?"

5반 여학생들 입장에서는 3반은 인기가 없는 클래스다.

다른 클래스와 경합하면 3반은 절대로 선택받지 못한다.

리디아로서는 미오가 그 점도 감안하여 그 3인조를 선택한 것이겠지, 하고 왠지 모르게 추측이 되었다.

그녀들이라면 다른 클래스가 거들떠보지도 않을 테니까.

마야는 납득하지 않은 모양이지만, 받아들일 생각이기는 한 모양이다.

"금방 죽지 않으면 좋겠지만 말이야."

독설을 하는 마야였으나, 본심으로는 신참들을 걱정하고 있는 모양이었다.

진짜로 죽지 않았으면 하니까 3반에 편입시키고 싶지 않은 것이리라.

오해받기 쉽지만, 마야는 다정한 아이라는 걸 리디아는 알고 있다.

역량 부족인 후보생들을 뽑아서 데리고 와 봤자 전장에서 목숨을 잃을 뿐이다.

'정말로 서투른 아이군. 그런 이 애가 자기 종자로 고른 게 설마 복잡한 사정이 있는 파일럿일 거라고는 생각지 않았어.'

다른 사람을 엄격하게 평가하는 마야가 처음으로 종자로 삼고 싶다며 고른 것이 히후미 렌이었다.

리디아는 생각했다.

'마야의 눈에 찼다면 실력은 진짜일 가능성이 높은가.'

마야를 통해 렌에 대한 리디아의 평가도 올랐다.

다만, 하나 신경 쓰이는 점이 있었다.

"다른 이야기가 되겠다만, 나한테 하나 들려주지 않겠나, 마야?"

"뭔데, 쿄우 쨩?"

고개를 갸웃하는 마야한테 리디아는 마음에 걸리고 있던 부분을 확인했다.

"네가 종자로 삼고 싶다고 희망한 히후미 렌 이야기다."

렌의 이름이 나오자 마야는 조금 경계한 기색을 보였다.

무슨 질문을 들을지 짐작이 되고 있는 모양인데, 리디아는 아랑곳하지 않고 물었다.

"히후미 렌, 녀석을 종자로 선택한 이유가 뭐지?"

질문받은 내용에 마야는 고개를 갸우뚱했다.

아무래도 물어볼 거라고 예상했던 내용과 달랐던 모양이다.

마야는 리디아한테 미소를 띠었다.

"정말로 쿄우 쨩은 별나네. 다른 애들처럼 연애적인 의미로 고른 거냐고 물어볼 거라고 생각했는데 말이야."

마야가 렌을 자기 종자로 권유한 것은 어젯밤의 일이다.

하지만 이미 소문은 퍼진 듯하다.

이른 아침에 두드려 깨워진 마야는 격납고에 올 때까지 소문을 들은 여학생들한테서 질문 공세를 받았다는 모양이다.

마야 자신은 연애적인 의미로 골랐다고 생각되는 건 유감인 듯하다.

리디아는 예리한 시선을 마야한테 향했다.

"얼렁뚱땅 넘기려 하지 마라. 너라는 인간을 이해하고 있으면 전장에 연애 감정을 끌고 들어가지 않으리라는 건 금방 알 수 있다. 그 정도로 종자를 선택하는 녀석이라면 지금쯤은 여러 명의 종자가 너한테 붙어 있겠지."

사람 간에 서로 잘 맞고 안 맞는 상성이라는 게 있다고 해도, 마야는 개인적으로 좋아하거나 싫어하는 감정만으로 종자를 선택하지 않는다.

실력이 없는 후보생을 편입시키는 것도 싫어할 정도다.

마야가 렌을 좋게 평가한 것은 실력이 있다고 판단했기 때문이다.

하지만 그것만으로는 설명이 되지 않는 부분이 있었다.

리디아는 마야한테 자세한 설명을 요구했다.

"미오는 재미있을 것 같으니까, 라는 이유로 받아들였지만 나는 반대다. 상대는 실험 단계인 병기고, 우리와의 동시 운용조차 테스트하지 않았다. 그 부분의 사정을 네가 몰랐다고는 생각하고 싶지 않군."

발키리 드레스와 인간형 병기를 함께 운용하여 성과가 나올지 어떨지는 미지수다.

양자는 서로 비슷한 부분도 많지만, 그래도 발키리 드레스끼리 소대를 편제하는 게 문제도 적게 그칠 것 같다.

아직 테스트조차 하지 않은 운용 방법을 실전에서 시험하려 하고 있는 마야한테 리디아는 위기감을 느끼고 있었다.

마야는 태평하게 기지개를 켰다.

리디아의 걱정 같은 건 개의치 않는 모양이다.

"왠지 모르게? 직감으로 이 녀석이 좋겠네, 라고 생각한 것뿐이야."

마야의 말에 리디아는 살짝 미간을 찌푸렸다.

"중요한 종자를 감으로 정했다고 말하는 건가?"

리디아가 힐문하자 마야는 어째서인지 조금 기뻐하고 있는 것 같았다.

"나는 직감을 믿어. 그리고 로봇도 좋아하고. 어릴때 남자애들이 보는 애니나 특촬물도 자주 봤어."

남아용 오락거리에도 흥미가 있었다는 모양인 마야한테는 인간형 병기라는 건 매력적으로 보인 것일지도 모른다.

하지만 리디아한테는 그것이 마야의 대답이라고는 생각되지 않았다.

"거짓말은 아니지만, 진실도 아닌 것 같군. ――네가 진심으로 대답하지 않는다면 내 쪽에서 미오한테 히후미는 마야의 종자에 걸맞지 않는다고 상의하겠다. 그렇게 하면 히후미가 네 종자가 될 확률은 크게 낮아지겠지."

리디아의 말을 듣고 마야는 노골적으로 언짢은 듯한 얼굴을 했고, 화가 났는지 리디아를 노려봤다.

"남을 방해하면 즐거워?"

"즐겁지는 않다. 하지만 너의 마음이 어디까지 진심인지 확인해야겠다. 무모한 제안을 상층부에 하는 이상, 상응하는 각오가 필요하다."

프로메테우스 계획에 참가하는 테스트 파일럿을 마야의 종자로 데려오는 건 매우 힘든 일이다.

조직의 상층부에 확인하여 허가를 받지 않으면 안 된다.

그런데도 마야가 진심으로 갖고 싶어 했던 건 아니다, 라는 걸 나중에 알게 되면 관계자 일동은 괜한 고생만 하고 애쓴 보람이 없게 된다.

그래서 마야가 어떤 마음으로 렌을 종자로 선택했는지 알 필요가 있었다.

리디아의 의견에 납득한 마야는 시선을 피하며 대답했다.

"사실은 그런 계획에 얽히지 말라고 말해 주고 싶었어."

"녀석을 설득할 생각이었나?"

"프로메테우스 계획—— 남성의 전력화라는 대의명분을 내걸고 말이야, 사람의 생명을 가지고 노는 최악의 계획이잖아. 죽을 확률이 높은 수술까지 받고, 목숨을 걸고 장난감 같은 인간형 병기에 타서 싸우게 되는 거야. 모처럼 건진 목숨을 헛되이 하지 않았으면 했어.”

쑥스러움을 감추고자 시선을 피하고는 있지만, 마야는 진심을 말해 주고 있는 모양이었다.

리디아도 마야의 이야기에 귀를 기울이면서 신경 쓰였던 점을 확인했다.

“그건 그렇다 쳐도, 제법 서투른 태도로 녀석한테 관여했다는 모양이던데.”

마야는 몇 번이나 렌과 조우해서는 날이 선 태도로 대하고 있었는데, 그 태도는 본인의 마음을 생각하면 역효과가 아니었나 하는 생각이 들었다.

마야도 반성하고 있는지, 얼굴이 빨개졌다.

“어, 어쩔 수 없잖아! 그 녀석 옆에는 루이즈가 있어서 방해해 오지, 무슨 일만 있으면 내가 나쁜 것처럼 유도하고 말이야! 옛날부터 싫었지만, 이번에는 진짜로 저질러 줬어.”

루이즈를 향한 분노를 토로하는 마야한테 리디아는 동의했다.

“네 의견을 듣고 루이즈의 스카우트를 보류해서 결과적으로 다행이군. 아니 그보다, 잘도 그런 상황에서도 포기하지 않고 녀석을 서포트하고 있었구나. 솔직히 놀랐다. 연애적인 이야기는 아니라는 걸 알고 있어도, 뭔가 있는 건가 하고 의심하고 싶어졌다.”

렌에 대한 마야의 헌신은 연애적인 의미라고 예상하는 쪽이 확실하게 와닿을 정도다.

그 말을 들은 마야가 부정했다.

"딱히 싫어하지는 않지만, 그다지 대화도 한 적 없는 상대를 좋아하게 되거나 하지는 않아. 그저—— 그 녀석은 진심으로 위수랑 싸우려 하고 있으니까, 그렇다면 우리의 동료잖아? 함께 싸운다면 이런 사람이 좋겠네, 하고 생각한 것뿐이야."

직감을 믿는 천재 기질인 마야의 대답을 리디아는 완전히는 납득하지 못해도 받아들이기로 했다.

마야의 표정이 농담을 말하고 있는 것처럼은 보이지 않았고, 게다가 종자로서 원하고 있는 마음은 진짜라는 것이 전해져 왔기 때문이다.

렌한테 동정하고 있는 것이겠지만, 마야도 그것만으로 렌을 종자로 권유하지는 않으리라.

"그런가…… 그렇다면 나도 진심으로 위쪽과 교섭하지. 미오한테도 기합을 넣으라고 전해 두마."

리디아의 태도 변화에 마야가 수상하게 여겼다.

"이런 설명으로 납득한 거야? 내가 아무런 설득 요소가 없는데?"

리디아는 마야한테 등을 향하고는 미소를 띠었다.

"너한테 논리적인 설명은 애초에 기대하지 않았다."

마야는 리디아의 등에 대고 말했다.

"그건 너무하지 않아? 내가 바보라는 말로 들리는데?"

"너는 애교가 있는 바보다. 내가 보증하지. 자, 슬슬 나가자."

"납득 못 하겠어."

불평하는 마야를 데리고, 리디아는 격납고를 뒤로했다.

후기

「페어리 불릿」은 어떠셨나요?

새로운 시리즈가 시작되어 기뻐하면서도 긴장하는 미시마 요무입니다.

지금까지는 Web 소설에서부터 서적화라는 흐름이 많았던 저입니다만, 이번 작품은 처음부터 서적화를 전제로 하여 썼습니다.

제 작품인 모브세계──「여성향 게임 세계는 모브에게 가혹한 세계입니다」의 완결이 보이기 시작하여 그 후에 새로운 시리즈를, 하고 권유받은 모양새가 되겠네요.

그때 어째서인지 '로봇물을 쓰죠!'라는 말을 들어, 나는 로봇물이 특기인 작가가 아닌데?! 라며 놀랐지만 말입니다(웃음).

단골인 판타지물을 쓰게 되겠지, 하고 막연히 생각하고 있었으니까요.

또한 로봇물은 작가 쪽뿐만이 아니라 일러스트레이터분에게도 매우 어려운 장르가 됩니다.

인물은 물론입니다만, 거기서 한층 더 나아가 로봇을 그려야만 하니까 말이죠.

양쪽 다 그릴 수 있는 일러스트레이터분은 귀중한 존재인 겁니다.

이건 일러스트레이터분을 찾을 때까지 시간이 걸리겠군, 하고 느긋하게 생각하고 있었습니다.

실제로 저의 다른 작품에서는 시간이 걸렸던 부분이기도 하고요.

그런 때에 소개받은 것이 양쪽 다 그릴 수 있는 itaco 선생님이 었습니다.

정말로 찾아왔어, 라며 더는 뒤로 되돌아갈 수 없는 상황이 된 것을 기억하고 있습니다.

거기서부터는 플롯을 다시 짜고, 몇 번이나 대화를 주고받으며 프로토타입 버전을 완성했습니다.

단지 플롯, 설정, 원고를 몇 번이나 수정을 거듭했습니다만 큰 문제 없이 작업이 진행되었다고 생각합니다.

원고를 쓰고 있을 때도 즐거웠네요.

초반의 시리어스한 장면이나 작중의 복선 장치 등등.

이번 작품에서 제일 힘들었던 건 제목입니다.

이건 정말로 아슬아슬할 때까지 상의했습니다.

편집자분과 둘이 같이 '제목이 떠오르지 않아?!'라며 머리를 감 싸 쥐고 있었으니 말이지요.

거의 마지막까지 임시로 붙인 제목으로 작품을 부르고 있었을 정도입니다.

몇 번인가 좋은 제목이 떠올랐을 때도 있었지만, 만약을 위해 검색해 보니 '소설가가 되자'에서 동명의 제목이 검색 결과에 나 오는 등…… 정말로 아슬아슬할 때까지 고민했습니다(땀).

그런 「페어리 불릿 —기교소녀와 위수병사—」입니다만, 독자 여러분께서 재미있게 읽어 주실 수 있도록 노력하겠으니 앞으로도 아무쪼록 응원 잘 부탁드리겠습니다!

Fairy Bullet Vol.1
©2024 by Mishima Yomu, itaco
All rights reserved
First published in Japan in 2024 MICRO MAGAZINE, INC.
Korean translation rights reserved by Somy Media, INC.

페어리 불릿 1

2025년 2월 15일 1판 1쇄 발행

저　　　자	미시마 요무
일 러 스 트	itaco
옮　긴　이	주승현
발　행　인	유재옥
이　　　사	조병권
출판본부장	박광운
편 집 2 팀	정영길 박치우 조찬희
편 집 3 팀	오준영 권진영 이소의 정지원
디자인랩팀	김보라
디지털사업팀	김경태 김지연 윤희진
콘텐츠기획팀	박상섭 강선화
라이츠사업팀	김정미 이윤서 임지윤
영업마케팅팀	최원석 이다은 윤아림
물　류　팀	허석용 백철기
경영지원팀	최정연
인쇄제작처	㈜코리아피엔피
발　행　처	㈜소미미디어
등　　　록	제2015-000008호
주　　　소	서울시 마포구 토정로222, 502호 (신수동, 한국출판콘텐츠센터)
판매 및 마케팅	(070) 8822-2301

ISBN 979-11-384-8591-3
ISBN 979-11-384-8590-6 (세트)